JELLA BENKS

DIE GOLDENE

Gefangen im System

JELLA BENKS

DIE GOLDENE

GEFANGEN IM SYSTEM

Die Goldene - Gefangen im System
1. Auflage

Jella Benks
c/o autorenglück.de
Franz-Mehring-Str. 15
01237 Dresden

Jella@jellabenks.de
www.jellabenks.de
Instagram: @jella_benks

Vertrieb: Nova MD

Umschlaggestaltung & Illustrationen: Francis Briese unter Verwendung von Fotos von Aleksey Mnogosmyslov © shutterstock.

Lektorat: Sarah Nierwitzki, https://wortkosmos.jimdofree.com
Korrektorat: Norman Doderer, www.phoenixschmiede.de
Buchsatz: Christian Benkhäuser

ISBN: 978-3-96966-859-7

Bibliografische Information der deutschen Nationalbibliothek:
Die deutsche Nationalbibliothek verzeichnet diese Publikation in der Deutschen Nationalbibliografie; detaillierte bibliografische Daten sind im Internet über http://dnb.d-nb.de abrufbar.

Liebe Leser:innen,

dieses Buch enthält potenziell triggernde Inhalte. Deshalb befindet sich auf Seite 296 eine Triggerwarnung. Achtung: Diese enthält Spoiler für das gesamte Buch.

Wenn du gebunden bist, wirst du gebunden bleiben.
Wenn du es auszusprechen wagst, dass du frei bist,
bist du im gleichen Augenblick frei.

Swami Vivekânanda

Statuten zur systematischen Perfektionierung der Gesellschaft (System)

Art. 1 Der Weg liegt im System.

Art. 2 Der Präsident ist der Hüter des Systems.

Art. 3 Das Gebiet wird in drei Ringe aufgeteilt, der innere goldene Ring, der mittlere silberne und der äußere bronzene Ring.

Art. 4 Jeder Mann und jede Frau unterzieht sich einer Eignungsprüfung, um bestimmen zu lassen, ob sie fortan als Bronzene, Silberne oder Goldene gelten. Zur Unterscheidung der verschiedenen Klassen ist der Armreif der jeweiligen Farbe verpflichtend am Handgelenk zu tragen.

...

Art. 13 Jede entlohnte Tätigkeit wird vom System zugewiesen. So wird garantiert, dass jeder Mann den Beruf ausübt, in dem seine Fähigkeiten am besten zur Geltung kommen. Frauen kann dann ein Beruf zugewiesen werden, wenn sie nachweisen, dass ein solcher zum Überleben notwendig ist.

...

Art. 22 Um langfristig stabile Partnerschaften zu gewährleisten, wird das System den idealen Partner fortan über ein Auswahlverfahren bestimmen.

Kapitel 1

Sie wollten mich umbringen.

Blicke wie Kugeln bohrten sich in mich hinein. Hinter mir krachte eine Tür ins Schloss. Ihr Knallen ließ mich zusammenfahren. Hoffentlich hatte niemand der Versammelten meine Unsicherheit bemerkt. Rasch straffte ich die Schultern, reckte das Kinn in die Höhe. Angst konnte ich mir nicht erlauben. Nicht hier.

Schritte. Sie kamen auf mich zu. Einen Ausweg gab es nicht. Tief sog ich die Luft ein, stieß sie wieder aus, darauf bedacht, dass sich meine Brust nicht zu hastig hob und senkte. *Mittlerweile hatten mich alle bemerkt.* Gemurmel drang an mich heran, zu leise, um die Wörter zu verstehen, zu laut, um sie nicht zu registrieren. Neben mir klirrten Gläser aneinander und das Licht der Kronleuchter spiegelte sich in ihrem Kristall. Musiker fuhren voller Hingabe mit ihren Bögen über Streichinstrumente. Dabei hörte ihnen doch niemand zu. Heute waren wir nicht zum Tanzen hier.

Die Schritte stoppten neben mir.

»Zauberhafte Nacht«, säuselte meine Mutter.

Was sollte an dieser Nacht zauberhaft sein? Immerhin brauchte ich mir keine Antwort abzuringen, Mutter setzte ihren Weg ohnehin bereits in Richtung einer Gruppe Frauen fort, die sie in der Öffentlichkeit als Freundinnen bezeichnete.

Morgen früh, in der Sicherheit unseres Hauses, würde sie jede von ihnen mit einer Auswahl an Beleidigungen überziehen. Zu hören bekamen das immer nur die Dienstboten und ich.

Mutter erreichte die Gruppe und die Münder der übrigen Frauen verzogen sich zu breiten Lächeln. *Eines verlogener als das andere.* Zumindest erinnerten sie mich daran, dass auch ich Erwartungen zu erfüllen hatte.

Ich wandte mich von ihnen ab, nickte in verschiedene Richtungen, um die anderen Gäste zu begrüßen. Genug, damit sich niemand beschwerte, ich sei unhöflich, zu wenig, um mir Heuchelei zu unterstellen. Dabei war es exakt das. Unsere gegenseitige Verachtung war gleichgültig, wenn es galt, die Form zu wahren.

Die anderen Goldenen erwiderten die Grüße mit ähnlichem Elan. Hin und wieder erwischte ich jemanden, der erstarrt war in seiner Wut, dann ließ ich den Blick herausfordernd an ihm hängen und zwang dem Gegenüber ein widerwilliges Nicken ab. Meine Blicke waren gefährlicher als ihre. Das könnte heute Nacht enden.

»Liah, Schätzchen.«

Marianne trat vor mich und augenblicklich setzte ich mein bezauberndstes Lächeln auf. Jahrelang hatte ich es vor dem Spiegel perfektioniert. Es war breit und ließ genau das richtige Stück der Zähne dahinter durchschimmern. Mariannes Kleid war in einem schlichten Grünton gehalten, ihre Zier bestand aus Schmuck, passenden Edelsteinen, die im Licht aufblitzten. Mehr brauchte es nicht, nicht bei der Partnerin des Präsidenten. Marianne war die höchstangesehene Frau im Reich – das war ihr eigentlicher Schmuck.

In ihrer Miene flackerte Missbilligung auf, als ihre Augen mein Kleid entlangwanderten. Wohl kaum wegen des enganliegenden

Schnitts oder dem gewagten Vorderteil, das dafür sorgte, dass mir der Rücken frei lag. *Es war die Farbe.* Golden waren bei uns nur die Armreifen, die wir am Handgelenk trugen. Goldene Kleidung war der Familie des Präsidenten vorbehalten. Ob ich zu der zählen würde, entschied sich erst heute Nacht.

»Du bist sicher aufgeregt, Liebes?«, fragte sie. Nach all den Jahren war Marianne geübt genug, um ihr Lächeln zu halten, doch es erreichte ihre Augen nicht. Anders als meines, das ich erneut für sie aufstrahlen ließ.

»Alles geschieht, wie es zu unserem Besten ist«, erwiderte ich. »Das System trifft die richtige Wahl.« Aufgrund meiner gewagten Kleiderauswahl war Demut angebracht, besonders vor Marianne. Ich senkte die Stimme, um zögerlicher weiterzusprechen, als würde ich ihr ein Geheimnis anvertrauen. »Ich hoffe jedenfalls darauf.«

Marianne liebte Geheimnisse oder das, was sie dafür hielt. Es klappte, der Funken Missbilligung in ihrer Miene erlosch augenblicklich. »Wie wir.« Sie fuhr kurz herum, wie um sich zu vergewissern, dass niemand etwas mitbekommen hatte, dabei wusste es ohnehin jeder. Ich war die Favoritin der Präsidentenfamilie und das Kleid, das Mutter für mich ausgewählt hatte, unterstrich diesen Status.

Ein letzter aufmunternder Blick, dann setzte Marianne sich in Bewegung und wurde von einer Gruppe Männern verschluckt, die allesamt die gleichen dunklen Anzüge trugen. Abgesehen von den Gesichtern gab es nur ein Detail, an denen sie sich unterschieden: Die Knöpfe aus Perlmutt und Horn, die mit Edelsteinen verziert waren. Für die Männer aus den anderen Ringen unerschwinglich und genau deshalb wurden sie hier von den Goldenen mit Lässigkeit zur Schau gestellt, während sie sich sonst zurückhaltend gaben.

Uns Frauen war Zurückhaltung fremd. Wir waren abgestellt, zu schmücken und dieser Pflicht kamen wir geflissentlich nach. Diamanten bestückten unsere Finger und Hälse, manchmal sogar Gesichter, wie bei der Anwärterin, die an mir vorbeischwebte und deren Wangen rosafarbene Edelsteine zierten. Wir waren wie die Knöpfe an den Jacken der Männer. Schmuck, der zur Schau gestellt wurde. Die kunstvollen Frisuren, die Puder, mit denen wir Lippen und Augenlider färbten, selbst unsere Kleider, Wellen aus Farben, dürsteten nach Beachtung. *Ich hätte lieber einen Knopf getragen.*

Vor mir huschten die Farben auseinander und gaben den Blick frei auf einen Mann, der auf mich zugeschritten kam. An seiner Jacke blitzen die Knöpfe golden, passend zu meinem Kleid. *Arjan.*

Nur wenige Gänge von dem Festsaal entfernt, hing auf einem der Flure das Gemälde einer Schlacht. Gestalten in düsteren Ölfarben gingen mit Messern und Gewehren aufeinander los. Eine verstörende Szene. Von oben herab senkte sich eine Lichtgestalt. Die Flügel auseinandergerissen, stand er unmittelbar davor, sich zwischen die Gruppen zu werfen. Ein Engel mit fast weißem Haar und durchdringenden blauen Augen. Er sah exakt so aus, wie Arjan, der gerade vor mir zum Stehen kam.

Ich deutete ein Kopfnicken an. Arjan mochte es nicht, wenn ich ihn zu förmlich begrüßte, doch hier, mit all den Augen auf uns, sah ich mich genötigt, einen Rest Form zu wahren, immerhin war er der nächste Präsident. Sein vertrauter, holziger Geruch stieg mir in die Nase, kaum dass sich Arjan vorbeugte, um meine Wangen zu küssen. Im Gegensatz zu mir war er nicht dazu gezwungen, unsinnige Anstandsregeln einzuhalten. Seine Lippen verweilten einen Hauch zu lang auf meiner Haut, während ich steif dastand. Vermutlich fiel die Stimmung der

Gästeschar damit ins Bodenlose. Außer mich begrüßte Arjan niemanden so. *Nicht mehr.*

Nur ein unachtsamer Gedankensprung und doch sorgte er dafür, dass unsichtbare Hände meinen Magen packten und ihn zusammenpressten. Brenda. Nur wenige Monate war es her, da war sie noch auf ähnliche Art begrüßt worden. Ich griff erneut nach einem Lächeln, wenn ich es fest genug hielt, würde der Druck auf meinen Magen verschwinden, wie immer.

Arjan trat zurück und gab der Menge vor mir den Blick auf mein Gesicht frei.

»Entschuldige, ich bin nicht dazu gekommen, dich eher zu begrüßen, Liah«, sagte er. »Verzeihst du mir?«

»Hättest du mich länger warten lassen, wäre ich eingeschnappt. Du kommst gerade rechtzeitig.«

»Ich beobachte dich, seit du angekommen bist. Du bist keine fünf Minuten hier.«

»Ganz genau.«

Damit rang ich ihm eines seiner leicht schiefen Grinsen ab. »Dann schätze ich mich glücklich, dass du mir am Tag meiner Zuweisung nicht davongelaufen bist. Ausgerechnet du.« Arjans Arm legte sich um meine Taille. Ich war nicht die Einzige, die die Menge provozierte, das tat er auch, nur nahm ihm das niemand übel. Wenn sie sich demnächst abwandten, um sich ihre Mäuler zu zerreißen, würden sie allein über mich reden, da war ich mir sicher. Darüber, dass ich seine Berührungen duldete, über mein goldenes Kleid, meinen unbedeckten Rücken, und darüber, dass mir das Lächeln zu oft eingefroren war. Letzteres ließ ich sicherheitshalber ein Stück breiter werden und beinahe sofort begannen meine Wangen zu schmerzen. Dieses Maß an Fröhlichkeit waren sie sonst nicht von mir gewohnt. Das war diesen Abendveranstaltungen vorbehalten, damit die Menge weniger Gründe fand, über mich herzuziehen. Dennoch hörte ich ihr beständiges Tuscheln und ihre missbilligenden Blicke brannten mir auf der Haut.

Heute würde das enden.

Arjan fuhr mir mit seinem Finger wie zufällig über den Rücken, aber ich kannte ihn genug, um zu wissen, dass nichts daran zufällig war. Er verhinderte, dass mir die Gedanken weiter abdrifteten und forderte meine Aufmerksamkeit ein.

»Wie nervös bist du, Liebling?« Ein Flüstern, allein für mich bestimmt. Spürten seine Fingerspitzen nicht, dass mein Körper kurz davorstand, vor Anspannung zu zerspringen?

Ich konnte Arjan nicht erzählen, dass mir das Herz unter dieser Corsage raste oder dass ich seit Tagen nicht mehr schlief. Er würde mich ohnehin beschwichtigen.

»Liah?«

»Es liegt nicht in unserer Hand.« Es war Monate her, dass ich mit den anderen aus meinem Jahrgang die Zuteilungsprüfungen abgelegt hatte. Das war unser Beitrag, anschließend hatte das System übernommen und nach den bestmöglichen Verbindungen für uns gesucht. Morgen früh standen die Ergebnisse für alle bereit, dann würde der Rest von uns verstohlen zur goldenen Auswahlhalle huschen, sich anschauen, welchen Partner das System für uns bereithielt. Doch die Entscheidung, auf die es wirklich ankam, die würde heute Nacht verkündet werden.

»Ich bin gespannt auf deine Auswahl«, fuhr ich unter Arjans Musterung fort.

Mit meiner Gelassenheit hatte ich es übertrieben, das sah ich an der Art, wie er die Augenbrauen hochzog. »Denkst du etwa, dass mir jemand anderes zugewiesen wird?«

»Ich versuche realistisch zu bleiben. Die Möglichkeit, dass von all den Goldenen in unserem Alter eine besser mit dir übereinstimmt, ist hoch.« Das war sie definitiv. Ich schätzte, heute Abend waren knapp fünfzig der in Frage kommenden Anwärterinnen geladen und das waren nur die mit den angesehensten Familien. Es gab ein Vielfaches mehr im goldenen Ring. Ich registrierte, dass meine Finger zitterten, legte sie rasch ineinander, um es zu verbergen.

»Niemand kennt mich so gut wie du, Liah. Du wirst die passenden Antworten zu meinen gegeben haben.«

Brenda hast du besser gekannt. Der Gedanke blieb, wo er war, tief in meinem Kopf, weil es unmöglich war, ihn hinauszulassen. Niemand durfte ihren Namen nennen.

Arjan lächelt einigen Goldenen zu, die an uns vorbei schlichen. Ob sie unser Gespräch belauschten? In mir hallte erneut der verbotene Name, meine Atmung beschleunigte sich, doch der Widerstand der Corsage ließ dafür keinen Platz.

»Kannst du mit der Auswahl beginnen?« Die Worte stürmten aus mir hinaus, zu heftig, zu laut. Die Köpfe der Vorbeigehenden drehten sich zu mir.

»Vater wollte ein paar Stunden warten, um die Spannung zu steigern. Andererseits hat dein Kleid schon für ausreichend Spannung gesorgt.« Seine Fingerspitzen fuhren erneut über meinen nackten Rücken und ich war mir sicher, dass es die Umstehenden genau registrierten.

»Bitte, Arjan.«

Er atmete auf, nahm die Hand von mir. »Wie du befiehlst.« Es war ein Scherz, nicht mehr. Es gab nichts, über das ich befehlen konnte. Er beugte sich zu mir. »Vertrau auf das System, Liebling.«

Ich nickte so heftig, dass ich spürte, wie die Klammern in meinem Haar sich lockerten. *Ich vertraute auf das System und wie ich darauf vertraute.* Dennoch wäre ich am liebsten durch die

Flügeltüren gehuscht, nach draußen zum Innenhof gehastet, zu den Kutschern, die sich dort regelmäßig mit Kartenspielen die Zeit vertrieben, bis die goldenen Herrschaften genug gefeiert hatten. Alles an mir drängte fort von hier.

Kaum hatte sich Arjan abgewandt, bauten sich meine Eltern neben mir auf und unterbanden jeden Fluchtversuch. Sofort nahm ich Position ein, hob die Schultern und reckte das Kinn, um mir ihre Kommentare zur falschen Haltung zu ersparen.

»Die Auswahl beginnt«, sagte ich, um ihren Fragen zuvorzukommen. Es blieben nur Minuten, dann hatten wir Gewissheit. Schweigen machte sich zwischen uns dreien breit. Sollte ich Arjans Partnerin werden, wäre es ein rauschender Erfolg für unsere Familie. Scheiterte ich, würde die Häme aller Goldenen wie eine Welle über uns hereinbrechen und uns unter sich begraben. Mein Hals war rau, wie ein ausgedörrtes Blatt und gleichzeitig hämmerte mir das Herz gegen die Rippen. Weil es ähnlich dringend von hier flüchten wollte wie ich. Das würde keinem von uns gelingen.

Arjan erklomm die Tribüne und die Musiker stoppten ihr Stück abrupt. Mutter krallte ihre Finger in meinen Arm und deren Kälte versackte in meinem Inneren. *Jetzt*. Es fühlte sich an, als hätte ich auf diesen Moment mein ganzes Leben gewartet und trotzdem wollte ich davonrennen. Ich war zerrissen zwischen der fiebrigen Erwartung und der Panik, die an mir nagte. Dazwischen gab es nichts.

Spätestens mit dem Abbruch der Musik hatte Arjan die Aufmerksamkeit aller Menschen im Raum gewonnen. Die Gespräche stoppten. Die Fassade fiel. Entlarvte diese Ballnacht als das, was es war. Die Möglichkeit, ins Zentrum der Macht aufzusteigen und sie war nun zum Greifen nah. Verlangen und

Hoffnungen flackerten in den Gesichtern der Umstehenden. Gläser wurden gekrallt, so fest, dass ich darauf wartete, dass ihr Splittern unsere Stille durchbrach.

»Verehrte Freunde.« Arjan dehnte die Worte mit Genuss. Es gefiel ihm, wenn jeder an seinen Lippen hing. »Nachdem wir vollzählig sind, ist es an der Zeit herauszufinden, wen mir das System zugeteilt hat.« Sein Blick blieb zielsicher an mir hängen. Für den Moment blieb die Empörung der Goldenen aus, die Anspannung ließ dafür wohl einfach keinen Raum. Das Geräusch von schnellen Schritten erklang. Ein Diener, kaum den Kinderschuhen entwachsen, hastete durch den Raum. Rote Flecken leuchteten auf seinem Gesicht. Er lief auf die Bühne, das Auswahlgerät unter dem Arm. Das stand noch nicht bereit. Arjans eigenmächtige Vorverlegung der Auswahl hatte die Dienerschaft unvorbereitet getroffen. Ob sie den Jungen mit dem Gerät vorgeschickt hatten, um hinter dessen schmalem Rücken, vor dem Zorn des Präsidenten in Deckung zu gehen? Ich starrte den Kasten an, der in den schlaksigen Armen des Jungen hin und her wackelte.

Wenn es ihm doch nur aus den Händen springen würde, um in tausend Einzelteile zu zerfallen.

Wenn es nur wohlbehalten bei Arjan ankam.

Meine Wünsche schwankten, beängstigend unstet, hin und her.

Mutters Finger fielen von meinem Arm ab. Das hier war nicht ihre erste Auswahlzeremonie. Vor zwei Jahrzehnten hatte sie hier gestanden und darauf gehofft, dass ihr Bild hinter Arjans Vater auftauchte. Sie war am System gescheitert. Heute sollte ich ihr einen späten Triumph einbringen.

Ein kollektives Aufatmen ging durch die Gästeschar, als das Gerät wohlbehalten am zugedachten Tisch abgesetzt wurde. Zwei Handgriffe des Jungen und Licht brannte an der Wand hinter Arjan auf. Sein Schatten legte sich unheilvoll über die gesamte Fläche. Mein Atem hallte in mir nach. Wie konnte ein so winziges Geräusch so laut sein?

Arjans Finger hob sich und alle Augen im Saal klebten daran. »Der Weg liegt im System«, rief er und sein Blick glitt herausfordernd durchs Publikum.

Die meisten von uns verpassten ihren Einsatz und so setzten tonlose Stimmen ihren Ruf verspätet ab. *Die Weisheit liegt im System.* Ein erbärmliches Echo, doch immerhin kam etwas aus den Kehlen um mich herum. Aus meiner kam nichts mehr, weshalb ich nur die Lippen bewegte.

Arjan runzelte die Stirn, kurz fürchtete ich, er würde uns den Ruf wiederholen lassen, bis er angemessen klang, doch dann drehte er sich um und sein Finger sank an das Gerät. Nur sein Fingerabdruck war nötig, um sich seine zukünftige Partnerin anzeigen zu lassen. Über die Schulter sah er zur Wand hinter sich und mein Blick folgte der Bewegung. Farben flackerten dort auf, verblasste Schlieren, gerade kraftvoll genug, um zu registrieren, dass da ein Bild war, nicht ausreichend, um zu zeigen, wessen. Mit einem Schlag wurde aus dem Farbenhauch ein Porträt, so unerwartet, dass ich zusammenfuhr und nur einen Lidschlag später war es fort.

Es war nicht meines gewesen.

Es war Brendas.

Unmöglich! Brenda war nun eine Bronzene, sie durfte nicht länger in der Auswahl der Goldenen sein und dennoch glaubte ich, sie gesehen zu haben. Vielleicht war das die Auswirkung der schlaflosen Nächte? Ich riss den Kopf zur Seite, brauchte Bestätigung und fand Mutters Gesicht. Das erwartungsvolle Glühen darauf war erloschen. Aufgerissene Augen starrten an die Wand, ihr Mund war geöffnet, als wolle sie protestieren, doch kein Wort kam heraus. Sie wirkte, als wäre sie in eine Tonne mit Eiswasser gesteckt worden.

Sie sah aus, als hätte sie das Bild ebenfalls gesehen.

Ich kam nicht dazu, weiter darüber nachzudenken. Ein Raunen ertönte. Etwas geschah. War Brendas Bild zurück? Schnell riss ich den Kopf zurück zur Wand.

Wieder waren da Farben, doch diesmal fügten sie sich zu einem glasklaren Bild zusammen. Rotgoldene glatte Haare lagen wie ein Schleier über einem hellen Gesicht. Ein breites Lächeln wurde mir entgegengeschleudert, der Mund dazu war den perfekten Hauch geöffnet, um die Zähne gerade durchscheinen zu lassen. Blaue Augen blitzten den Betrachter förmlich an. Genauso, wie ich es jahrelang vor dem Spiegel geübt hatte.

Das System hatte mich bestimmt.

Kapitel 2

Arjans Schatten verlagerte sich, legte Dunkelheit auf die linke Seite meines Gesichts, das mir gigantisch entgegensah.

Neben mir stieß Mutter einen Jubelschrei aus. Vaters Faust zuckte triumphierend in die Höhe, als hätte er eine Schlacht gewonnen. Dabei war das hier keine Schlacht, sondern mein Leben.

Ich starrte auf das Bild, erwartete, dass es sich erneut änderte, dass die Farben verschwanden und Brenda mir ihr sanftes Lächeln entgegenwarf. Nichts davon geschah.

»Liah?« Erst eine Stimme ließ mich zusammenfahren. Ich zwang den Blick hin zu Arjan, der plötzlich keinen Meter von mir entfernt stand. Mein Freund aus Kindertagen, der nächste Präsident ... mein zukünftiger Partner.

Kein Wort kam mir über die Lippen. Arjans Hand ergriff meine, führte sie an seinen Mund und hauchte einen Kuss darauf. Wenn sich das hier nicht real anfühlte, dann war es das vielleicht auch nicht. Kaum, dass ich das dachte, brannte verhaltener Applaus auf.

»Ihr könnt stolz auf eure Tochter sein.« Mariannes Stimme drang dumpf an mein Ohr. »Die beiden werden solch ein zauberhaftes Paar abgeben.«

Ein Paar. Ich. Wir. Die Welt um mich schwankte bedrohlich. »Liah?« Arjans Arm schob sich mir in den Rücken, ein Halt, wo mir die Knie zu versagen drohten.

Die Blicke der Umstehenden fraßen sich mir durch die Haut. Nie war ich mehr gehasst worden, gleichzeitig durfte ich keine Schwäche zeigen. Meine Wangen brannten, so fest zwang ich sie auseinander und spannte dazwischen mein Lächeln, wie Wäsche auf einer Leine. *Nur nicht entgleiten lassen.*

»Wann findet die Bindung statt?« Vaters Gestalt schob sich vor uns. Er hätte mich am liebsten jetzt und hier an Arjan gebunden. Ob er Angst hatte, dass das System sich erneut umentscheiden konnte?

»Nächstes Jahr.« Erfreulicherweise hatte ich meine Stimme wiedergefunden. Weniger erfreulich waren die entgeisterten Mienen der Umstehenden. Der Blick des Präsidenten fuhr über mein Gesicht, als sähe er mich zum ersten Mal. Ich bruskierte den mächtigsten Mann, was war los mit mir?

Arjan lächelte beruhigend. »Liah scherzt gern.«

Tat ich nicht. Das wussten auch meine Eltern, die sich bemühten, etwas wie Erheiterung auf ihre Gesichter zu legen. Gleichzeitig ahnte ich, dass ich mir gerade ein paar zusätzliche Benimmstunden eingehandelt hatte.

»Da wir hier nicht bei den Bronzenen sind, finde ich nächste Woche passabel«, fuhr Arjan fort und machte aus meiner Bemerkung einen Scherz über die Bronzenen.

»Was ist mit deiner ersten Auswahl?« Der Präsident ließ von mir ab und seine Wut richtete sich nun gegen Arjan. »Hast du die etwa schon vergessen?« Er sprach Brendas Namen nicht aus, das änderte nichts daran, dass er schwer zwischen uns lag. Das System hatte einst Brenda ausgewählt, ich war nur die zweite Wahl, weil sie mittlerweile zur Bronzenen degradiert worden war.

»Sie war nichts weiter als ein flüchtiges Bild, Vater.«

»Nein.« Der Präsident senkte seine Stimme, soweit, dass die Außenstehenden nichts von seinen Worten mitbekamen. »So etwas darf nicht passieren, erst recht nicht bei der Auswahl meines Sohnes. Alle hier haben gesehen, wer deine echte Partnerin wäre. Sie werden reden.«

»Sollen sie.«

»Du willst Präsident werden?«, unterbrach sein Vater ihn unwirsch. »Hüter des Systems? Dann benimm dich wie einer und nicht wie ein kindischer Hitzkopf.«

Die Worte waren leise und dennoch so heftig wie ein Schlag und ließen Arjans Wangen feuerrot brennen. Seit Ewigkeiten hatte ich ihn nicht mehr so gesehen. Damals hatte uns sein Vater hier hinter den Vorhängen gefunden, nachdem wir seine Berater heimlich belauscht hatten.

Meine Eltern waren bei den Worten des Präsidenten ähnlich erstarrt wie ich. Selbst Marianne stand steif. Wir waren unfreiwillige Zuhörer eines Gesprächs, das nicht für uns bestimmt war.

»Ihr zwei werdet dafür sorgen, dass niemand mehr von diesem peinlichen Eklat spricht. Dieses erste Bild muss aus den Köpfen verschwinden. Eure Aufgabe wird es sein, dem Reich das perfekte Paar zu präsentieren!« Der finstere Blick des Präsidenten fuhr zu mir und machte mich zum Teil des Gesprächs. Unter ihm wurde ich zehn Jahre jünger und wartete beinahe darauf, dass ich für mein Benehmen nach Hause geschickt wurde, wie damals. Es wäre eine Erlösung.

Arjan legte seinen Arm enger um mich, eine Provokation an seinen Vater. »Wir vollziehen die Bindung in zwei Wochen.« Bis heute hatte ich gedacht, dass Arjan äußerlich allein nach Marianne kam, doch jetzt bemerkte ich, dass er den gleichen stechenden Blick hatte, wie sein Vater. Für einen Augenblick kämpften die beiden einen stummen Kampf. Es war der Präsident, der schließlich widerwillig nickte. Ein Sieg für seinen Sohn.

»Lass uns das Datum bekannt geben.« Arjan zerrte mich mit sich, fort von seinem Vater und dessen Wut.

»Du bist gerade die meist gehasste Frau des ganzen Reiches«, raunte er mir amüsiert zu, als wir die Stufen zur Tribüne hochstiegen. Tatsächlich lagen Wut und Enttäuschung auf den Gesichtern der gescheiterten Kandidatinnen. *Sie hätten alles gegeben, um hier oben zu stehen, in Arjans Arm.*

Ich hätte mit jeder von ihnen getauscht.

Was stimmte nur nicht mit mir?

Kapitel 3

Die Sonne war kaum aufgegangen, da wurde die Tür jäh aufgerissen. Mutter erschien mit energischen Schritten und aus ihrem Schatten schälte sich Marianne, unsere Schneiderin. Nur wegen der Sperrstunde war sie nicht noch gestern Nacht ins Haus gerufen worden. Jeder Tag zählte, um ein Meisterwerk an Kleid zu erschaffen, das ich bei der Bindung tragen würde.

Keine von beiden machte sich die Mühe, mich zu begrüßen. Mirabelle riss die Vorhänge zur Seite und Licht durchflutete den Raum. Bevor ich tiefer unter der Decke abtauchen konnte, wurde sie von mir gerissen. Meine Finger schnappten nach ihr, aber der Seidenstoff war zu glatt und entwischte mir.

»Steh auf, Liah. An die Arbeit«, sagte Mutter kühl und entfernte sich mit meiner Bettdecke in ihren Händen.

»Wie siehst du aus?« Ihr Blick fuhr entgeistert über mich. »Warum bist du so blass? Sind das da Schatten unter deinen Augen? Wie oft habe ich dir eingebläut, ausreichend zu schlafen? Du bietest einen grauenhaften Anblick und gleich kommt Marianne vorbei, um mit mir die Festlichkeiten zu besprechen. Soll sie dich etwa in diesem Zustand zu Gesicht bekommen?« Bei Mutter klang es, als hätte ich nur deshalb nicht geschlafen, um sie damit zu provozieren.

Es würde den Tag um unsinnige Diskussionen verlängern, wenn ich mich weigerte aufzustehen, also gab ich auf, ohne gekämpft zu haben. Ich schwang die Beine über die Bettkante.

»Habe ich zumindest noch Zeit, um mich zu waschen?« Damit würde ich mir einen Aufschub verschaffen, von ihnen, den Maßbändern und den Farbmustern, die sie mir anhalten würden. Genauso sähe mein heutiger Tag aus, bis Mirabelle davon eilte, um im Atelier alle zur Verfügung stehenden Stoffe herauszusuchen. Morgen würde sie mir diese zusammen mit unzähligen Spitzen und Knöpfen den ganzen Tag anhalten. Das Bedürfnis, die Decke aus Mutters zu Fäusten geballten Händen zu reißen, wurde überwältigend groß. Mirabelle trat vor, das Maßband bereits in der Hand, an ihrem Arm schimmerte der silberner Reif.

»Erst nach dem Messen.«

Im Laufe der Jahre war ihre Stellung irgendwo dicht hinter der meiner Mutter gerückt und weit vor meiner. Die Schneiderin durfte mir im Beisein meiner Eltern Anweisungen geben und die ließen es nicht nur kommentarlos geschehen, sondern forderten von mir ein, diese einzuhalten. Die wohl einzige Silberne, die in der Lage war, einer Goldenen Befehle zu erteilen. Mirabelle war Teil des Prozesses, um aus mir die vollkommene Goldene zu machen.

»Stell dich gerade hin, ich will dich ausmessen.«

Mirabelle nahm andauernd meine Maße. Wahrscheinlich wäre sie imstande gewesen, die aktuellsten Maße im Halbschlaf korrekt herunterzubeten. Ich streckte den Rücken durch, an den sich sofort Mirabelles geübte Finger, mitsamt des Maßbandes, legten. Ihre Kühle drang durch den dünnen Stoff meines Kleides.

»Sie wird andere Nachtwäsche benötigen. Dieser Sack ist eine Zumutung für Arjan«, mischte sich Mutter ein.

Worte wie ein Schlag mitten in meinen Magen.

Mirabelle stieß ein winziges, gereiztes Zischen aus, als ich zusammenzuckte. Mit ihrer freien Hand drängte sie mich zurück in die richtige Position. »Das werde ich heute noch veranlassen.« Ihre Stimme wurde grimmiger. »Du hast an der Taille zugenommen.«

Mutters Kopfschütteln setzte erneut ein, als würde ich es heute darauf anlegen, sie in die Verzweiflung zu treiben. »Achte in der nächsten Zeit auf deine Ernährung. Es bleibt bei den alten Maßen?« Mirabelles fragender Blick wurde von Mutter mit einem energischen Nicken quittiert.

»Selbstverständlich.«

Ich machte mir nicht erst die Mühe zu antworten, ich war nicht Teil dieses Gesprächs. Das war ich nie.

»Du kannst dich waschen gehen.« Mit einer Bewegung ihrer ausgestreckten Hand ließ Mirabelle mich abtreten, fürs Erste. Es klopfte an die Tür, bevor ich ins Nachbarzimmer flüchten konnte. Auf Mutters gereiztes »Ja«, erschien einer der Dienstboten und verbeugte sich vor ihr. »Der Juniorpräsident steht unten und bittet um ein Treffen mit Liah.«

Verflucht.

Ruckartig schoss Mutter zu mir herum. »Warum bin ich nicht informiert, dass du heute mit Arjan verabredet bist? Weshalb bist du dann nicht längst zurechtgemacht?« Das Zischen, das ihre Worte begleitete, erinnerte mich an das Geräusch eines Wasserkessels auf dem geheizten Ofen. Nur konnte sein Lärm augenblicklich verstummen. Das geschah bei Mutter selten, wenn sie mit ihren Beschimpfungsarien erst einmal begonnen hatte.

»Vielleicht weil er mir nichts davon gesagt hat, Mutter!« Meine Stimme war zu laut gewesen, zu grimmig. Nun sahen mich alle drei an. Ich war eine Puppe, ich hatte nicht so zu reden.

Mutters Augen verkleinerten sich zu Schlitzen. »Du wirst dich jetzt zusammenreißen und dich herrichten. Ich schick dir jemanden, der dir die Haare macht. Dieses strohige Nest auf deinem Kopf werden wir wohl kaum in den nächsten paar Minuten geglättet bekommen.« Sie ließ von mir ab, wandte sich dem bronzenen Dienstboten zu. »Worauf wartest du noch? Schick Beth zu mir. Arjan soll nicht wissen, dass seine Partnerin ihren Tag lieber damit zubringt, im Bett herumzulungern.«

Vom Schrank kam bereits das übliche morgendliche Geräusch von Bügeln, die über die Kleiderstange schliffen. Ihr Quietschen klang sogar noch höhnischer als sonst.

Ein neuer Tag hatte begonnen.

Ich atmete aus, hob die Arme und wartete auf das heutige Kleid, das sie mir überstreifen würden.

Es dauerte nur Minuten, da war ich vorzeigbar genug, um Arjan im Salon zu begrüßen. Die Dienstbotin hatte mit Mutter übereingestimmt. Statt mir die Haare zu kämmen, waren meine Strähnen mir in Windeseile kunstvoll auf dem Kopf befestigt worden. Ein Hauch von Farbe zierte meine Lider, während meine Lippen einen intensiven Rotton aufwiesen. Eingehüllt war ich nun in ein freundliches, helles Kleid. Nichts an mir deutete daraufhin, dass ich vor einer Viertelstunde noch im Bett gelegen hatte.

Arjan saß auf Vaters Ledersessel, die Beine selbstgefällig auf dem Fußhocker davor abgelegt. Vater selbst hatte sich auf der Récamiere niedergelassen. Ein ungewohnt ergebener Anblick. Der beste Platz des Hauses war für Arjan gerade gut genug. So sahen es zumindest meine Eltern. Etwas Bitteres kroch mir den Hals hoch, verätzte mich.

»Liah.« Arjans Augen blitzten auf, kaum dass ich den Raum betrat. Er erhob sich, musterte mich mit offenkundiger Bewunderung. Wie üblich küsste er meine Wange. »Wie kannst du so früh am Morgen schon so strahlend aussehen?«

Das war allein das Werk der drei Frauen in meinem Schlafzimmer.

Ob Vater die Stimme in meinem Kopf ebenfalls hörte? Er drehte sich zu mir, seine Miene eine stumme Drohung. Sein Zorn würde wie ein Gewitter auf mich einprasseln, wenn ich der Stimme nachgab. Die einzigen Augenblicke, in denen er mich wahrnahm, waren die, in denen ich drohte aus meiner Rolle zu fallen. Die Antwort, die mir auf der Zunge gelegen hatte, schluckte ich hinunter. Mir war nicht nach Vaters Donnerwetter. Sogar Mirabelle und ihre Stoffmuster zog ich da vor, die verlangten zumindest nicht, dass ich zuhörte.

»Ich freue mich einfach, dich zu treffen.« Meine Worte garnierte ich mit einem breiten Lächeln. »Heute habe ich nicht mit dir gerechnet. Waren wir verabredet?« Waren wir nicht, aber ich wollte wissen, warum er hier war.

»Nein, aber es gibt einiges zu besprechen und ich dachte, das wäre ein passabler Anlass, in aller Frühe an deine Tür zu klopfen.«

»Was hältst du davon, wenn wir in den Garten gehen? Das Wetter ist so schön«, schlug ich vor. Ich musste Vaters strengen Augen entwischen.

»Eine wunderbare Idee.« Arjan stand auf, sah Vater an. »Entschuldige uns bitte. Vielleicht können wir unser Gespräch später noch fortsetzen?«

Bevor Vater antworten konnte, wandte Arjan sich schon ab, peilte wie selbstverständlich die Tür an, die in den Garten führte. Streng genommen sollte ich nicht mit einem Mann allein sein, an den ich nicht gebunden war. Arjans Wille stand jedoch über jeder Schicklichkeitsregel und so durften wir ungehindert passieren.

Die Rasenfläche, die sich vor uns ausbreitete, war leuchtend grün und akkurat geschnitten, Wände aus dichten Hecken umgaben das Gelände. Mit der Sonne über uns war es ein perfekter Frühlingstag, doch in mir herrschte Winterkälte. Wir steuerten eine schwer einsehbare Ecke des Gartens an.

»Was ist los mit dir, Liah?« Arjan machte sich nicht die Mühe, seine Fassade länger aufrecht zu erhalten. »Du warst gestern Abend so schweigsam. Eigentlich hatte ich auf eine euphorischere Reaktion von dir gehofft.«

Euphorisch? Das war Welten von dem entfernt, was ich gestern gefühlt hatte. Was ich immer noch fühlte. Meine Schultern waren ähnlich schwer wie der Rest meines Körpers. Kurzerhand ließ ich mich auf den Rasen sinken, um Zeit zu schinden mit meiner Antwort. Es gefiel Arjan nicht, wenn ich auf dem Boden saß, sofort wurden seine Lippen schmaler. Damit musste er leben. Stehen würde ich gleich stundenlang.

Zutiefst widerwillig ließ er sich dennoch zu mir ins Gras sinken. »Also, was ist mit dir?« Eisige blaue Augen musterten mich.

»Weshalb war da Brendas Bild?« Die Worte sprudelten einfach aus mir heraus.

Arjans Miene wurde ungläubiger, bevor er grinste. Meine Frage schien ihm zu gefallen, dafür gefiel mir die Wachsamkeit nicht, die in seinen Augen aufflackerte.

»Deshalb hast du dich so abweisend verhalten? Weil ihr Bild vor deinem kam? Es war ein Fehler, nichts weiter«, sagte er und ließ seine Hand auf meine sinken. »Wahrscheinlich hat jemand vergessen, Brenda aus meinem Register zu löschen. Das System hat das erkannt und selbst korrigiert und jetzt ist alles so, wie es sein soll. Wir beide werden zusammen sein, das ist, worauf es ankommt.«

»Ohne Brendas Abstufung wärst du in diesem Augenblick bei ihr.«

Er atmete gereizt auf. »Du solltest sie endlich vergessen. Sie gehört nicht mehr zu uns.«

Das konnte ich nicht. Gestern Nacht hatte ich den Zettel mit ihrer neuen Adresse stundenlang in den Händen gehalten, drauf gestarrt. Er war ihre letzte Nachricht an mich gewesen.

»Fehlt sie dir überhaupt nicht?«

»Wir sind erwachsen geworden. Wege trennen sich. Schließ mit ihr ab.«

Mit meiner besten, meiner einzigen Freundin abschließen? Ich streifte Arjans Hand wie zufällig von meiner, weil ich diese Berührung nicht länger ertrug. »Brenda hat dir immerhin genug bedeutet, um ihr näher zu kommen.«

»Davon hat sie dir erzählt?« Arjan stieß unwirsch die Luft aus, schüttelte den Kopf, so heftig, dass die Strähnen seines hellen Haares flogen. »Das war nicht mehr als ein Zeitvertreib.«

»Für dich vielleicht. Brenda hat das bestimmt anders gesehen, sonst hätte sie nicht die Regeln gebrochen.« Die Zuweisung gestern hatte die Mauern, mit denen ich meine Gedanken sonst abschottete, brüchig werden lassen. Nur deshalb zwängten sich einige davon heute ungehindert heraus.

»Liah.« Arjans Stimme nahm augenblicklich an Schärfe zu. Es stand mir nicht zu, so mit ihm zu reden. Wir waren keine Kinder mehr, die darüber stritten, was sie als Nächstes spielen würden. Die Zeiten, in denen ich Arjan wie selbstverständlich widersprochen hatte, waren so lang vorbei, dass es mir manchmal schwerfiel, mich noch daran zu erinnern.

»Muss ich dich wirklich fragen, wem von uns beiden du mehr glaubst? Mir oder einer Bronzenen?« Das letzte Wort stieß Arjan aus, als würde der Geschmack, der daran haftete, ihn anwidern.

Dabei ging es nicht um irgendeine Bronzene. Es ging um Brenda. Brenda, mit der wir Wettrennen im Park gelaufen waren, Brenda, die für alles und jeden immer nur nette Worte gefunden hatte, Brenda, die seit Wochen abgeschieden von uns im bronzenen Viertel lebte.

Diesmal hielt meine Mauer, die Worte, die ich dachte, schafften es nicht an ihr vorbei und verhallten in mir.

»Nein«, hörte ich mich sagen und fühlte mich wie eine Verräterin.

Arjan beugte sich zu mir vor, sodass sein Gesicht nur Zentimeter von meinem entfernt war. »Vergiss diese Sache im Garten. Sie hatte nichts zu bedeuten, ich habe dabei nur an dich gedacht.« Seine Lippen kamen näher.

Kälte kroch mir durch den Körper. Arjan wollte mich küssen. Augenblicklich spannte ich mich an, bereit zurückzuweichen, um dann doch zu verharren. Das System sah etwas in uns, das ich nicht begriff. Das hier konnte meine Möglichkeit sein, es herauszufinden. Ich blieb, wo ich war, ließ zu, dass sich Arjans Lippen auf meine legten.

Ein verbotener Kuss, hauchzart ...

Er löste nichts als Leere in mir aus.

Kapitel 4

Ich hatte schon viele Dummheiten begangen, doch das hier, fühlte sich an, als könnte es die größte von allen sein. Diese Erkenntnis hinderte mich jedoch nicht daran, weiter zu stapfen. Zu mehr als stapfen war ich in diesen fremden Schuhen nicht imstande. Sie waren schwere, starre Klötze, mit denen ich regelmäßig zu heftig auf den Boden knallte. Das war bestimmt ähnlich ungesund, wie das Tragen der hochhackigen Absatzschuhe, die mir Marianne sonst aufzwang.

Der kühle Atem des Abends, der dem Frühlingsregen gefolgt war, strich mir über die Wangen, während ich die vor mir liegenden Pfade betrachtete. Mit einer von Vaters Karten in den Fingern wäre der Weg leichter zu finden, dafür hätte ich sie allerdings aus seinen Büchern reißen müssen. Spuren zu hinterlassen, konnte ich mir nicht leisten, also war ich gezwungen gewesen, mir die Route einzuprägen.

Irgendwann zwischen den Diskussionen von Mutter und Mirabelle, den unzähligen Stoffmustern und dem Wind, der die Zweige gegen das Fenster geknallt hatte, hatte ich mich entschieden, zu gehen. Wenn ich nicht endlich mit Brenda sprach, würde ich zerspringen.

Nach meiner vorgetäuschten Übelkeit hatte Mutter mir absolute Bettruhe verordnet, bevor sie zu einer ihrer vermeintlichen Freundinnen aufgebrochen war, die uns seit der Auswahl mit Einladungen überhäuften. Vater war im Palast, als Berater des Präsidenten verbrachte er gefühlt mehr Zeit dort, als zuhause, was ihn wenig zu kümmern schien. Auch die Dienstboten waren für heute entlassen worden. Es war niemand dagewesen, der kontrollierte, ob ich im Bett blieb.

Morgen früh würde Mutter sich vergewissern, dass da keine Schatten mehr unter meinen Augen lagen, doch für den Augenblick warf mein Körper Schatten in schlammigen Pfützen und der Anblick gefiel mir. Das hier mochte Wahnsinn sein, nur war der Wahnsinn der vergangenen Stunden schärfer, der löste eine ganze andere Heftigkeit von Angst in mir aus.

Ich war unaufmerksam, die nächste Pfütze, in die ich trat, war tief. Bis zum Knöchel versank ich darin. Kälte umspülte meinen Fuß, kroch mir den Socken hinauf und weitere Spritzer landeten auf dem erdbraunen Dienstbotenmantel. Den hatte ich mir heimlich aus der Kammer unserer Angestellten genommen, zusammen mit den Schuhen. Als Goldene konnte ich nicht einfach in den bronzenen Ring spazieren. Goldene hielten sich in ihrem eigenen Ring auf, machten eventuell einen Ausflug in den Silbernen. In den Äußeren, den bronzenen Ring verloren sie sich nie. Der weiße Spitzenbesatz am Hals machte mich nun in den Augen aller zur Dienstbotin. Die perfekte Tarnung, weshalb ich dem starren Stoff das Kratzen an meiner Haut verzieh.

Die aufgemalte Farbe auf meinen Lidern war längst verschwunden, genau wie die Haarnadeln. Nur ein bronzener Armreif hätte gefehlt, um die Verkleidung als Bronzene perfekt zu machen. Meinen eigenen goldener Reif hatte ich zu

Hause unter meine Matratze gesteckt, wo er sich zu Brendas Zeichnungen gesellte. Niemand hier kannte mein Gesicht. Die Grenze des goldenen Rings hatte ich schnell hinter mir gelassen. Seitdem lief ich durch den Sitz der Kaufleute, der bessergestellten Dienstboten und einigen anderen. Ich kannte nur wenig aus dem silbernen Ring und das auch nur von den Kutschfahrten zu Mirabelles Atelier. Sonst hatte es keinen Grund gegeben, meinen eigenen Ring zu verlassen. Bis jetzt. Es gefiel mir bei den Silbernen. Die schmalen Häuser waren eng aneinandergebaut, als wollten sie sich gegenseitig stützen. Hier wirkte es gemütlich und gleichzeitig erfrischend unpompös.

Ein Mann mit einem Handkarren kam mir entgegen, Kohlköpfe kullerten darin. Ab und an besorgten die Dienstboten davon welche auf dem Markt, wenn Vater Kohlwickel einforderte. Mutter schürzte regelmäßig missbilligend die Lippen, sobald sie auf ihrem Teller lagen, weil sie den Geruch von Kohl verabscheute. Sie fand, er roch nach Armut. Der Karren gab ein Quietschen von sich, als er neben mir hielt.

»Kohl?«, raunte der Mann mir zu und zog den schlammfarbenen Mantel gerade. Kurz blitzte sein bronzener Armreif auf, bevor er unter dem Ärmel des abgenutzten Mantels verschwand. »Frisch vom Feld«, fuhr er fort. Das letzte Wort dehnte er und entblößte einige Zahnlücken, bevor er den Kopf schnell wieder abwandte, die Pfade des silbernen Rings vor uns musterte, als rechnete er mit Problemen. Waren durften nur auf den Märkten und in den Geschäften verkauft werden und das ging nur, wenn einem das System diese Tätigkeit zuteilte. Ich nahm an, dass es für den Bronzenen vor mir andere Arbeit vorgesehen hatte und doch stand er hier, griff nach einem der Kohlköpfe und hielt ihn mir drängend entgegen.

»Sie sind günstiger als auf dem Markt, du bezahlst mich, zweigst dir ein paar Geldstücke ab und wir gewinnen beide.«

Es dauerte einen langen Moment, bis ich verstand. Er hielt mich tatsächlich für eine Dienstbotin und versuchte mir den Kohl für die goldenen Herrschaften zu verkaufen.

»Kohl mögen sie nicht«, waren die erstbesten Worte, die mir einfielen. Offenbar nicht die Antwort, die er hören wollte. Er spuckte aus.

»Nicht schick genug für ihre feinen Gaumen, was?« Ein weiterer Schwall Spucke landete auf dem Boden zwischen uns. »Das Fieber soll sie holen.«

Mit einem scharfen Quietschen setzte er den Karren in Bewegung und marschierte grußlos an mir vorbei. Dass ich ihm hinterher starrte, registrierte ich erst, nachdem er in der nächsten Gasse verschwand. Ich sollte froh sein, dass er ging, aber das war ich nicht. Seine Ablehnung schabte wie eine Klinge in mir. Dabei war er verrückt. Eine andere Möglichkeit gab es nicht. Hätte ihn jemand von den Wachen so reden gehört, hätte es den Bronzenen seine Zunge gekostet. Ich hob die klotzigen Schuhe an und setzte den Weg fort, den Geruch nach Kohl in meiner Nase.

Es dauerte nicht lang, da gingen die gepflasterten Wege abrupt in plattgetretene Pfade über, schlammige, dunkle Pfützen schwammen darauf. Sie erinnerten mich an den löchrigen Käse, den Vater nachts oft aß. In der Ferne standen weitere Häuser, unregelmäßig angeordnet, so als hätte jemand sie wahllos in die Gegend geschmissen.

Der bronzene Ring.

Endlich.

Mein Herz presste sich mir gegen die Rippen und gleichzeitig kribbelte es dort erwartungsvoll. Der erste Moment seit der Auswahl, in dem ich mich wieder ansatzweise lebendig fühlte. Ich hatte es hierher geschafft.

Für einen Augenblick bildete ich mir ein, den Geruch frischgebackener Zuckerplätzchen wahrzunehmen. Dabei hatte ich seit fünfzehn Jahren keines mehr gegessen. Seltsam, welche Erinnerungen sich in einem festkrallten.

Ich betrachtete die Ausläufe des bronzenen Rings vor mir und bildete mir ein, den Geschmack der Plätzchen auf meiner Zunge zu schmecken. Als Kind hatten mir die rauen Hände unserer Köchin die Taschen meiner Kleider damit gefüllt. Fernab der Augen meiner Eltern, wann immer ich in die Küche gehuscht war. Dabei waren es nicht die Süßigkeiten gewesen, die mich dorthin getrieben hatten, sondern die Geschichten über den bronzenen Ring, die mir die alte Köchin erzählte, während sie in ihren Töpfen rührte. Einmal hatte sie von Türmen gesprochen, die so hochragten, dass sie die Wolken kitzelten. Ein Bild, das mich nicht mehr losließ. Von da an hatte ich die Frau angefleht, sie mir zu zeigen. Jeden Tag, bis sie schließlich lächelnd zugestimmt hatte, mich irgendwann einmal mitzunehmen und mir den Ring und die Türme zu zeigen. Vor Begeisterung war ich durch die Küche gehüpft. Nur wenige Stunden später, zerrte Mutter die Taschen meines Kleides um und Krümel fielen wie dicke Schneeflocken hinaus. Wie sich herausstellte, hatte eine der Küchenhilfen ihr von meinen Besuchen bei der alten Köchin berichtet. Die Köchin musste sofort ihren Platz räumen, ohne, dass ich mich von ihr verabschieden durfte. Der Schmerz damals war so heftig gewesen, dass er selbst jetzt, nach über einem Jahrzehnt, noch wie ein Echo in mir nachschwang.

Heute hier zu sein, fühlte sich immerhin wie ein kleiner Sieg an. Einer, den ich nach den letzten Tagen dringend brauchte.

Der bronzene Ring, den ich durchquerte, war nicht der, den meine kindliche Vorstellung in mir geschaffen hatte. Ich hatte mit grünen Feldern, mit bunten Blumen an den Wegesrändern und heimeligen kleinen Häuschen gerechnet.

Doch die Wege, über die ich lief, verdienten diesen Namen kaum. Sie waren nicht mehr als ein gräulicher Matsch. Die Behausungen der Bronzenen, neben den Pfaden, schienen winzig. Einige davon sahen aus, als würde eine starke Windböe ausreichen, um sie zusammenfallen zu lassen. Kaum vorstellbar, dass darin Menschen wohnten. Zwischen den unbebauten Abschnitten fanden sich keine Parkanlagen, nicht einmal Beete, sondern gelbes Gestrüpp oder karger Boden. Es wirkte, als hätte jemand meiner Vorstellung die Farbe entzogen. Dafür roch es erdig und würzig. Ganz anders, als im goldenen Ring, wo gerade die Rosen überall ihren Duft hinterließen. Rosen hatte ich nie gemocht, sie waren zu bemüht darin, zu gefallen. Sie waren wie ich.

Außer den alten Geschichten der Köchin wusste ich nichts über das Leben im bronzenen Ring. Jetzt war ich hier und versuchte, ihre Erzählungen mit dem in Einklang zu bringen, was ich vorfand. Die Realität war düster, doch die Faszination in mir blieb, wo sie war.

Glücklicherweise lag Brendas neue Bleibe nicht weit von meinem Elternhaus entfernt. Eine Kutsche hätte zu viel Aufsehen erregt. Nun, wo ich die schlammigen Pfade entlangging, fragte ich mich, ob sich überhaupt Kutschen aus den anderen Ringen hierher verirrten. Im Schlamm fanden sich neben den Abdrücken von Schuhen zumindest hin und wieder welche von Hufen, aber Pferde sah ich auf dem Weg keine.

Der Anblick von Brendas Haus presste mir das Herz zusammen. Eine Hütte, deren Holz so dunkel war, dass es bedrohlich wirkte. Obwohl die Sonne bereits unterging, schien kein Licht im Inneren zu brennen. Ein Fensterladen war aufgezogen und die Schwärze dahinter erweckte den Eindruck eines aufgerissenen Schlundes.

Bis vor ein paar Wochen hatte Brenda in einer Villa gelebt, deren Mauern weiß waren und ihre Betrachter geblendet hatten, wann immer die Sonne darauf schien. Dieses Strahlen hatte zu Brenda gepasst – diese gespenstische Hütte vor mir nicht.

So leicht es mir gefallen war, die Ringe zu durchqueren, so schwerfielen mir diese letzten Meter. Ich brauchte lang, bis ich die Tür erreichte. Meine Hand hob sich und sank feige zurück an den rauen Stoff des Dienstbotenmantels.

Glockengeläut erklang. Die Warnung, dass mir nicht mehr lange blieb, bis die Sperrstunde einsetzte. Es klang genau wie unseres im goldenen Viertel, doch ausgerechnet dieses vertraute Geräusch beunruhigte mich am meisten. Ich hatte für den Weg zu lange gebraucht, mir blieb nur eine Stunde, um nach Hause zu kommen. Wie sollte ich das schaffen? Hastig donnerte ich mit der Faust gegen die Holztür. Mir blieb keine Zeit mehr, um zu hadern.

Die Augenblicke zogen sich zu einem endlosen. Ich horchte in die Stille, wartete auf Stimmen oder Schritte. Hinter der Tür schien alles ruhig. Die Enttäuschung sank mir wie ein schwerer Stein in den Magen und gleichzeitig durchfuhr eine feine Erleichterung meine Brust. Wie war es möglich, sich im gleichen Moment dermaßen unterschiedlich zu fühlen?

Kaum wandte ich mich ab, bereit zu gehen, da zerriss das Quietschen von rostigen Scharnieren die Stille. Ich fuhr herum und fand Brenda, die rasch die Tür schloss, als wollte sie verhindern, dass ich hineinsah. Sie verschränkte die Arme vor ihrer Brust, doch das reichte nicht, um die Veränderungen an ihr zu verstecken. Allen voran das unförmig geschnittene Kleid der bronzenen Frauen. Günstiger Stoff, dessen einziger Zweck es schien, robust zu sein. Der schlammbraune Ton stellte einen harten Kontrast zu den fröhlichen Farben da, die Brenda in ihrem früheren Leben getragen hatte. Ihr honigfarbenes Haar, das sonst kunstvoll geflochten um ihren Kopf gewickelt war, lag nun wie ein Vorhang über ihren Schultern. Es war so schön wie immer, ein Meer aus goldbraunen Strähnen. Diese ganzen unnötigen Frisuren hatte es nie gebraucht. Brenda würde meine Gedanken wohl kaum hören wollen, also behielt ich sie in mir.

»Was tust du hier, Liah?« Ihre Kleidung schien nicht das einzige Fremde an ihr zu sein, diesen harten Ton ihrer Stimme kannte ich ebenfalls nicht. Sie war die sanfte und friedfertige von uns beiden, diejenige, die schon als Kind zwischen Arjan und mir vermittelt hatte, wenn wir uns wieder einmal stritten. Ich hatte Brenda nie wütend erlebt, doch heute funkelten ihre Augen vor kaltem Zorn und gleichzeitig fand sich da keine energische Erwiderung in mir. Unsere Rollen waren sonderbar vertauscht.

»Du hast mir doch deine Adresse geben lassen.« Jedes meiner Wörter zwang ich mir ab.

»Das habe ich sicher nicht.« Ihre Augen weiteten sich entgeistert, um sich augenblicklich argwöhnisch zu verkleinern.

Dachte sie, ich würde sie anlügen? Ihre Angestellte hatte mir den Zettel gebracht, mit der Nachricht, dass Brenda ihn mir schickte. Was sollte das?

»Glückwunsch«, zischte sie und ließ mir keine Zeit, meine Verwunderung in Worte zu fassen. »Du hast gewonnen.«

Die Auswahl.

Mein Name hatte es vor mir hierher geschafft.

»Das war kein Wettbewerb.«

»Natürlich war es einer. Frag die anderen Goldenen oder deine Eltern.« Ihr Blick versank anklagend in mir. »Sie wussten, dass du auf den letzten Metern schwächelst, also haben sie mich aus dem Weg geschafft. Wir sind Cousinen. In unseren Venen fließt das gleiche Blut und sie haben dennoch dafür gesorgt, dass ihre Nichte zur Bronzenen abgestuft wird, nur um dich zu Arjans Partnerin zu machen.«

In ihren Augen funkelte es verräterisch feucht, das nahm ihren scharf geschliffenen Worten nichts an Härte. Wie sehr ich mir wünschte, widersprechen zu können, aber das konnte ich nicht. Auch ich glaubte, dass meine Eltern dahintersteckten. Der Zeitpunkt so kurz vor der Zuteilung war kein Zufall gewesen, sondern Kalkül. Nachdem ich von Brendas Abstufung erfahren hatte, war ich zu Mutter gerannt, mit all meinen Fragen, aber sie hatte nicht eine davon beantwortet. Seitdem beobachtete ich Vater abends dabei, wie er verstohlen Wein in sich kippte und Mutter, wie sie in den Wochen darauf bei jedem Türklopfen zusammengeschreckt war, als erwartete sie Unheil. Die Schuld stand beiden ins Gesicht geschrieben.

»Wenn du hier bist, um dich für sie zu entschuldigen, vergiss es. Manche Taten sind unentschuldbar.«

Brendas Blick wanderte über mich, blieb an meinem Mantel hängen und Bitterkeit ließ ihre Lippen schmaler werden. Für mich war er eine Verkleidung, die ich gleich ablegen würde. Für Brenda nicht.

»Ich wollte Arjan sagen, wie du bist, aber ich bin nicht mehr dazu gekommen«, sagte sie kaum hörbar.

»Sag so etwas nicht!«

»Doch.« Sie reckte ihr Kinn. »Sollte er mir noch einmal über den Weg laufen, werde ich ihm all deine Geheimnisse verraten.«

Nichts an der Frau vor mir erinnerte mich an die Brenda, die ich mein Leben lang gekannt hatte. Arjan würde durchdrehen, bei jedem Einzelnen davon. Wut verschluckte die Scham, die bis gerade in mir gebrannt hatte. »Er wird keiner Bronzenen glauben.«

Die Farbe wich aus ihrem Gesicht und die langen Wimpern flatterten. Ich hatte sie getroffen, Worte waren effektiver als Schläge. Wäre ich ein besserer Mensch, hätte ich sie zurückgenommen, so blieben sie zwischen uns stehen.

»Ich bin nicht hier, um mit dir zu streiten, ich bin gekommen, um dir zu sagen, dass ich nichts wusste. Niemals hätte ich zugelassen, dass meine Eltern dir so etwas antun.« Meine Hand legte sich an Brendas und sie wich nicht aus, das machte mich mutiger. »Mir ist gleichgültig, welche Farbe dein Armreif hat. Du bist meine beste Freundin. Wenn du etwas brauchst, dann bin ich für dich da. Ich...«

»Verschwinde, Liah.« Tränen glitzerten in Brendas Augenwinkeln, als sie die Hand zurückriss. »Ich will deine Hilfe nicht und ich will dich nicht mehr. Du hast in diesem Ring nichts zu suchen!«

Ein paar Wochen hier konnten aus meiner Brenda nicht diese harte Frau vor mir gemacht haben. »Wir sind Freunde, schon immer.«

Ihr Kopf fuhr herum zum Nachbarhaus, als wäre ihr die Vorstellung peinlich, mit mir gesehen zu werden. »Ich habe dich nur gebraucht, um in Arjans Nähe zu kommen.«

»Du lügst.«

»Warum sollte ich?« Die Schatten unter ihren Augen bildeten tiefe Gräben, als sie wieder zu mir sah. »Ich bin müde, Liah. Müde mir anzusehen, wie dir alles in den Schoß fällt, was jede von uns will und du dich darüber beschwerst. Ich habe keine Lust mehr so zu tun, als wären wir Freundinnen. Die Auswahl ist vorbei, wir schulden einander nichts. Jetzt geh und bleib weg.«

Sie huschte ins Haus, schlug die Tür hinter sich zu und brachte die einzig verlässliche Brücke in meinem Leben zum Einsturz. Das Beben ließ mich erzittern.

Brenda war fort.

Ich war allein.

Kapitel 5

Ein Ast streifte mein Handgelenk, etwas daran riss mir die Haut auf. Nicht zum ersten Mal in dieser Nacht, denn im bronzenen Ring schienen alle Pflanzen Dornen zu besitzen, die sie in mich versenkten. Was Mutter sagen würde, wenn ich morgen zerkratzt aus dem Bett stieg? Falls ich morgen überhaupt aus dem Bett steigen würde. Mein Hals wurde bei der Vorstellung, dass sie mich dort nicht vorfand, trocken wie altes Pergament. *Sie würden Arjan verständigen.*

Je länger ich durch die Dunkelheit irrte, desto realer wurde die Möglichkeit, dass ich nicht rechtzeitig zurückfand. Den Weg zu Brenda hatte ich mir eingeprägt, es zeigte sich, dass dies nicht unbedingt für den Rückweg galt. Ob es an Brendas Worten lag oder an meinem miserablen Gedächtnis, ich musste eine falsche Abzweigung genommen haben. Menschen waren längst keine mehr unterwegs, die waren klug genug gewesen, sich zur Sperrstunde in ihren Hütten zu verschanzen. Gut für sie, schlecht für mich, denn so hatte ich auch nicht die Möglichkeit, jemanden nach dem Weg zu fragen. Jetzt musste ich ohne Hilfe zurückfinden und ohne Licht, was das Unterfangen direkt noch schwieriger machte. Regen prasselte auf mich ein. Die Dunkelheit um mich herum war so zäh, dass es sich anfühlte, als könnte ich sie mit den Händen greifen.

Mehrmals war ich in Sträucher gelaufen. Äste hatten sich in dem rauen Stoff des Mantels verfangen und ich hatte mir einen Dorn tief in den Daumen gerammt, bei dem Versuch, mich zu befreien. Ich musste noch im bronzenen Ring sein, denn in den anderen Ringen gab es Laternen, die in den Nächten die Wege beleuchteten. Wie oft hatte ich nachts aus dem Kutschenfenster geschaut, ihr Licht bewundert und mir gewünscht, auszusteigen, um zu laufen. Jetzt wo ich genau das tat, wünschte ich mir eine Kutsche herbei. Sie durfte von mir aus eng und stickig sein, solange der Fahrer den Weg kannte und ich einen Passierschein für die Sperrstunde besaß.

Vielleicht hatte Brenda zumindest damit recht und ich war undankbar. Ihre Vorwürfe hallten ununterbrochen in mir nach und gleichzeitig klangen sie nicht nach Brenda. Die Erkenntnis linderte den Schmerz darüber nicht. Der einzige Mensch, der mit etwas bedeutete, wollte mich nicht länger in seinem Leben haben. Das hatte ich befürchtet, nur deshalb hatte ich gehadert zu ihr zu gehen. Jetzt hatte ich die Gewissheit, unsere Freundschaft war vorüber. Die Erkenntnis war wie ein Messer, das mich von innen sorgsam aushöhlte, seine scharfe Klinge ließ tiefe Einsamkeit zurück.

Meine Gedanken waren abgerutscht und ich tat es ihnen gleich, verlor im schlammigen Untergrund meinen Halt. Ungebremst knallte ich auf den matschigen Boden und Schmerz durchzog meine Arme und Beine. Konnte diese Nacht noch schlimmer werden? An meinen Unterarmen spürte ich förmlich, wie sich blaue Flecken auf meiner Haut ausbreiteten. Mutter würde durchdrehen. Ein sonderbares ersticktes Geräusch drang aus mir heraus, nicht Lachen, nicht Schluchzen, etwas dazwischen. Matsch presste sich mir an die Hände, als ich mich hochdrückte. Ich strich meine Finger am Mantelstoff ab, versuchte mich in der Dunkelheit erneut zu orientieren, da sah ich sie. Winzige Lichter, kaum größer als Glühwürmchen. Lampen! Ich hatte den silbernen Ring gefunden. Doch fand sich erschreckend wenig Freude in mir, nur Erleichterung darüber, dass diese Nacht demnächst enden könnte.

Die hellen Punkte entpuppten sich als Lampen, die geschützt vor dem Regen, in kleinen Holzkästen flackerten. Offenbar hatten die Bronzenen Möglichkeiten gefunden, sich selbst die Wege zu beleuchten. Jetzt musste ich nur noch herausbekommen, in welcher Richtung der silberne Ring lag. Immerhin konnte ich durch die Leuchtkästen die Umrisse von Häusern ausmachen.

Ich steuerte auf die nächstgelegene Hütte zu. Von dort fiel gedämpfter Schimmer durch eine fenstergroße Öffnung, die mit Stoff behangen war. Je näher ich kam, desto mehr Details fand ich. Vertrocknete Ranken, die wirkten, als wucherten sie dort schon seit Jahren, zogen sich über die Wände. Alte Bretter waren zu einem achtlosen Berg davor aufgetürmt und drumherum wuchs das Gestrüpp so hoch, dass es mir bis zu den Knien reichte. Die Hütte wirkte, als wäre sie dem Bewohner gleichgültig.

Ein spitzer Schrei von drinnen ließ mich zusammenfahren. Dumpfes Gelächter setzte ein, von verschiedenen Stimmen gleichzeitig. Mein Herz beschleunigte sich. Für einige Sekunden verharrte ich in meiner Position, unfähig, mich zu bewegen. Das Lachen verhallte und alles wurde wieder still, abgesehen von meinem Herz, das durch meine Brust flatterte wie ein panischer Vogel. Wo war ich hier gelandet?

Ich ging weiter, schneller diesmal. Was immer das hier für eine Gegend war, ich sollte sie hinter mir lassen.

Die nächsten Hütten verstärkten dieses Gefühl. Niemand schien sich um sie zu kümmern. Dutzende Flaschen fanden sich neben einer der Türen, vor einer anderen lag ein Haufen, der aussah, wie nasse Wäsche, doch der Geruch, der mir von ihm entgegenschlug, ätzte in meiner Nase. *Verwesung.*

Ich hielt die Luft an, während ich vorbeiging.

Diese Gegend ließ es in meinem Nacken kribbeln. Das war definitiv kein Ort, an dem ich mich aufhalten sollte. Ich begann mich abseits der Bebauungen zu halten, um die Siedlung zu umgehen, bis das Jaulen eines Tieres den prasselnden Regen übertönte. Sofort war das Bild der riesigen, ausgestopften Katze mit den spitzen Zähnen da, die in Vaters Arbeitszimmer stand. Kälte sickerte mir durch die Glieder. Plötzlich war der Weg durch die Siedlung weniger unheimlich. Schnell drehte ich mich um, wollte loslaufen und prallte gegen etwas Massives. Bevor mein erschöpfter Verstand begriff, dass das kein Baum sein konnte, legten sich warme Hände an meine. Immer wenn ich glaubte, diese Nacht könnte nicht schlimmer werden, überraschte sie mich erneut.

Ich sah nicht genug, um mein Gegenüber vollständig zu erkennen. Die Hände schienen groß, genau wie der Körper, der sich schemenhaft abzeichnete. Ein Mann, zweifellos.

»Was machst du hier?« Der Griff seiner Finger wurde energischer, vielleicht, weil ihm mein Schweigen zu lang dauerte. Nur war ich nicht willig, ihm eine Antwort zu geben. Stattdessen zerrte ich an seinen Händen, versuchte, mich von ihnen zu befreien. Sein Griff blieb hart und unnachgiebig.

»Woher kommst du?«, raunte er.

Als würde ich ihm darauf antworten. Abrupt löste sich eine seiner Hände und streifte den nassen Ärmel des Dienstbotenmantels hoch. Suchend glitten fremde Finger über meine Haut.

»Du hast keinen Armreif? Wen suchst du hier?«

»Niemanden«, knurrte ich. »Ich schnappe nur frische Luft.«

Er gab ein Geräusch von sich, das mit gutem Willen eine Art Lachen darstellte, während der Regen ungerührt weiter auf uns niederprasselte.

»Bei dem Wetter? Als ob.«

Seine Bemerkung ließ ich unkommentiert, weil ich damit ausgelastet war, einen Weg zu finden, wie ich dem Fremden entkam.

»Also was tust du zur Sperrstunde im Schmugglerviertel?«, setzte er erneut an.

Schmugglerviertel.

Dieser Name heizte das ungute Gefühl in mir weiter an. Er klang düster und passte zu dem, was ich hier zu sehen bekam.

»Das Gleiche könnte ich dich fragen«, schoss es aus mir heraus.

»Das könntest du tun und ich würde antworten, dass es meine Aufgabe ist, dafür zu sorgen, dass hier niemand nachts herumschleicht.«

War er ein Soldat? Wieder hatte sich die Nacht ein Stück verschlimmert.

»Und du bist eine ... Bronzene?« Er zog die Frage unangenehm in die Länge. Ahnte er, dass ich nicht hierher gehörte? Für einen Moment stoppte mir das Herz. Zumindest war auf meinen Mund Verlass.

»Ja. Eine Bronzene, die dir offenbar Angst macht.«

»Ich habe nie Angst«, kam es unbekümmert zurück.

Nicht dass ich angenommen hatte, dass ich ernsthaft einschüchternd auf ihn wirkte. Ich war klein, stolperte durch die Nacht und meine Kleidung triefte vor Nässe.

»Wie kommt es dann, dass du meine Hände so fest umklammerst, als würdest du befürchten, dass ich dir sonst ein Auge aussteche? Lass mich los!«

Seit der Auswahl lief mein Leben gefühlt aus dem Ruder. Es tat erstaunlich gut, etwas von der Wut, die in mir pulsierte, an diesem Fremden auszulassen.

Erneut lachte er auf, keines dieser düsteren Lachen, die Arjans Leibwächter hin und wieder in meine Richtung abließ, um mich einzuschüchtern. Auch nicht diese überheblichen, mit denen Arjan mich oft bedachte. Das Lachen des Fremden wirkte echt, als hätten ihm meine Worte gefallen. Bisher war das nur bei Brenda so gewesen. Ich riss erneut an den Händen des Mannes und diesmal gab er sie anstandslos frei.

Endlich.

Nur was jetzt? Wenn ich fliehen würde, holte er mich sicher direkt ein.

»Was tust du hier?« Auch wenn seine Stimme nun weniger hart klang, forderte er weiterhin eine Antwort ein.

»Ich habe mich verlaufen.«

»Die Ausgangssperre hat vor zwei Stunden eingesetzt.«

»Das bedeutet, dass ich seit drei Stunden durch den Regen wandere und nach etwas suche, das mir vage vertraut vorkommt. Läuft nicht gut für mich.«

»Du solltest um diese Zeit nicht allein unterwegs sein. Es gibt Plünderer, die umherstreifen und ... Schlimmeres.«

Ein Schaudern lief mir über den Rücken.

Wollte ich wissen, was Schlimmeres bedeutete? Wohl nicht, mir blieb ohnehin keine Wahl. Zumindest klang er nicht, als würde er mich festsetzen. War der Mann wirklich ein Soldat oder hatte ich ihn falsch verstanden? Gab es andere Gründe, weshalb er die Gegend inspizierte und Neugierige davonjagte? Mir fiel keiner ein, der nicht zwielichtig gewesen wäre.

Er gab ein Seufzen von sich. »Na los, wo willst du hin? Ich bringe dich, sonst läufst du noch den Patrouillen in die Arme.«

Kein Soldat. Sonst hätte er mich den Patrouillen ausliefern müssen. Er bezeichnete diese Siedlung als Schmugglerviertel, was ziemlich unheilvoll klang, war zur Sperrstunde unterwegs und behauptete, hier der Aufpasser zu sein. Außerdem bot er an, mich an den Patrouillen vorbeizubringen, das klang alles verdächtig danach, als wäre der Mann vor mir ein Gesetzesbrecher. Das war gut. Er würde mich zumindest nicht den Soldaten ausliefern. Doch reichte das aus, um mich von ihm nach Hause bringen zu lassen?

»Du könntest vorhaben mich irgendwo abseits zu führen, um mich zu überfallen«, sagte ich.

Damit entlockte ich ihm ein weiteres Lachen. Die Umrisse vor mir bewegten sich und ich erkannte schemenhaft, wie er die Arme vor der Brust verschränkte. »Wollte ich das, hätte ich es längst getan.« Er stritt nicht einmal ab, dass er ein Dieb war. »Ich kenne nicht viele Gegenden, die abgelegener sind als diese hier. Aber eine Dienstmagd stellt keine gute Partie dar. Du hast nicht einmal ein Armreif dabei, den ich dir entwenden könnte.«

Ganz ohne mein Zutun zogen sich meine Mundwinkel hoch. Das erste ehrliche Lächeln seit einer Ewigkeit und Grund dafür war ein fremder Krimineller. Zumindest hatte seine Antwort die Entscheidung gebracht, für ihn und gegen das weitere ziellose Umherirren.

»Kannst du mich zum Marktplatz in der Nähe der Arena bringen?« Da würde Arjan morgen seine Rede halten. Den Platz hatte ich mir auf der Karte angeschaut. Ein Pfad führte von dort direkt zu unserem Haus.

»Interessante Wahl.« Ein Anflug von Belustigung fand sich in seiner Stimme. Wahrscheinlich glaubte er, dass ich ihm nicht genug traute, um ihm zu sagen, wo ich wohnte. Dass der Grund dafür bei mir lag und nicht bei ihm, vermutete er sicher nicht. »Du bist spät dran, ich fürchte, die Händler dort hast du alle verpasst.«

»Die sehe ich in ein paar Stunden schon, wenn ...«

Meinen vorlauten Mund bekam ich gerade noch gestoppt, bevor er mehr über meine morgigen Pläne verriet. Ich musste vorsichtiger sein.

»Lass uns gehen«, forderte er. »Hier treiben sich einige üble Gesellen herum.« Er setzte sich in Bewegung und ich schloss mich ihm an.

»Üble Gesellen und du«, gab ich zurück.

»Ich bin das Einschüchterndste, was das Reich zu bieten hat.«

»Wie beruhigend, dann kommt es mir nicht besonders gefährlich vor.« Er stieß ein winziges Prusten aus, das entfernt an ein Auflachen erinnerte und auch meine Mundwinkel fuhren hoch, ganz ohne, dass ich ihnen den Befehl dazu gegeben hatte.

Er hielt sich fern von den selbstgebauten Laternen und den Hütten. Obwohl er fremd war, nahm dieses warnende Gefühl, das diese Siedlung in mir ausgelöst hatte, ab. Ihm schien ich mehr zu vertrauen als dieser Gegend.

»Verrätst du mir, weshalb du so spät überhaupt unterwegs bist?«, fragte er.

»Nein.«

»Wenig überraschend.« Das gemächliche Prasseln des Regens wog über das Geräusch unserer Schritte hinweg. »Gibt es irgendetwas, über das wir reden können oder schweigen wir uns jetzt die nächste Stunde an?«

Eine Stunde nur? Demnächst würde ich in meinem Bett liegen. Niemand würde von diesem Ausflug erfahren und morgen wäre alles wie immer.

Wie immer. Diese zwei Wörter bohrten sich wie ein Splitter in mich.

»Bist du glücklich mit deinem Leben?« Die Frage entschlüpfte mir und bevor ich sie zu greifen bekam, hatte sie sich zwischen uns breitgemacht.

»Eigentlich dachte ich, wir reden über die Weizenknappheit oder dieses ekelhafte Wetter.« Er verstummte, schwieg sich aus, während wir weitergingen.

Eine dumme Frage. Niemand würde eine ehrliche Antwort darauf geben. Es war Aufgabe des Systems, uns zur Zufriedenheit aller an die vorbestimmten Plätze zu weisen. Ich hatte angenommen, dass ich glücklich werden würde mit dem zugeteilten Platz.

Mein Fuß klatschte zu heftig in eine tiefe Pfütze, Spritzer landeten auf meinen Wangen, doch meine Schritte ließ das nicht vorsichtiger werden.

»Ich habe mir mehr hiervon versprochen.« Seine Antwort kam so spät, dass ich einen Herzschlag lang brauchte, um zu begreifen, dass es eine war. »Nein, glücklich bin ich nicht.«

Das war nicht das, was ich erwartet hatte. Niemals hatte ich jemanden so reden hören. Das rief meinen Argwohn zurück. Ahnte er, dass ich nicht war, was ich vorgab?

»Was ist mir dir?« Seine Stimme hatte sich verändert, war schneller, so als wollte er von sich ablenken.

Versuchte dieser Fremde etwa, mich auszuhorchen?

Keine zwei Meter von uns entfernt stand der nächste dieser Lichtkästen, diesmal ließ ich nicht zu, dass der Mann ihm auswich. Ich krallte meine Hand in seinen Arm und zerrte ihn ins Licht. Es war wohl seiner Überraschung geschuldet, dass er sich nicht wehrte.

»Wer bist du?«, stieß ich aus.

Grüne Augen fuhren verwundert über mich. Sie waren das Erste, das ich von ihm wahrnahm. Ausgerechnet das Jadegrün des Libellenkamms, den Brenda mir vor Ewigkeiten geschenkt hatte, fand ich in seinem Gesicht wieder. Seiner Stimme nach hatte ich ihn einige Jahre älter eingeschätzt, nun erkannte ich, dass er keine zwanzig war, ähnlich alt wie ich. Ein paar Haarsträhnen hatten sich aus der Kapuze seines Mantels befreit, hingen nass in seiner Stirn. Golden, wie der Weizen im Herbst. In meiner Welt war alles so perfekt, dass es schwer war, diese gekünstelte Perfektion von wahrer Schönheit zu unterscheiden. Dieser Mann war anziehend schön. Sein Gesicht war ebenmäßig, bis auf das Kinn, das markant hervorstach. Darüber saßen ausgesprochen volle Lippen, die einen perfekten Schwung besaßen, aber am meisten faszinierten mich seine Augen, die zu leuchten schienen. Durchbrochen wurde sein Anblick allein durch die kleine Narbe quer über seiner rechten Augenbraue. Eine schmale, beinahe weiße Linie.

»Was wird das hier?« Eine tiefe Falte grub sich in seine Stirn. Er wich einen verständnislosen Schritt von mir zurück, näher zur Laterne und das Licht verlieh der Narbe einen glänzenden Schimmer.

Hitze stieg mir in die Wangen, als mir aufging, wie ungebührlich es war, mich einem Mann so zu nähern. Rasch ließ ich seinen Arm los, machte einen Satz zurück.

»Entschuldige«, sagte ich leise. »Es war ein anstrengender Tag, und ich kenne weder dich noch diese Gegend.«

»Zayne.« Er zuckte mit den Schultern, als ihn mein irritierter Blick traf. »Das ist mein Name. Jetzt weißt du, wer ich bin.«

Worte, die so aufrichtig klangen, dass mein Argwohn in sich zusammensank. Er war nur ein Bronzener, ein Krimineller.

»Wer bist du?«, fragte er leise.

»Niemand Besonderes.« Es fühlte sich nicht einmal an wie eine Lüge.

»Niemand schleicht nicht nachts im Schmugglerviertel umher.« Zaynes grüne Augen musterten mich prüfend, so als wüsste er nicht, wie er mich einsortieren sollte. Am besten überhaupt nicht.

»Erschreckend, wie weit ich vom Weg abgekommen bin.« Ich setzte meine ausdruckslose Miene auf und ging weiter.

Nach wenigen Sekunden tauchte Zayne neben mir auf.

»Du schuldest mir etwas für meine Begleitung.«

Das hätte mich wohl nicht überraschen dürfen. Nur leider war ich darauf nicht vorbereitet. »Ich habe kein Geld.«

»Wer hat das schon?« Eine Erwiderung so offen und unbekümmert, dass es in meinem Magen zog. »Nein, du bist dran. Haben dir deine Eltern nicht beigebracht, dass es unhöflich ist, Antworten einzufordern und selbst keine zu geben?«

Antworten. Jetzt hätte ich einiges dafür gegeben, um ihn stattdessen mit ein paar Goldstücken zu bezahlen. Nach seiner Offenheit fühlte es sich falsch an, ihn zu belügen.

»Was willst du wissen?«, fragte ich, um Zeit zu gewinnen, dabei war ich mir sicher, dass er meinen Namen einfordern würde. Im Kopf kramte ich nach dem einer Dienstbotin, aber Zayne überraschte mich erneut.

»Du bist auch nicht glücklich, oder?«

»Nein.« Das Wort war so leise, dass es vom Geräusch unserer schmatzenden Schritte fast verschluckt wurde. Ich konnte nicht lügen, nicht hierbei. »Jeden Morgen, wenn ich die Augen öffne, will ich sie direkt wieder schließen.«

»Wow.« Er stieß die Luft aus. Weitere Schmatzer begleiteten die Stille, die sich zwischen uns bettete. »Wie lange geht das schon so?«

»Schon immer, glaube ich.« Ein unsichtbares Gewicht drückte mir von außen gegen den Brustkorb, ließ die nächsten Wörter gepresst klingen. »Es hätte aufhören sollen, aber das tut es nicht. Ich denke, ich hasse mein Leben.«

Die Worte mussten aus mir heraus, bevor sie mich von innen zerfraßen. Für einen wunderbaren Moment löste sich der Druck von meiner Brust, da wurden meine Schultern leicht, obwohl der nasse Stoff nach wie vor an ihnen zerrte.

»Hast du mal mit jemandem darüber gesprochen?«, fragte er.

Brendas Gesicht tauchte unvermittelt vor mir auf und der Gedanke an sie brachte die Gewichte zurück.

»Es gibt niemanden, der mich versteht.« Selbst Brenda hatte das nie. Sie hatte mir zugehört, wenn ich mich bei ihr über Arjan beschwert hatte – seine Berührungen, seine Kommentare –, doch sie hatte nie begriffen, wie ich etwas ablehnen konnte, dass sie sich wünschte. Für mich war unbegreiflich, wie man sich ein solches Leben wünschen konnte: eins an Arjans Seite. Es gab niemanden, der mich verstand, die meiste Zeit verstand ich mich selbst nicht.

»Du könntest mit mir reden.«

Da lag keine Wertung in seinen Worten, nichts Missbilligendes und gleichzeitig eine verlockende Einladung. Für einen wahnsinnigen Augenblick stellte ich mir vor, wie es wäre, einmal alles hinauszulassen. Eine befreiende Vorstellung ... und eine unmögliche.

»Du bist wieder dran«, sagte ich stattdessen. »Hast du Menschen, mit denen du über so etwas redest?«

»Wahrscheinlich.«

»Aber du tust es nicht?«

»Nein.«

»Wieso? Weil du keine Ratschläge magst?«

Er stieß die Luft aus. »Es ist sonderbar solche Gespräche mit dir zu führen, wenn ich nicht einmal deinen Namen kenne.«

Ich erwischte meine Mundwinkel dabei, wie sie sich hoben. Wieder ein echtes Lächeln, keines dieser gekünstelten, die ich alle Welt sehen ließ. Dieses hier sah niemand und doch war es mehr wert als all die anderen zusammen.

»Ich könnte dich Kämpferin nennen ...«

Augenblicklich fiel mein Lächeln in sich zusammen. Heute hatte ich mir fast den ganzen Tag Stoffe anhalten lassen, ohne mich zu bewegen. Ich hatte es gehasst und geschwiegen. Da war so überhaupt nichts Kämpferisches in mir und Zaynes dahingesagte Bemerkung war wie ein spitzer Stich in meine Brust. Sie machte zu deutlich, was ich nicht war.

»Das passt nicht.«

Gerade gingen wir an einer Hütte vorbei, auf dessen Mauer ein weiterer Lampenkasten stand. Das Glas war beschlagen vom Regen, doch der Schein dahinter reichte aus, um Zayne zu betrachten. Auch sein Blick glitt prüfend zu mir und ließ es in den Tiefen meines Bauches kribbeln. Einen Moment lang hielt er mich damit gefangen, dann wandte er sich ab.

»Vielleicht sehe ich einfach eine Seite an dir, die du bisher nicht entdeckt hast?«

Ich schwieg, ließ ihn in dem Glauben. Zaynes Vision von mir gefiel mir besser als die Realität. Gleich würden wir uns ohnehin trennen, warum nicht für ein paar Minuten mitspielen und so tun, als wäre ich das, was er in mir sah?

Seit einiger Zeit hatte sich die Gegend um uns herum weiter verdichtet, immer mehr Hütten säumten unseren Weg und in unzähligen Kästen flackerten unruhige Lichter. Ich hätte Zayne gerne zu ihnen befragt und den fehlenden Laternen und zu gefühlt hundert anderen Dingen rund um den bronzenen Ring. Aber das war unmöglich. Schließlich hielt er mich selbst für eine Bronzene.

Die Welt um uns herum hatte sich schlafen gelegt. Weder der Regen noch die Strecke machten mir etwas aus. Es gefiel mir, mit Zayne durch die Nacht zu laufen, bis er mich abrupt stoppte, indem er seine Faust in den Stoff meines Mantels krallte.

»Komm mit«, raunte er mir zu. Ich hörte sie, bevor ich dazu kam, zu protestieren. Geräusche drangen über das monotone Prasseln des Regens hinweg. Ein leises Klatschen vor uns.

»Die Patrouille.«

Zaynes Worte ließen Eis in mir hochziehen. Wenn die Soldaten mich hier fanden, mitten in der Nacht, an der Seite eines bronzenen Mannes ... Arjan würde durchdrehen in seiner Wut.

»Los.« Ein weiteres Zerren an meinem Mantel und diesem gab ich sofort nach. Ganz gleich, was Zayne für Pläne hatte, er hatte welche, das reichte mir aus.

Seine Hand legte sich ohne Vorwarnung in meine. Außer Arjans hatte ich nie die Hand eines Mannes gehalten. Diese hier fühlte sich gut an, raue, warme Finger, die sich um meine schlossen.

Wir hasteten einen Pfad zwischen zwei Hütten entlang. Der Boden hier war ein einziger zäher Morast, in den ich immer wieder einsank. Zayne bemerkte es und schob mich auf seine andere Seite hin zu Brettern, die einen Weg bildeten. Das war besser, doch der Regen hatte das Holz glitschig werden lassen und die Sohlen meiner Schuhe waren zu glatt, um vernünftig

Halt zu finden. Schon nach wenigen Schritten schlitterte ich über das Holz. Sofort ließ er meine Hand los, schlang seinen Arm um mich. Plötzlich war Zayne mir so nah, dass ich den Stoff seines Mantels an meinen Fingern spürte, seinen warmen Atem, der über meinen Hals strich. Die Berührung dauerte nur einen Augenblick lang an. Sein Arm verschwand, kaum dass ich Halt hatte. Die Verwirrung, die sie in mir ausgelöst hatte, die blieb, noch als wir weiter den Pfad entlang hasteten. Dass mir mein Herz nun heftig gegen die Rippen hämmerte, musste allein an der Patrouille liegen, die immer näher kam.

Dann sah ich es: das kleine Licht einer der Laternen, das hinter einem Schuppen hervordrang. Ein Versteck. Wir pressten uns gegen das feuchte Holz. Wie weit entfernt waren die Soldaten? Zehn Meter? Weniger?

Es kribbelte in meinem Nacken. Ein greller Lichtkegel schoss an uns vorbei und ließ mich zusammenfahren. Ein Keuchen entwich mir, während sich die Helligkeit einen Weg über den vor uns liegenden Hügel brach. Alles was uns vor der Entdeckung schützte, war dieser winzige Bretterhaufen in meinem Rücken. Was, wenn sie unsere Spuren im Matsch fanden? Ich rutschte näher an Zayne, wusste nicht, warum mir dieser Fremde Sicherheit geben sollte und gleichzeitig tat er genau das. Seine Finger kehrten zurück, verschränkten sich mit meinen.

»Sie werden keine Lust haben, sich die Schuhe zu ruinieren.« Nicht ein Hauch von Unsicherheit lag in seinen Worten, er klang beinahe amüsiert. Damit schaffte er es, meinen Blick von dem Lichtstrahl zu lösen. Grüne Augen blitzten mich tatsächlich zufrieden an. Er musste bei unserer Flucht die Kapuze abgelegt haben. Regentropfen funkelten wie Perlen in den goldenen Haaren, während sein Gesicht vor Nässe schimmerte. Erneut brachte es mich kurzzeitig aus dem Konzept, wie gut er aussah.

»Was wenn doch?«

»Das überlegen wir uns dann.« Er zuckte mit den Schultern, als wäre der Zusammenstoß mit einer Truppe Soldaten nichts, auf das man sich vorbereiten müsste. Das würde Zayne sicher anders sehen, wenn er wüsste, wessen Hand er gerade hielt. Dennoch gefiel mir seine Unerschrockenheit.

»Wieso fürchtest du dich nicht?«, fragte ich und registrierte aus den Augenwinkeln wie sich das Licht entfernte.

»Angst ist ein Gefängnis, sie sperrt uns ein.«

»Angst haben nur die, die etwas zu verlieren haben«, gab ich zurück. »Vielleicht ist es keine Schwäche sie zu spüren, sondern eine, sie nicht zu haben.«

Plötzlich fand sich Härte in Zaynes Augen. *Ich war zu weit gegangen.*

»Tut mir leid. Das hätte ich nicht sagen sollen.«

Seine Lippen pressten sich zu einer festen Linie aufeinander, Stimmen drangen zu uns hinauf. Sie klangen zwar nicht bedrohlich, sondern als scherzten die Soldaten miteinander, dennoch spannte ich mich unvermittelt an. Zayne mochte keine Angst haben, aber er schien meine zu spüren, denn mit seinem Daumen strich er mir über den Handrücken.

»Mein Großvater hat so etwas gesagt, als ich ein Kind war«, sagte er, dabei hatte ich erwartet, dass Zayne über das Thema hinwegging. »Das jetzt von dir zu hören, kam eher unerwartet. Es braucht keine Entschuldigung.«

Sein Körper war eng an meinem und ich bildete mir ein, seine Wärme durch die nasse Kleidung zu spüren. Es war mir nicht unangenehm, eher ... verwirrend. Ich konnte mir keine Sympathien für Gesetzesbrecher leisten.

»Lass uns ein paar Minuten warten.« Zayne schob die Finger aus meiner Hand und ließ sich auf den matschigen

Boden sinken. »Nicht dass sie gleich umkehren und wir sie dann im Rücken haben.«

Ich hatte beängstigend wenig gegen eine Verzögerung. Da ich nicht nasser werden konnte, tat ich es Zayne gleich, sank in den Matsch. Der Schuppen, der uns Deckung bot, war klein, sodass sich unsere Arme berührten. Ich versuchte nicht darüber nachzudenken und war mir gleichzeitig mit jeder Faser meines Körpers seiner Nähe bewusst.

»Erzählst du mir von deinem Großvater? Wie war er?«

»Eigenbrötlerisch.« Diesmal zögerte Zayne nicht. »An manchen Tagen hat er kaum eine Handvoll Wörter von sich gegeben, nur von Großmutter hat er viel gesprochen.«

»Das klingt, als wäre es eine gelungene Bindung gewesen?«

Ich erntete ein leichtes Kopfschütteln. »Sie haben sich kennengelernt, kurz bevor die Zuordnungen eingeführt wurden. Es war keine Zuteilung, es war Liebe.«

»Liebe gibt es nicht.«

»Das sagst du, weil du sie nie gesehen hast. Ich schon. Seine Augen haben geleuchtet, wenn er von ihr gesprochen hat. Es war mehr als Nähe. Die Zuordnungen sind ein Witz dagegen.«

Leuchtende Augen waren nichts, was das System für uns vorsah. Die meiner Eltern leuchteten nie, wenn sie sich sahen. Echte Freude über den anderen zu empfinden und das noch nach Jahren, die Vorstellung war befremdlich. Bei einer Partnerschaft ging es nicht um Freude, es ging um Wichtigeres: Verlässlichkeit, Gleichheit im Denken, Ergänzung des anderen. Das war bedeutend.

Warum eigentlich nicht, fragte ich mich, während ich Zaynes Gesicht betrachtete. Für einen Moment fühlte es sich an, als sollten leuchtende Augen eine Rolle spielen.

»Es ist verboten so etwas zu sagen.« Dass ich flüsterte, lag nicht an den Männern, die hier in der Nähe waren, sondern an Zaynes Worte, die mir die Stimme raubten. Kritik am System war verboten. Wir mussten ihm vertrauen und wir mussten darauf vertrauen, dass es uns alle an den richtigen Platz lenkte. Gleichzeitig haderte ich seit zwei Tagen unentwegt mit meinem.

»Schwärz mich doch an«, erwiderte er. »Ruf nach den Soldaten.« Wieder fand sich nur Gelassenheit in seiner Miene. Ich sah ihm dabei zu, wie er den Kopf an die Bretter hinter sich lehnte. Mir gefiel diese Unerschrockenheit, vielleicht weil es in mir so anders aussah. »Tu nicht so, als hättest du nie darüber nachgedacht, wie es ohne System wäre«, fuhr er fort, eine Herausforderung lag in seinen Worten. Ich presste meine Lippen aufeinander. Es wäre eine dumme Idee, darauf einzugehen.

»Na los. Seichte Themen scheinen uns nicht zu liegen.« Zaynes Schulter stupste mich spielerisch an. »Was würdest du dir wünschen, wenn du die freie Auswahl hättest? Ein Vermögen? Bessere Arbeit?«

»Freiheit.« Nur ein Wort, aber es ließ sich nicht bändigen. *Es tat nichts zur Sache.* Heute war ich eine Bronzene ohne Namen.

»Der beste Wunsch von allen. Da ist die Kämpferseite, die ich an dir sehe.« Zaynes Begeisterung war ansteckend, einen wunderbaren Moment lang, da fühlte ich mich nicht wie die perfekte Goldene, die sie alle aus mir gemacht hatten, sondern wie ich selbst. Es war ewig her, dass ich mich so gefühlt hatte.

»Verrate mir, wer du bist.«

Brutal wurde ich in die Realität zurückgezerrt. Es wäre so einfach, ihm einen Namen zu nennen, irgendeinen, damit er von seinen Fragen abließ. Ich brachte es nicht über mich.

Zayne sollte diese Nacht nicht mit einem falschen Namen verbinden. Mein Schweigen war Antwort genug, es scheuchte die Nähe zwischen uns fort.

»Wir können weiter.« Zayne erhob sich. Dabei hätte ich nichts dagegen gehabt, hier im Regen sitzen zu bleiben und weiterzureden, aber ich sollte zurück in mein Leben, bevor mehr Dinge aus mir herausplatzten, die ich morgen bereute.

Wir erreichten den hell erleuchteten Marktplatz ohne weitere Zwischenfälle. Nach den selbstgebastelten Laternen der Bronzenen wirkte das Licht hier verschwenderisch. Die verlassenen Marktstände erinnerten mich an die Gräten eines Fischskeletts.

»Soll ich dich nicht nach Hause bringen?« Seit dem Schuppen war Zayne stiller, die Frage kam zögerlich aus ihm heraus.

»Nein«, antwortete ich, weil es keine andere Antwort darauf gab.

Er sah zu mir und sein Blick traf tief in mich hinein. »Bist du gebunden?«

Heute Nacht hatte Zayne einige überraschende Fragen gestellte, diese hier bildete die Spitze davon. Kaum hatte ich dazu angesetzt, den Kopf zu schütteln, brach ein Lächeln aus ihm heraus. Das Erste, das ich zu sehen bekam und gleichzeitig wohl das Letzte.

»Gut. Ich bin zu durchgefroren, um mich wegen ein paar übertretener Anstandsregeln von deinem Partner verprügeln zu lassen.« Er machte einen Schritt auf mich zu und die plötzliche Nähe brachte es in meinem Bauch zum Schwingen. »Wenn nicht dein Partner das Problem ist, dann findest du mich also doch zu furchteinflößend, um mir zu verraten, wo du wohnst?«

»Meine Eltern sind schreckhaft. Der letzte triefende Mann, den ich mitgebracht habe, hat sie wenig begeistert.«

Zayne lachte und das Schwingen in mir beschleunigte sich. Es gefiel mir, dass ich bei ihm solche Reaktionen auslöste.

Sein Lachen ging in ein Grinsen über. »Eigentlich dachte ich, wir beide hätten hier etwas Besonderes.« Die Leichtigkeit, die seine Worte begleitete, passte nicht zu seinem durchdringenden Blick.

»Was hältst du von einer Belohnung für den Begleitschutz?«, fragte Zayne und zerschlug damit, was auch immer das hier gewesen war. *Belohnung?* Deshalb wollte er mich nach Hause begleiten? Enttäuschung löste das Schwingen in mir ab. Ich kam mir verraten vor und wusste selbst nicht weshalb. Zayne schuldete mir nichts und ich ihm mehr als meinen Dank.

Er beobachtete mich genau, wartete, bis ich ein halbherziges Schulterzucken von mir gab, bevor er weitersprach. »Sollten wir uns einmal wiedersehen, verrätst du mir als Lohn deinen Namen?«

»Das ist alles?«

»Wieso?«, fragte er und seine Mundwinkel fuhren zwar höher, aber nun strichen seine Augen argwöhnisch über mich. »Was hast du sonst zu bieten? Gold und Diamanten?«

Ein Scherz, lachen konnte ich nicht darüber. »Kohlköpfe.« Ich stieß das Erste aus, das mir in den Sinn kam. Der Argwohn in Zaynes Augen verschwand augenblicklich.

»Verlockend«, antwortete er. »Ich hätte trotzdem lieber deinen Namen.«

Die Hoffnung, dass mir heute noch einmal warm werden würde, hatte ich längst aufgegeben, nun aber füllte Wärme meine Brust. Dass ich sein Lächeln erwiderte, bemerkte ich erst, nachdem Zaynes eigenes breiter wurde.

»Bis wir uns wiedersehen, bleibe ich bei der Kämpferin.« Offenbar hielt Zayne mein Lächeln für eine Zustimmung. Das war gleichgültig. Wir lebten in unterschiedlichen Welten und seine hatte ich heute nur zufällig betreten. Wir würden uns nie wiedersehen.

Zaynes Faust erschien zwischen uns, nur den kleinen Finger hielt er ausgestreckt.

»Was wird das?«

»Ein Kleinfingerschwur. Verhake deinen Finger mit meinem.«

»So?« Ich legte ihn an seinen und wir verschränkten sie miteinander, was sich sonderbar intensiv anfühlte. »Sollten wir uns wiedertreffen, verrate ich dir meinen Namen.«

»Du bist ein wahres Naturtalent in Fingerschwüren«, erwiderte er so betont ernst, dass ein Lachen aus mir herausbrach. Statt sich voneinander zu lösen, schoben sich die restlichen Finger zögerlich ineinander. Dieses Gefühl seiner warmen Hand an meiner, war das beste seit Jahren. Ich sollte gehen und blieb doch, um diesen Moment bis aufs Äußerste in die Länge zu ziehen. Ich würde die nächsten Jahre davon zehren.

»Versprichst du mir ebenfalls etwas?«, fragte ich. Augenblicklich erschien die Falte auf seiner Stirn. »Diese Nacht bleibt unser Geheimnis.« Nur für den Fall, dass er irgendwann begriff, wer ich war.

Seine Stirn glättete sich. »Natürlich.«

Es brauchte keinen Fingerschwur, damit ich ihm glaubte. »Ich muss los.« Dieser Platz lag zentral, früher oder später würde eine Patrouille vorbeikommen.

»Ich werde dich nicht verfolgen.«

»Das weiß ich.« Es war verrückt, ich kannte ihn kaum und gleichzeitig hatte ich dieses starke Gefühl, ihn zu kennen. »Danke, dass du mich hierher gebracht hast.«

»Es war mir ein Vergnügen.« Sein Finger strich mir zum Abschied über den Handrücken und ein Blitz schoss durch mich hindurch. Da war sie, die Erkenntnis, was hier geschah.

Anziehung.

Entgeistert riss ich die Hand weg. Schon das Wort verursachte mir Übelkeit. *Obwohl vielleicht war Übelkeit auch ein weiteres Anzeichen für Anziehung?* Dieser Stromstoß war definitiv eines gewesen. Mein Herz pochte mir so heftig gegen die Rippen, dass sie schmerzten. Anziehung. Dabei hatte ich jetzt schon mehr Probleme, als ich händeln konnte. Zayne fuhr sich durch die nassen Strähnen, die ihm im Gesicht hingen, um sie nach hinten zu schieben, entblößte dabei wieder die feine Narbe über seiner Augenbraue. Dass ich ihn anstarrte, registrierte ich nur, weil er fragend zu mir hinübersah. Jeden Augenblick würde er wissen wollen, ob alles in Ordnung war.

Nichts war in Ordnung.

Bis gerade hatte ich gedacht, dass ich ihn mochte. Einen Bronzenen zu mögen, war nicht klug, aber damit konnte ich umgehen. Schließlich war er nicht der erste Bronzene, den ich mochte. Mich zu jemandem hingezogen zu fühlen, war schlimm.

Unvermittelt setzte ich einen Schritt zurück. Anziehung trübte den Verstand, dabei brauchte ich den dringend. Mein treuloser Blick blieb unterdessen an Zaynes sanft geschwungenen Lippen hängen. Verdammt! Zur Sicherheit ging ich einen zweiten Schritt zurück und zwang mich, in eine andere Richtung zu sehen.

»Ich muss gehen.« Meine Stimme klang zittrig. Dass sie so klingen konnte, hatte ich nicht gewusst. Aber vor heute Nacht hatte ich einiges nicht gewusst.

»Bis bald«, raunte Zayne mir zu. Da ich nicht das Gefühl hatte, dass ich meine Stimme rechtzeitig unter Kontrolle bekam, nickte ich ihm zum Abschied zu, dann wandte ich mich ab. Ich ließ ihn und seine Wirkung hinter mir und nahm den nächstbesten Gang in den bronzenen Ring. Dort würde ich warten, bis Zayne ging und anschließend den Weg nach Hause einschlagen. Morgen wäre die Anziehung fort und niemand würde von meinem nächtlichen Ausbruch erfahren.

Nichts war geschehen.

Kapitel 6

Zayne

»Was ist los mit dir?« Nicht das erste Mal, dass Phil mich danach fragte, aber der Argwohn in seiner Stimme nahm stetig zu. Wenig verwunderlich, seit drei Stunden standen wir auf dem Marktplatz.

»Nichts«, gab ich wie die anderen Male zurück. Eigentlich hatte ich gehofft, noch ein wenig länger mit dieser Antwort durchzukommen, doch aus den Augenwinkeln sah ich Phil die Arme verschränken und ahnte, dass sein Maß voll war. Ausgerechnet jetzt, wo sich der Zulauf auf dem Markt verstärkte. Gereizt atmete ich auf, versuchte, dem Gedränge Herr zu werden.

»Junge«, schnaubte Phil. »Wenn Madge rausbekommt, dass wir unseren freien Tag damit vergeuden, hier herumzustehen und Löcher in die Luft zu starren, wird sie uns beide anschreien. Ich habe versprochen, ihr heute das neue Beet anzulegen.« Sein Blick bohrte sich in mich. »Wenn du willst, dass ich mich für dich mit Madge streite, sagst du mir lieber weshalb.«

Ich schnalzte mit der Zunge, versuchte, mich abzuwenden, aber Phil trat mir unbekümmert in den Weg, versperrte mir die Sicht.

»Sag mir, was los ist oder ich bin weg.« Mein Blick fuhr eine weitere Runde über den Platz, der immer unübersichtlicher wurde. Diese unsinnige Veranstaltung, die gleich folgte, trieb Horden an Menschen auf den ohnehin begrenzten Marktplatz. Ich konnte es nicht leiden, um Hilfe zu bitten, aber es war nicht zu übersehen, dass ich welche brauchte.

»Ich bin auf der Suche nach einer Frau.«

Phils Augen weiteten sich für einen verblüfften Augenblick und schon lachte er dröhnend auf. »Dafür gibt es diese praktischen Fragebögen.«

Als stumme Antwort traf ihn mein finsterster Blick, der ihn nur breiter grinsen ließ. Phil wusste, wie mich diese Zuweisungsfragen genervt hatten. »Wehe du erzählst Madge etwas davon!«

Seine Erheiterung konnte ich ihm nicht einmal verübeln. Hätte mir letzte Woche jemand gesagt, was ich hier tat, hätte ich denjenigen ausgelacht.

»Wie heißt sie?«, fragte Phil.

»Ich weiß es nicht.«

»Hältst du mich zum Narren?«

»Sie wollte mir ihren Namen nicht nennen. Ich weiß nur, dass sie heute Morgen zum Markt kommen will.«

»Junge.« Phil knurrte dieses eine Wort voller Empörung hinaus. »Dann hat sie wohl kein Interesse an dir. Das solltest du akzeptieren, statt ihr aufzulauern. Was ist mir dir los?«

»Das ist es nicht, in Ordnung?« Genervt stieß ich die Luft aus. Das hier war deutlich anstrengender als erwartet und solange ich mit Phil beschäftigt war, konnte ich den Platz nicht ausreichend absuchen. »Hilf mir. Ich verspreche dir zu verschwinden, wenn sie mich nicht sehen will, aber jetzt gerade habe ich keinen Nerv, um weiter mit dir zu diskutieren.«

»Dafür übernimmst du Madges Beet.« Es blitzte zufrieden in seinen Augen, als ich grimmig nickte. »Du weißt aber schon, wie sie aussieht, richtig?«

»Such nach einer Dienstmagd. Sie ist einen Kopf kleiner als ich und hat rotgoldene glatte Haare, die ihr über den Rücken reichen.« Obwohl ich mich bemühte, es nicht zu tun, spürte ich, dass meine Mundwinkel nach oben fuhren.

»Ich nehme an, sie ist hübsch?«

»Sie ist wunderschön.« Den Gedanken hatte ich schon letzte Nacht gehabt und jetzt musste ich entsetzt mitanhören, dass er sich einen Weg aus mir herausgesucht hatte.

»Verdammt, Junge. Das klingt nicht gut.«

In mir stieg diese Ahnung auf, dass es dumm gewesen war, Phil einzuweihen. Damit würde er mich von nun an andauernd piesacken. »Ich will nur wissen, wo ich sie finden kann. Das heute ist die einzige Chance. Also such mit, wenn du das Beet loswerden willst.«

Ich kannte niemanden, der Gartenarbeit weniger abgewinnen konnte als Phil und so schloss er den Mund und ließ mich in Ruhe.

Minuten vergingen, langsam und zäh, während sich der Platz weiter füllte. Die Palastgarde marschierte auf, ordentlich in Reih und Glied. Menschen standen zu ihren Seiten, schwenkten Fahnen, als die Kutsche mitsamt des Getöses angefahren kam.

»Will das Mädchen auf die Ansprache des Juniorpräsidenten?«, fragte Phil.

»Möglich«, antwortete ich mit einem Schulterzucken. Das wäre zumindest eine Erklärung, weshalb sie bisher nicht hier gewesen war. Auch wenn ich sie selbst nicht für eine glühende Anhängerin des Systems hielt. Als Dienstmagd begleitete sie vielleicht jemanden aus dem Haushalt, in dem sie arbeitete.

Die Dienstboten waren praktisch überall. Auf dem Markt herrschte hektische Betriebsamkeit. Es galt noch schnell die letzten Lebensmittel für den Mittagstisch der Herrschaften zu besorgen. Ich sah Dutzende passender Mäntel, aber keine der Frauen besaß rotgoldene Haare.

»Es geht los.« Phil neben mir spannte sich an, während seine Augen sich an einen Punkt am Rande des Geschehens hefteten. Wenig verwunderlich, dass Phil mehr Interesse für den Mann aufbrachte, der nach allem was man hörte, bald die Führung des Reichs übernahm. Ich nahm nicht an, dass das mit vielen Verbesserungen für die Menschen hier einherging. Das tat es nie.

»Rotgoldene Haare?« Ich hatte keine Zeit, um Phil groß Beachtung zu schenken, daher nickte ich. »Sie ist wunderschön?«

Der Tonfall in seiner Stimme veränderte sich, ich konnte nicht einordnen, was es war, nur dass da plötzlich etwas mitschwang, das vorher definitiv nicht dort gewesen war. »Hast du ihren Armreif gesehen?«

Mir war nicht danach, unnütze Fragen zu beantworten. »Sie hatte keinen«, erklärte ich kurzangebunden und hoffte, dass ich damit diese Fragerei beendete.

»Dann könnte ich sie gefunden haben.«

»Wo?« Ich wartete seine Antwort nicht ab, folgte seinem Blick, der demonstrativ auf einen Platz vor der Bühne gerichtet war. Dort fand ich sie, ein Stück abseits der Zuschauermenge. Es war der rotgoldene Ton ihres Haares, der sie sofort verriet. Damit stach sie aus der Menge hervor. Den Dienstbotenmantel hatte sie gegen ein helles lilafarbenes Kleid eingetauscht, an dem der Wind riss.

Uns trennten keine zwanzig Meter. Sie drehte den Kopf ein Stück, so dass ich ihr Profil sah. Mit ausdruckslosem Gesicht lauschte sie dem Vortrag des Juniorpräsidenten. Offenbar war der ein ähnlich langatmiger Redner, wie sein Vater.

»Das ist sie.«

Kaum hatte ich den ersten Schritt getan, stoppte mich Phils Hand abrupt. »Was hast du vor?«

»Was soll ich vorhaben? Ich rede mit ihr und hoffe darauf, dass sie verrät, wo ich sie finden kann.«

Sein Griff wurde fester. »Hast du sie noch alle? Was glaubst du, was er mit dir tun würde?«

»Wer?«

Phil benahm sich heute seltsam, selbst für seine Verhältnisse.

»Ich fasse es nicht«, stieß er aus. »Du hast keine Ahnung, wer das Mädchen dort drüben ist?«

»Du kennst sie?«

»Es tut mir leid, dir das sagen zu müssen, aber dieses Mädchen wirst du nicht anrühren.«

»Ich will sie nicht anrühren, ich will nur mit ihr reden.« Es wurde immer abstruser. Genervt riss ich an meinem Arm, aber Phils Hand ließ sich nicht abschütteln.

»Du kennst ihren Namen.«

»Nein, sie hat ihn mir nicht genannt«, knurrte ich. Ich wollte zu ihr, bevor sie verschwand.

»Ihr Name ist Liah.«

Unvermittelt stoppte ich den Versuch, mich von Phil zu befreien. Mein Magen sackte ab und mein Atem stockte. Der Schock hatte mir die Luft aus den Lungen gepresst.

Liah.

Diesen Namen hörte ich seit zwei Tagen überall, im Reich wurde er an jeder Ecke geflüstert.

»Du machst einen Scherz.« Gleichzeitig registrierte ich die elegante Frisur, das edle Kleid. Beides passte nicht zu einer Dienstmagd, nicht einmal zu einer Silbernen. Das war die Aufmachung einer Goldenen. Ich war nur so erleichtert gewesen, sie zu sehen, dass ich auf beides nicht geachtet hatte.

»Sie hat mit dem Juniorpräsidenten zusammen die Kutsche verlassen.«

Phils Worte waren wie ein tiefer Stich mitten in meine Brust. Sie war die Auswahl des zukünftigen Präsidenten. Liah hatte sich in Bewegung gesetzt, ging an den Menschen vorbei und ich war unfähig, meinen Blick abzuwenden.

Liah. Deshalb hatte sie mir ihren Namen verschwiegen, weil jeder ihn seit der Auswahl kannte. Ich wünschte, ich hätte auch das Gesicht dazu gekannt, bevor Liah mir gestern Nacht in die Arme gelaufen war.

Das hier war ein verdammter Albtraum und Phil tat mir nicht den Gefallen, mich daraus zu wecken. »Es ist wie es ist, Junge. Das dahinten ist die Auserwählte des Juniorpräsidenten.« Aufmunternd klopfte er mir auf die Schulter und ließ meinen Arm los, nachdem ich nicht länger zu ihr drängte.

Liah hatte mittlerweile die Tribüne erklommen. Die Absätze ihrer lächerlich hohen Schuhe versanken im goldenen Teppich, während sie auf den wartenden Juniorpräsidenten zuschritt. Ihr Armreif rutschte tief aufs Handgelenk. Golden, wie der Teppich.

Der Juniorpräsident grinste, streckte den Arm nach ihr aus. Vor ihm hatte mich Phil warnen wollen. Zurecht. Im besten Fall wäre ich abseits von seiner Garde verprügelt worden, wenn ich seine Auserwählte angesprochen hätte. Im schlechtesten Fall wäre ich im nächsten Kerker gelandet.

Auf beides hatte ich keine Lust. Ich streifte meine Kapuze über, der Stoff war noch feucht vom Regen der letzten Nacht. Als ich diesmal in Richtung der Bühne ging, hielt Phil mich nicht auf. Mit einem warmen Lächeln nahm der Juniorpräsident seine zugewiesene Partnerin in Empfang. Er beugte sich vor, flüsterte ihr ein paar Worte zu. Sicher ein Kompliment, denn sie lächelte, ein Lächeln mit genau dem winzigen Hauch Verlegenheit, den die Menge hier sehen wollte. Ein Bild, so voller Verbundenheit, dass etwas Grimmiges in mir aufbegehrte.

Er griff nach ihrer Hand, hob sie an seine Lippen und küsste sie für einen letzten innigen Augenblick, bevor sich beide der Menge zu ihren Füßen zuwandten, die ineinandergeschlungenen Hände triumphierend in die Höhe gestreckt. Sie waren der lebendig gewordene Beweis dafür, wie großartig das System funktionierte. Die Menge, die aus Silbernen und Goldenen bestand, reagierte mit tosendem Beifall, Fahnen, mit den drei Stufen des Systems, wurden begeistert geschwenkt, Applaus erklang. Alles um mich herum jubelte, feierte das neue Präsidentenpaar, nur ich blieb still.

Mein Blick hing fest an Liah. Ein strahlendes Lächeln lag auf ihrem Mund, ihre Augen funkelten. Ich hatte nicht übertrieben. Liah war wunderschön. Heute vielleicht mehr als letzte Nacht, wo ihr nasse Strähnen im Gesicht gehangen und Schlammspuren ihre Wangen geziert hatten. Dennoch hatte sie mir gestern um Welten besser gefallen. Die Frau, die sich in meinen Kopf geschlichen hatte, gab es nicht. Die Erkenntnis war schneidend und bohrte sich tief in mein Innerstes.

Von hinten zerrte jemand an meinem Arm. Ich drehte mich um, fand Phil.

»Komm mit, Junge«, raunte er mir zu. »Du baust jetzt ein Beet, das hilft dir dich abzulenken. In ein paar Tagen lachen wir darüber. Was solltest du mit einer Goldenen anfangen?«

Ich wandte mich ab. Phil hatte recht. Sie war so weit außerhalb meiner Reichweite, dass es nichts nützte, nur darüber nachzudenken. Wir waren Welten voneinander entfernt. Doch dieses Wissen konnte wenig gegen das schmerzhafte Ziehen der Enttäuschung in mir ausrichten.

Kapitel 7

Ich war eine Puppe. Ständig wurde ich zurechtgemacht, um an Arjans Seite Menschenmassen zuzuwinken. Dieses Schauspiel verachtete ich beinahe so sehr wie die Kutschfahrten, in denen ich die Wärme von Arjans Körper dicht an meinem spürte. Zu allem Übel fand sich auf der Bank gegenüber Clay, Arjans Leibwächter und entfernter Cousin. Uns beide verband eine innige Feindschaft, seit Clay vor fünf Jahren in den Palast gekommen war.

In gewisser Weise traf uns das gleiche Schicksal. Clay war dazu ausgebildet, Arjan zu schützen, weil der Präsident nur der eigenen, goldenen Familie traute und Clay von allen die besten Anlagen gezeigt hatte. Er war groß und massig, besaß eine ungesunde Beziehung zu dem Messer in seinem Gürtel und Blut im Allgemeinen. Ständig kaute er diese getrockneten Pilze, die im Ruf standen, den Körper zu stärken und den Verstand gewissenloser werden zu lassen. Ihr süßlicher Geruch war ähnlich fest mit Clay verbunden, wie sein Messer.

Welche Tätigkeit das System für Clay wohl bestimmt hätte, wenn er nicht zufällig an den Palast gerufen worden wäre? Ich hatte keine gefunden, zu der Clays Skrupellosigkeit passte. Solange er an Arjans Seite blieb, würde er nie gezwungen sein, sich einen Beruf zuweisen zu lassen. Als Hüter des Systems stand es dem Präsidenten zu, die Bediensteten im Palast selbst zu bestimmen und deshalb saß Clay mir stundenlang gegenüber und überzog mich mit Verachtung. Wir waren beide an Arjan gefesselt, doch im Gegensatz zu mir, liebte Clay das Leben, das der Palast ihm bot und dankte es Arjan mit tiefer Treue.

Es gab viele Gründe, Clay zu hassen. Seine Liebe zu den Waffen, den schlechten Einfluss, den er auf Arjan hatte oder die Gier in seinem Blick, wenn er Brenda angesehen hatte. Jedes Mal hatte ich mich vor sie gestellt, an ihr geklebt wie ein Schatten und Clay finster in Grund und Boden gestarrt. Etwas Besseres war mir nicht eingefallen. Im Rang stand ich als Frau unter Clay und mein Einfluss auf Arjan war nicht groß genug, um seinen Leibwächter loszuwerden. Dass wir drei nun regelmäßig zusammen eingepfercht waren, war dafür nur ein weiterer Beweis.

Während dieser Fahrten huschte Clays grimmiger Blick regelmäßig über mich. Für einen Riesen seines Ausmaßes waren seine Augen beinahe winzig. Zwei kleine schwarze Käfer, die mich mit einer Mischung aus Verachtung und Anzüglichkeit musterten. Eigentlich hatte ich erwartet, dass Arjan ihm das schnell abgewöhnte. Er mochte es nicht, wenn andere Goldene mir Beachtung schenkten. Seit Jahren wusste jeder, dass ich für Tanzaufforderungen bei Abendveranstaltungen nicht zur Verfügung stand. Gleiches hatte für Brenda gegolten. Schon neugierige Blicke in unsere Richtung hatten manchmal ausgereicht, um Arjans Zorn zu wecken. Ich wusste nicht, ob es Eifersucht war oder Kontrollwahn, doch Arjan war darin maßlos. Normalerweise. Entweder Clay bildete eine Ausnahme oder es lag schlicht daran, dass ich jetzt offiziell zu Arjan gehörte, denn der sah keine Veranlassung, Clay zu ermahnen.

Die Zeit in der Kutsche verbrachte ich damit, die Zähne zusammenzubeißen und so zu tun, als registrierte ich Clays Musterungen nicht, was ihn sichtlich amüsierte.

Manchmal fuhr zumindest einer der Berater mit, die Beine eng zusammengestellt, weil Clay, der daneben saß, nicht daran dachte, auch nur ein Stück seines Platzes aufzugeben.

Das waren die einzigen Momente, in denen so etwas wie Interesse in mir aufflammte. Mitreden durfte ich nicht. Niemand hatte vor, mit mir über wichtigere Dinge zu reden als die perfekte Auswahl des richtigen Kleides. Das hatte ich schon vor Jahren registriert und daraufhin gelernt, gelangweilt vor mich hinzustarren, um den Eindruck zu erwecken, dass ich überhaupt nicht zuhörte. So wurden die Männer gesprächiger.

Ausgerechnet von einem der Berater erfuhr ich von der Weizenknappheit, die Zayne erwähnt hatte. Wie konnte es sein, dass ich in diesem Reich wohnte und dennoch so wenig darüber wusste? Das fragte ich mich seit meinem verbotenen Ausflug regelmäßig. Ich dachte oft an die Nacht und noch häufiger dachte ich an Zayne. *Verflucht sollte die Anziehung sein.*

Nach einer weiteren öden Ansprache stieg einer der Berater zu uns in die Kutsche. Selbst Arjan schien nicht mit ihm gerechnet zu haben, unwirsch forderte er eine Erklärung für dessen Anwesenheit, kaum dass sich die Kutsche in Bewegung gesetzt hatte. Die ohnehin schon helle Haut des Mannes wurde daraufhin noch um einige Nuancen heller. Er beugte sich zu Arjan vor, ignorierte mich und Clay, was zumindest Letzterer mit einem missbilligenden Knurren quittierte. Er schob wie zufällig den Stoff seines Hemdes über seine muskulösen Arme und entblößte all die dunklen Haare darauf. Es hätte nur gefehlt, dass er sein Messer zückte, um ein wenig daran herumzuspielen. Sein Gehabe war so erbärmlich, dass ich die Augen rollte. Ich war nicht schnell genug, Clay sah es und Wut flackerte in seinen Augen auf. Spätestens jetzt hätte er mit Sicherheit gern eine Klinge gezogen, um mich zu erschrecken. Ich hielt seinem Blick stand, bis ich die ersten Worte hörte, die der Berater Arjan zuraunte. Es hatte einen Überfall auf ein Dutzend unserer Soldaten gegeben. Nur in ihrer Unterwäsche waren sie abgelegt worden und jedem der Körper hatte man ein rotes X auf den Rücken gemalt.

Tod dem System.

Die Losung der Systemlosen.

Systemlose waren kein Teil des Reichs. Dennoch bedrohten sie unseren Frieden. Sie forderten nicht weniger als die Auflösung der Ringe und die Abschaffung der Berufszuordnung und der Partnerauswahl. Sie wollten alle drei Stufen unseres Systems zerschmettern und dafür schreckten sie vor Morden nicht zurück. Vor wenigen Monaten hatten Systemlose sogar versucht, die Zuordnung zu verhindern, indem sie Zuständige brutal umgebracht hatten. Der Aufschrei im Reich war so groß gewesen, dass er selbst bei mir angekommen war. Die vorgezogenen Sperrstunden und die Aufstockungen der Patrouillen waren die Antwort des Präsidenten darauf gewesen. Wie würde er nun reagieren?

Ich brauchte nicht zu Arjan zu schauen, um zu wissen, dass er vor Wut kochte. Die Leichen der Soldaten waren im silbernen Ring abgelegt worden, erzählte der Berater, vor einer der Leinwände, auf denen jede Woche die Filme des Präsidenten liefen. Der Mann versuchte, nicht gegen Clay zu stoßen, während er ein Bild aus seiner Manteltasche zerrte und es Arjan reichte.

Kurzentschlossen gab ich meine vorgeschobene Langeweile auf, um einen Blick darauf zu werfen.

Körper zeichneten sich vor einer Leinwand ab. Beim Anblick der Toten erwachte Übelkeit in mir. Auf die Wand selbst war ein rotes X für Auslöschung gemalt worden und darunter stand in krakeligen Buchstaben: »*Stoppt die Zuteilung!*«

»Wir glauben, dass sich die Aktionen der Systemlosen auf Euch beziehen, Hoheit, auf Eure Zuordnung.« Mein Kopf fuhr vom Foto hoch, hin zu dem blassen Berater, der dazu übergegangen war, am Ärmel seines Mantels zu zupfen. »Euer Vater hält es deshalb für klüger, die Auftritte abzusagen.«

»Tut er das?« Mit einem Knistern formte Arjan aus dem Bild in seiner Hand einen Ball.

»Eine Verschiebung der Zeremonie wäre sinnvoll, bis die Systemlosen gefasst sind.«

Ja!

Meine Fingernägel drückten sich in die Innenflächen meiner Hände, um zu verhindern, dass ich einen Ton von mir gab.

»Ich nehme an, dass es deine Idee war, sonst hätte Vater dich kaum vorgeschickt.« Arjan musste seine Stimme nicht erheben, der schneidende Ton darin reichte aus, um den Berater tiefer in die Polster sinken zu lassen, als suchte er einen Weg, um vor Arjan zu flüchten. Dafür gab es keinen Ausweg, das wusste ich zu gut.

»Begreifst du nicht, dass sie uns provozieren wollen?«, fragte er. »Seit wann gebe ich Provokationen nach?«

»Euer Vater -«

»Sobald mein Vater abdankt, dankt ihr mit ihm ab«, unterbrach Arjan und schmiss dem Mann das zusammengeknüllte Foto zu. »Verschwindet, bevor ich mich vergesse.«

Clay grinste und enthüllte damit Zähne, die vom ständigen Genuss seiner Pilze gelb schimmerten. Er beugte sich vor und öffnete die Tür. Die Kälte des Fahrtwindes stob hinein. Mein Kleid bäumte sich auf und ich zwang mich, die Hände zu lassen, wo sie waren, um es nicht hinunterzureißen. Nur keine Reaktion zeigen.

»Du hast ihn gehört«, säuselte Clay dem Berater zu. »Hinaus mit dir.«

Der Mann erhob sich zögernd, suchte sich einen Weg vorbei an Arjans und Clays Beinen, ohne sie zu berühren. Mein Herz tat es dem Bild gleich und presste sich wie ein Ball zusammen.

»Muss das sein?«, hörte ich meinen dummen Mund fragen. »Halt an!«, rief ich dem Kutscher zu, doch der verminderte seine Geschwindigkeit nicht, obwohl er den Ruf sicher gehört hatte.

»Liah!« Mein Name war ein Zischen, das Arjan sich abpresste. Der Berater hatte die offene Wagentür erreicht und verharrte angesichts der Geschwindigkeit. Er registrierte Arjans knappes Nicken nicht, Clay jedoch schien genau darauf gewartet zu haben, seit ich protestiert hatte. Sein massiges Bein knallte schonungslos gegen die Waden des Beraters. Er fiel aus der Kutsche, ein Schatten, an dem wir vorbeirasten. Sein entsetzter Schrei hallte wie ein Echo in mir nach. Clay ließ erneut seine gelben Zähne aufblitzen, beugte sich vor und schlug die Tür zu, mein Kleid, dass sich wie ein Gespenst aufgebäumt hatte, erstarb.

»Misch dich nicht in meine Angelegenheiten.« Arjans kalte Hand begrub meine unter sich. »Du weißt, was ich davon halte.«

Und ob ich das wusste.

Damit machte ich alles nur noch schlimmer.

Kapitel 8

Wieder einmal stand ich am Rande einer Bühne. Es dauerte keine Woche mehr bis zur Bindungszeremonie. So sehr ich das hier hasste, das, was nach der Zeremonie kam, würde ich mehr hassen.

Heute war ich in ein lindgrünes Kleid gehüllt, Kälte zerrte an dem dünnen Stoff. Meine Haare zwickten an meiner Kopfhaut, wo sie mit Nadeln kunstvoll drapiert worden waren. Eine einzige dicke Strähne schlängelte sich elegant gelockt daraus hervor, legte sich in kleinen perfekten Wellen über meinen unbedeckten Rücken. Die Frisur anzufertigen hatte zwei Stunden gedauert und sie war der Grund, weshalb ich, trotz Kälte, keinen Mantel trug. Laut Mutter und Mirabelle hätte er das Gesamtbild empfindlich gestört.

Nur eine einzige Sache gefiel mir an den Auftritten: die Minuten abseits der Bühne. Arjan brachte mich für gewöhnlich zwar an die Treppe, dorthin, wo seine Wachen und Clay standen, doch war Arjan erst oben angekommen, nutzte ich die Gelegenheit, um zu entwischen. Ich suchte mir abseits der Menge eigene Plätze, fernab der Soldaten und Clay. Die Männer folgten mir nicht, ihre Aufgabe war es, den Juniorpräsidenten zu schützen. Ich war sein verschmerzbarer Anhang.

Für ein paar wundervolle Momente tauchte ich ein in die Menge der Silbernen und Goldenen und stellte mir vor, wie es wäre, eine von ihnen zu sein. Als würde mich das, was dort oben auf der Tribüne geschah, nichts angehen. Halbherzig lauschte ich Arjans Worten, um meinen Einsatz nicht zu verpassen. Es war immer das Gleiche. Er schwärmte vom Reich, ließ das System hochleben und dann holte er mich dazu, als anschaulichen Beweis dafür, wie großartig unser Leben war, wenn wir darauf vertrauten, dass das System uns den richtigen Platz wies. Danach jubelten uns die Goldenen und Silbernen jubelten zu. Bronzene sah ich nur wenige bei den Reden, es schienen allesamt Dienstboten, die von ihren Herren mitgebracht wurden. Sie standen abseits und stimmten dem Applaus mit deutlich bescheidenerem Elan ein.

Ich war so vertieft in den Anblick der Bronzenen, dass ich zu spät bemerkte, wie sich jemand an mich heranschlich. Eine Klinge drückte sich mir an den Rücken, durch den Stoff des Kleides gegen meine Haut. Für einen Augenblick war ich so irritiert, dass ich unfähig war, mich zu rühren. Dann sah ich die Anderen. Gestalten in grauer Kleidung strömten auf den Platz, die Gesichter mit Tüchern verdeckt, nur ihre Augen lagen frei.

»Tod dem System!«, schrie der Mann hinter mir. Seine raue Stimme ging mir bis ins Mark.

Systemlose.

Übelkeit füllte mich aus und Kälte durchzog meinen Körper.

»Zur Kutsche, sofort!« Arjans Befehl drang über den Platz hinweg. Wir hatten nicht mehr als zehn Palastwachen dabei und sie standen allesamt zu seinen Füßen an der Treppe. Die Anzahl der Wachen hätte gereicht, um uns beide sicher zur wartenden Kutsche zu bringen, wenn ich dortgeblieben wäre, wo er mich abgesetzt hatte. Doch ich stand hier. Ohne Verstärkung würde ich nicht herauskommen und es würde erst recht nicht reichen, um diesen Aufstand unter Kontrolle zu bekommen.

»Mach keinen Ärger«, zischte es drohend hinter mir und sein anderer Arm krallte sich wie ein Schraubstock um mich. Die Menschen um mich herum flohen vor den Systemlosen. Körper wurden dabei unsanft zur Seite gestoßen, jemand schrie auf und ein Knall überlagerte das Chaos. Mehr als einmal hatte ich mir Arjans einschläfernde Schießübungen anschauen müssen. Der Schuss einer Pistole war mir deswegen mehr als vertraut. Sie schossen in die Menge. Nur wenige Meter vor mir, sackte eine Frau mit weißem Haar zusammen. Der Korb, den sie gehalten hatte, fiel zu Boden. Äpfel kullerten über die Erde, wurden unwirsch von Füßen zur Seite getreten, die versuchten zu entkommen. Niemand achtete auf die Frau, die dort lag und unter deren braunem Mantel weiße Spitze am Hals hervorblitzte. Eine Dienstbotin. Sie war wohl kaum freiwillig hier gewesen und jetzt war sie tot. Noch schafften es die Menschen an ihrem Körper vorbei, gleich würde der Erste auf sie treten oder das nächste Opfer würde sich zu ihr gesellen. Ich hatte gewusst, dass Systemlose mordeten, doch es mit eigenen Augen zu sehen, fühlte sich anders an, tiefer und schrecklicher.

»Wir werden euch alle vernichten!«, brüllte der Mann hinter mir. Die grau gekleideten Gestalten johlten zu den Worten. *Sie johlten*! Manche verschränkten ihre Arme in der Luft, andere kreuzten ihre Finger vorm Gesicht zum Buchstaben X, Auslöschung, Tod des Systems – die Gesten und Worte der Systemlosen.

Wut durchfuhr mich wie ein glühender Speer. Ich sprang zur Seite. Bevor das Messer mir folgen konnte, rammte ich dem Angreifer mit aller Kraft den Ellbogen in die Rippen. Er stöhnte auf, griff meinen Arm, was ihm einen weiteren Schlag einbrachte.

»Hör auf dich zu wehren!«

»Ganz sicher nicht.« Erneut schlug ich nach ihm, erwischte seine Finger, etwas knackte. Er japste auf und für den Bruchteil einer Sekunde sah ich etwas Silbernes an mir vorbeifliegen. *Sein Messer.* Das Wenige an Gesicht, das ich unter dem Tuch meines Angreifers erkannte, waren braune Augen und die vielen Falten, die drumherum tief in seine Haut geschlagen wirkten. Ich war zu langsam, er schubste mich und ich schlug hart auf dem Boden auf.

Jeden Augenblick würde er sich auf mich stürzen, der Griff einer weiteren Klinge blitzte an seinem Gürtel. Hastig riss ich den Kopf von ihm fort. Wo war das Messer, das er verloren hatte? Auf allen Vieren krabbelte ich los, suchte nach der Waffe. Ich fand nur staubigen Boden und davonhastende Beine, die mir die Sicht versperrten.

Ein Schatten fiel auf mich und ich gab die Suche auf, riss mich herum und fand den Systemlosen, der sich über mich beugte. Sein zweites Messer funkelte nun unheilvoll in seiner Hand. *Sollte er doch kommen.* Ich hatte nicht vor es ihm einfach zu machen. Angst fand sich wenig in mir, nur grimmige Entschlossenheit.

Bevor er mich erreichen konnte, wurde er von Armen so heftig fortgerissen, dass er taumelte. Er fiel und gab die Sicht auf seinen Angreifer frei. Der Mann dahinter trug die silberne Uniform der Soldaten, goldene Haarsträhnen fielen ihm über die Stirn und die jadegrünen Augen darunter starrten mich an.

Zayne.

Er war ein Soldat.

Der Systemlose sprang auf und hastete davon. Zayne fuhr herum, statt hinterherzurennen, rief er Namen und sofort kamen zwei weitere Soldaten angerannt. Ein Fingerzeig von

Zayne reichte ihnen, um die Verfolgung des Systemlosen aufzunehmen. Es wirkte, als hätte Zayne die Befehlsgewalt. Einen solchen Status erarbeitete man sich durch Loyalität. Loyalität gegenüber dem System und Arjan.

Ich steckte bis zum Hals in Problemen.

»Alles in Ordnung?« Zaynes Hand senkte sich, um mir aufzuhelfen, doch ich griff nicht nach ihr.

Seine grünen Augen wirkten so anders als in der Nacht, genau wie er. Da war wenig, das mich an den Mann erinnerte, mit dem ich im Schlamm gesessen hatte. Es musste an unserer veränderten Situation liegen, daran und an seiner Uniform. Die Uniform änderte einfach alles.

»Liah?«

Er wusste wer ich war. Eiswasser floss mir durch die Venen. Ich hatte ihn für einen Dieb gehalten. Einem bronzenen Ganoven würde Arjan nicht glauben. Jetzt mit der Erkenntnis, dass er Arjan verpflichtet war, blieb wenig von dem Vertrauen in Zayne übrig. Einem Dieb hatte ich trauen können, einem Soldaten nicht. Er war ein Silberner, Teil der Menge, die Arjan regelmäßig bejubelte.

Seine Hand zog sich unverrichteter Dinge zurück. Die Falte erschien auf seiner Stirn, genau wie sie es in der Nacht getan hatte und brachte einen Hauch von Nähe mit sich.

»Wie lange weißt du es schon?«, fragte ich gepresst.

»Ich war am nächsten Tag auf dem Marktplatz, da habe ich es begriffen.« Für einen Moment lag etwas Bitteres in seinem Gesicht, dann verschwand es, so schnell, dass ich nicht wusste, ob ich es mir eingebildet hatte. »Ich habe dir ein Versprechen gegeben«, fuhr er leise fort. »Es ist unser Geheimnis.«

Dutzende Fragen schossen mir durch den Kopf. Zwei davon waren dröhnender als die anderen: Konnte ich ihm wirklich vertrauen? War er auf dem Marktplatz gewesen, um mich zu sehen? Einen Herzschlag lang war die Stille zwischen uns ohrenbetäubend, da riss Zayne seinen Kopf hoch und ein neuer Schatten fiel auf mich.

»Bist du verletzt?« Arjan erschien neben Zayne und begrub damit meine Möglichkeit, Zayne zu drohen oder zu bestechen. Jetzt blieb mir nichts anderes übrig, als dem Soldaten zu vertrauen. Ich schüttelte den Kopf.

»Dann steh endlich auf, du wirst beobachtet.«

Das hätte mich kaum weniger stören können, dennoch kam ich dem Befehl nach. Es wäre dumm, Arjan zu verärgern. Zaynes Blick brannte auf mir, während ich seinem schnell auswich. Hitze kroch mir die Wangen hinauf, weil ich vor ihm wie ein Schulmädchen gemaßregelt wurde. Dabei hatte ich drängendere Probleme.

»Hat man ihren Angreifer festgenommen?«, fragte Arjan und drehte sich Zayne zu.

»Meine Leute wurden von mir auf ihn angesetzt. Ich fand es wichtiger, Eure Auserwählte vor weiteren Angriffen zu schützen, Hoheit. Der Angreifer wird umgehend verhaftet und ich werde mich persönlich um eine Bestrafung kümmern, die er sein Lebtag nicht vergisst.«

»Ich denke, wir sind uns einig, dass er keinen weiteren Lebtag mehr benötigt.«

Zaynes Kieferknochen spannten sich an, die einzige Regung, die Arjans Befehl auszulösen schien. »Natürlich, Hoheit. Ich sorge dafür, dass er zuvor seine Tat bereut.«

Wieso klang er so ausdruckslos, wo ihm gerade ein Mord befohlen worden war? Wieder blieben meine Augen an seinem Soldatenmantel hängen und ich bedachte mich und meine Naivität mit einigen stummen Flüchen. Er war ein

Soldat, ich hätte ihm nie trauen dürfen. Arjan nickte düster, ein Zeichen seiner Billigung. Drakonische Strafen fanden immer seine Billigung. Zayne hatte ich anders eingeschätzt, *besser*.

Arjans Augen musterten finster mein schmutziges Kleid. »Sorgt dafür, dass sie alle das gleiche Schicksal erleiden. Das sollte jedem eine Lehre sein, sich an meiner Partnerin zu vergreifen.«

Noch war ich nicht seine Partnerin, aber genauso wenig war ich Teil dieses Gesprächs. Energisch klopfte ich den Staub von meinem Kleid ab, um die Worte in mir zu halten.

»Es sind gefährliche Zeiten, Hoheit«, erwiderte Zayne. Dabei war seine Miene so gelassen, als redete er über das Wetter. »Dieses Gesocks wird immer brutaler und rücksichtsloser. Mich würde nicht wundern, wenn Ziel des Ganzen war, Eure Auserwählte als Geisel zu nehmen.«

»Das würde erklären, weshalb niemand anderes attackiert wurde.«

»Das stimmt nicht«, fuhr ich dazwischen und gab für den Augenblick auf, so zu tun, als lauschte ich nicht jedem Wort der Männer vor mir. »Er hat nicht versucht mich wegzuzerren.«

Arjans Augenbrauen hoben sich warnend. »Liah.«

Er sprach meinen Namen aus, wie die Lehrer früher, langgezogen und gereizt, weil er wusste, wie ich diesen Klang gehasst hatte, ihn noch immer hasste.

»Ich denke nicht, dass du in der Lage bist zu beurteilen, was hier geschehen ist, im Gegensatz zu mir. Mäßige deinen Ton.«

Demonstrativ wandte er sich von mir ab, so überheblich, dass ich mich für einen winzigen Augenblick nicht unter Kontrolle hatte und ihm meinen finstersten Blick hinterherschickte.

Nachdem ich meine Miene wieder gebändigt bekam und aufsah, sah ich in jadegrüne Augen. Zaynes Mundwinkel waren nach oben gezuckt. Er bemühte sich, es zu verbergen, sah schnell fort, aber ich hatte es gesehen, wie er zuvor offenbar meinen Blick an Arjan.

Plötzlich war es zurück, dieses verdammt vertraute Gefühl. Das gleiche, das ich gehabt hatte, während sich unsere Hände zum Schwur ineinandergelegt hatten. Jetzt fand ich den Mann, mit dem ich im Schlamm gesessen hatte, in dem silbernen Soldaten vor mir. Das Fremde war verflogen und nur wir waren übriggeblieben.

»Nach allem, was mir berichtet wurde, gibt es Grund zur Sorge, dass die Angriffe weiter zunehmen«, sagte Zayne und wandte sich erneut Arjan zu. »Es häufen sich die Gerüchte darüber, dass die Systemlosen etwas planen.« »Kommt eine dauerhafte Bewachung für Eure Auserwählte in Betracht, solange die Aufstände anhalten?«

»Natürlich habe ich darüber nachgedacht«, erklärte Arjan großspurig, dabei hatte er dieses Thema bisher nicht erwähnt. Ich war mir nicht einmal sicher, ob er diese Idee nicht gerade übernommen hatte, sich vor Zayne aber nicht die Blöße geben wollte das einzugestehen. Wo immer sie herkam, sie sollte verschwinden.

»Unerfreulicherweise ist Liah zu zerstreut, um sich an meine Anweisungen zu halten und bei der Garde zu warten. Dort, wo es für sie zweifellos am sichersten ist.«

Die unbewegte Maske, zu der mein Gesicht erstarrt war, fiel bei seinen Worten. »Ich bin nicht zerstreut.«

Wir wussten beide, dass ich das nicht aus Zerstreuung tat. Ich war unwillig, mich an seine Anweisungen zu halten, weil sie mir den letzten Rest Luft nahmen, den ich zum Atmen benötigte. Zumindest kannte er mich gut genug, um zu erkennen, wie kurz ich davorstand, die Beherrschung zu verlieren. Das hatte ich seit Ewigkeiten in seiner Anwesenheit nicht mehr gewagt, jetzt war ich so dicht davor, dass mein ganzer Körper vor Anspannung kribbelte. Der Gedanke, ihn anzuschreien, war so verlockend.

»Liah, ich denke, ich war deutlich genug …«

Arjans kalte Augen machten mir wortlos klar, dass ich es bereuen würde, wenn ich hier, vor einem seiner Männer, noch ein weiteres Widerwort gab. Ich war nicht die Einzige von uns, die vor Wut kochte.

Ich knickte vor seinem Zorn ein, presste die Lippen fest aufeinander und blieb so still, wie ich es sein sollte. Gleichzeitig schüttelte ich langsam den Kopf. Hiervon hatte er schließlich nichts gesagt. Kurz flackerte ein winziges Triumphgefühl in mir auf, weil sich seine Augen bei der stummen Rebellion, die ich bot, ungläubig weiteten, dann ließ er ein eisiges Lächeln aufblitzen.

»Da ich nicht darauf baue, dass du in Zukunft daran denkst, bleibt mir nichts anderes übrig. Du wirst sofort unter dauerhaften Schutz gestellt.«

Nein!

Meine Finger legten sich ineinander, ein Schutzreflex, damit sie sich nicht um Arjan krallten und ihn schüttelten, bis dieser dämliche Plan aus seinem Kopf verschwand. Er würde keine Bewachung für mich organisieren, sondern einen Spion, der ihm beliebig Bericht erstattete.

Arjans kühler Blick fuhr über Zayne, blieb an den Abzeichen am Kragen seines Mantels hängen. »Finde dich morgen im Palast ein.«

Meine Finger stoppten abrupt in ihrer Bewegung und jetzt fühlte ich mich, als wäre ich von unsichtbaren Händen durchgeschüttelt worden. Nichts in mir saß noch dort, wo es hingehörte.

»Ich?« Zayne klang ähnlich fassungslos, wie es sich in mir anfühlte. Mein Mund öffnete sich, um zu protestieren und dennoch kam nicht ein einziges Wort hinaus. Was konnte ich gegen Zayne anführen, ohne Arjan misstrauisch zu machen?

»Du hast Glück, meine Garde hat mich heute enttäuscht.« Es klang, als würde Arjan das später jeden der Männer bedauern lassen. »In deinem Alter bereits eine Truppe zu kommandieren, spricht dafür, dass du gut sein musst. Außerdem hast du bewiesen, dass du die richtigen Prioritäten setzt. Bist du in der Lage für ihre Sicherheit zu sorgen?«

Auf das hier war ich nicht vorbereitet. Auf nichts davon. Ich hatte gedacht, ich würde Zayne nie wiedersehen und jetzt war er hier und stand davor, etwas Dauerhaftes in meinem Leben zu werden. Das waren zu viele Dinge in zu kurzer Zeit. Wie sollte ich das unterbinden? Wollte ich das überhaupt? Dann würde jemand anderes kommen ... vielleicht jemand, der so schrecklich wäre wie Clay.

Zaynes fragender Blick fand meinen. Ehe ich wusste, was ich tat, nickte ich. Niemand sonst hätte gezögert diese Chance zu ergreifen. Es war keine kluge Entscheidung. Zweifellos eine emotionale, aber keine kluge.

Arjan wirkte sichtlich zufrieden mit sich, nachdem Zayne ihm versicherte, dass mir unter seiner Obhut kein Haar gekrümmt werden würde. Er hatte einen Aufstand niedergerungen, mir einmal mehr meine Grenzen aufgezeigt und mich unter dauerhaften Schutz gestellt. Ja, Arjan war angetan von sich. Ich hätte ihn gerne mit ein paar der hellgrauen Kieselsteine beschmissen, die ich stattdessen mit meiner Schuhspitze in die Erde drückte.

»Ich werde dich für alles verantwortlich machen, was Liah von morgen an geschieht. Sei mehr als wachsam, wenn dir dein Leben lieb ist.«

Arjans Worte wurden von dem Schaben meiner Schuhspitze begleitet. Er griff nach meiner Hand und vor Zayne fühlte sich diese Berührung noch fremder an, als ohnehin. »Lass uns gehen, Liebes. Ich habe viel zu tun.«

Ein letztes Mal stieß ich den Fuß tief in den Boden. Braune Erde beschmutzte den zarten Stoff meiner Schuhe. Mir gefiel der Anblick.

Weil Arjan mich mit sich zerrte, kam ich nicht dazu, mich von Zayne zu verabschieden, aber ich ahnte, dass er mich beobachtete. In mir breitete sich das Gefühl aus, dass mein Leben gerade noch komplizierter geworden war.

Kapitel 9

Arjans Entscheidung traf bei meinen Eltern auf regen Zuspruch. Natürlich. *Sollte ich entführt werden, würde das schließlich die Zeremonie verzögern.*

Damit war Zayne endgültig in meinem Leben angekommen oder vielmehr im Flur, in der Nähe der Haustür, wo man ihn platzieren würde. Ein fremder Mann, noch dazu ein Silberner, vor meiner Zimmertür war unschicklich, da schienen sich alle einig. Überlegungen, die mir lächerlich vorkamen, angesichts der Nähe, die ich schon mit Zayne geteilt hatte. Nun würde er also am Fuß der Treppe, die hinauf in mein Zimmer führte, darauf warten, dass etwas geschah. Er würde lange warten müssen. Die einzigen Dinge, die sich mir näherten, waren Pinsel mit bunten Farben, Bürsten und Marianne mit ihren Maßbändern.

Am Morgen nach dem Aufruhr kam Zayne ins Haus. Der Gedanke ließ es hinter meiner Brust ziehen. Es war nicht dieses Zerren – das ich sonst bei Arjan verspürte – dieses hier war nicht unangenehm, es war erwartungsvoll. Ich versuchte es wegzuscheuchen, bildete mir ein, dass das half, doch kaum dass ich Zayne am Fuße der Treppe stehen sah, kehrte es mit überraschender Heftigkeit zurück.

In der Bewegung innehaltend, nahm ich mir die Zeit, den Raum zu überblicken. Unten fand ich den allmorgendlichen

Trubel. Menschen verschwanden in Durchgängen oder hinter Türen. Neue Dienstboten tauchten auf, jeder von ihnen in Eile, nur Zayne stand keine drei Meter von der Tür entfernt, unverrückbar wie ein Felsen.

Niemand außer mir schenkte ihm Beachtung, dafür tat ich mich schwer damit, meinen Blick wieder von ihm zu lösen. Zayne schien etwas zu spüren, er sah hoch und fand mich auf der Hälfte der Treppe. Ein Lächeln durchbrach seine ausdruckslose Miene und bei der Erkenntnis, dass es allein für mich bestimmt war, kribbelte es in mir. Er formte mit seinen Lippen eine stumme Begrüßung. Stumm, weil sie ebenso wenig angebracht war wie sein Lächeln und dennoch erwischte ich mich dabei, wie ich beides erwiderte.

Mutter stürmte in den Flur. Ihr Kleid hatte das Graublau einer Gewitterwolke und der verkniffene Ausdruck in ihrem Gesicht verstärkte diesen Eindruck. Es schien, als wäre sie auch heute noch gereizt darüber, dass der Präsident gestern die öffentlichen Auftritte von Arjan und mir abgesagt hatte.

Ihre Hände knallten auf den schmalen Tisch in der Ecke, der seit der Auswahl unter Briefen und Einladungen versank. Seitdem wollte jede goldene Familie so eng wie möglich mit unserer verbunden sein. Sie bereiteten sich auf die neue Auswahl vor. Bald gäbe es die nächste Generation Mädchen, dazu ausgebildet, dem zukünftigen Erben zu gefallen. *Sie würden um die Aufmerksamkeit meines Sohnes buhlen.* Der Gedanke bohrte sich mir wie ein Splitter ins Herz.

Mutter riss ihre Hand hoch und wischte damit die unzähligen Nachrichten vom Tisch. Sie stoben wild auseinander, nur um sich dann regungslos auf dem Boden wiederzufinden.

Die Absätze ihrer Schuhe bohrten sich in die Glückwunschschreiben, die sie sonst mit verzückter Miene las. *Hier stimmte etwas nicht.* In meinem Nacken kribbelte es. Waren die Dienstboten nicht eine Spur zu hektisch in ihrer Betriebsamkeit? Warum war der Bogen, den sie um Mutter machten, heute größer als sonst? Das Kribbeln nahm zu. Auch die Angestellten witterten offenbar das nahende Unheil. In nicht allzu langer Zeit würde sich Mutter auf den Nächstbesten stürzen, der dumm genug war, sich ihr zu nähern.

Ich konnte zurück nach oben, damit würde ich mir zumindest ein paar Minuten erschleichen, bevor der Sturm sich über mir ausbreitete. Aus einem der Nebenräume setzte lautstarkes Gezeter ein. Unverkennbar Vater, der einen Dienstboten zusammenbrüllte, dabei ließ er sich gewöhnlich kaum dazu herab, sie zu beachten. Sollte ich wieder hoch?

Unentschlossen verharrte ich, blickte über das Meer an Glückwünschbriefen, das sich auf dem Boden ergoss, sah kurz zu Zayne und dann zur Tür – die war einladend unbewacht. Der Dienstbote, der hier normalerweise stand, wurde im Nebenzimmer von Vater mit wüsten Schimpftiraden übergossen. Langsam, um Mutters Aufmerksamkeit nicht zu erregen, schritt ich die Treppe hinunter. Ich sah zu Zayne und formte mit den Lippen überdeutlich ein Wort.

Komm.

Würde er mich verstehen? Ich hatte die letzte Stufe genommen, drehte nach rechts ab in Richtung Tür, weg von Mutter. Ein schneller Blick über meine Schulter verriet mir, dass Zayne mir folgte, ebenso vorsichtig, wie ich.

Der Geruch nach frisch gemähtem Gras wehte mir entgegen, kaum dass ich die Tür öffnete.

»Liah!« Mein Name wurde mir mit pikierter Stimme hinterher geschleudert. Mutter hatte mich bemerkt. »Komm sofort rein!«

Ein zorniger Befehl, der zwei Optionen zuließ. Entweder ich ging wieder hinein, tat, als hätte ich frische Luft schnappen wollen und würde die nächsten Stunden damit zubringen, mich anschreien zu lassen oder aber ich handelte mir noch mehr Ärger ein. Meine Hand lag unschlüssig auf der Türklinke, da streifte mich Zaynes Blick. Etwas darin gab den Ausschlag.

»Lauf«, raunte ich ihm zu und knallte die Tür hinter uns ins Schloss. Dann rannte ich so schnell ich konnte.

Der Tag war erst angebrochen. Die Wege, die sich demnächst mit Dienstboten und Kutschen füllen würden, lagen schlafend vor uns. Die Frische des Morgens strich mir über die Wangen und füllte mir die Lungen. Mein Herz pochte heftig, was nicht allein am Lauf lag. Es hüpfte mir begeistert im Brustkorb umher, weil es sich daran erinnerte, dass es das hier früher oft getan hatte. Wie ich es vermisst hatte, mich so frei zu fühlen. Für einen Moment gelang es mir, die unsichtbaren Fesseln der Erwartungen abzustreifen. Sie würden mich früh genug wieder umschlingen. Das hatten sie bisher jedes Mal getan.

Das Malmen von Kieseln begleitete unseren Lauf. Zayne blieb hinter mir und unternahm keine Anstalten mich aufzuhalten.

Ich stoppte im Park der Zuteilungshalle, weil sich mein Körper nicht anfühlte, als würde er es weiter schaffen. Dichte grüne Hecken rahmten das Grundstück ein wie ein Gemälde. Dahinter verbargen sich verschiedenste Blumenbeete, Bäume und Gebüsche, alles perfekt aufeinander abgestimmt. Ein Ort, der zum Flanieren gedacht war. Nichts wonach mir der Sinn stand, heute sogar weniger als sonst.

Ich peilte eine Reihe dichtes Gestrüpp an, so nah am Rand der Hecken, dass der kleine Platz dazwischen von außen fast nicht einsehbar war. Der perfekte Ort für eine Auszeit. Dort ließ ich mich auf den Boden fallen. Stehen schien für meine zitternden Beine keine Möglichkeit mehr zu sein, liegen war die einzige Option. Mein Körper gierte nach Luft, mein Puls galoppierte, Schweiß verwischte sicher gerade die aufgetragenen Farben in meinem Gesicht und gleichzeitig erfüllte mich tiefe Zufriedenheit.

Zayne setzte sich neben mich. Die Beine aufgestellt, die Arme lässig darauf abgestützt, sah er grinsend zu mir hinunter. »Deine Tage starten anders, als ich erwartet habe.«

»Das habe ich seit Jahren nicht mehr gemacht«, presste ich hervor. »Rennen gehört sich nicht.« Das galt für so ziemlich alles, das spaßig war.

»Bemerkenswert. In diesen absonderlichen Schuhen hätte ich es kaum um die nächste Ecke geschafft.«

Er kannte meine Eltern noch nicht gut genug. Um ihnen zu entfliehen, wäre ich mit schlimmeren Schuhen losgerannt. »Weißt du, was mit meinen Eltern los ist?«

»Das bedeutet, sie sind nicht immer so …?« Zayne ließ den Rest des Satzes stumm ausklingen, doch das Funkeln in seinen Augen war verräterisch. Er konnte sie nicht ausstehen und er gab sich keine Mühe, das vor mir zu verbergen. Ein ungeheuerliches Benehmen für einen Bediensteten, mir aber gefiel es, dass er mir nichts vormachte.

»Im Palast wurde eine Nachricht von Systemlosen gefunden«, fuhr er mit ernsterer Miene fort. »Sie sehen in eurer Zeremonie die Verherrlichung eines schadhaften Systems und drohen mit Vergeltung, wenn diese Bindung vollzogen werden sollte.«

»Wird die Zeremonie abgesagt?«, brach es aus mir heraus. Die Worte waren zu laut, zu energisch und allen voran zu hoffnungsvoll.

»Ich weiß es nicht.« Zayne ließ sich Zeit, bevor er weitersprach: »Es würde dich nicht treffen?«

»So ist es nicht.«

Er hatte mich einmal in einem höchstemotionalen Zustand erlebt, das würde nicht noch einmal geschehen. Gestern Nacht hatte ich mir vorgenommen, das damals Gesagte zur Sicherheit stark abzuschwächen.

»Seit der Auswahl habe ich das Gefühl, dass mir alles über den Kopf wächst. Da sind so viele Erwartungen und Hoffnungen, die in mich gesetzt werden. Ich habe Angst sie zu enttäuschen. Manchmal sage ich Dinge, die ich überhaupt nicht meine.«

Seiner Musterung hielt ich regungslos stand, mühte mir eine schuldbewusste Miene ab, genau im richtigen Maße zerknirscht. Ich war gut darin – zumindest bis heute. Denn die Falte, die sich in seine Stirn drückte, machte es schwer, meine Fassade zu halten. Zayne bot mir Ehrlichkeit und ich dankte es ihm, indem ich ihn belog. Dazu kam dieser Teil in mir, der aufbegehrte, der fast wollte, dass Zayne die Lügen erkannte. Dieser Teil musste sich zusammen mit einigen anderen Dingen letzte Woche im Regen in mir eingenistet haben. *Verflucht sei die Anziehung.*

Zu allem Übel kroch mir Hitze die Wangen entlang, kaum dass ich den Gedanken beendet hatte. Mein Körper hatte beschlossen, meinen Verstand zu hintergehen, sodass mir nichts übrigblieb, als wie zufällig den Kopf abzuwenden. Meine Finger strichen durchs Gras, weil mich das Gefühl der Halme an meiner Haut beruhigte. »Ich war nur nervös.«

»Nervös?«

Ein einziges Wort und es klang, als stünde er kurz davor loszulachen. Nicht die Reaktion, mit der ich gerechnet hatte. Meine Finger strichen schneller durchs Gras, aber von Beruhigung spürte ich nichts mehr. Wenigstens schien es nicht so, als würde Zayne eine Antwort erwarten. Gut für ihn, denn ich hatte auch nicht vor, ihm eine zu geben.

»Was ist deine Erklärung hierfür?«, fragte er und deutete auf mich. Da war nicht die geringste Spur von Verunsicherung in seinem Gesicht. »Ich kenne eure goldenen Anstandsregeln nicht, aber ich bin mir sicher, dass es sich für die Auserwählte des Präsidenten nicht gehört, sich im Park hinter Büschen zu verkriechen. Von deiner überstürzten Flucht will ich nicht erst anfangen.«

Warum glaubte er mir nicht? Alle glaubten mir.

»Deine finsteren Blicke sind bestimmt auch nicht regelkonform«, fügte er hinzu. »Wollten wir nicht ehrlich zueinander sein?«

»Das wäre auch ein Regelverstoß. Eigentlich dürfen wir nicht miteinander reden.« Ausgerechnet das waren die ersten Worte, die ich wieder herausbrachte, und sie waren harsch. Doch es ließ sich kaum abstreiten, dass sich Zayne ebenfalls nicht an die Regeln hielt. Er sprach nicht mit mir, wie es meinem Stand gebührte, sondern machte einfach weiter, wo wir am Marktplatz aufgehört hatten. Für ihn schien sich wenig geändert zu haben, für mich hatte sich alles geändert.

»Dennoch tun wir es«, erwiderte er leichthin. Sein Blick blieb an meinen Händen hängen, die über die Grashalme strichen. Etwas flackerte in seinem Gesicht auf, zu flüchtig, als dass ich es zu greifen bekam. Es verschwand und nahm Zaynes Erheiterung mit sich. »Willst du, dass ich mich an die Regeln halte?«

Ja. Ein winziges Wort, die einzig denkbare Antwort und doch kam sie mir nicht über die Lippen. Mein Kopf, der elendige Verräter, schüttelte sich langsam und ergab sich damit der Stimme in mir.

»Gut, denn ich bin deinetwegen hier.«

Nach einer entgeisterten Pause setzte mein Herz sich wieder in Bewegung, so heftig hatte es selbst beim Lauf nicht geschlagen. Zaynes Miene war nun ausdruckslos, bis auf seine Augen, die mich durchdringend betrachteten, als wolle er meine Reaktion einfangen. Ich hoffte darauf, dass sich da nichts einfangen ließ, andererseits hatte mich mein Körper heute schon mehrmals im Stich gelassen.

»Was meinst du damit?« Indem er keine Anstalten unternahm, weiterzureden, zwang er mich, die Frage zu stellen. Ich wollte die Antwort.

»In den letzten Tagen habe ich oft an dich gedacht.« Mein Herz überschlug sich aus Angst, wohin das hier führen würde und gleichzeitig forderte es begeistert mehr davon ein.

»Tu nicht, als hätten deine Worte nichts bedeutet«, fuhr Zayne leise fort. »Alles davon schwingt in mir nach.«

»Wie kann ich dir vertrauen? Du könntest zu Arjan rennen und dir deine Informationen vergolden zu lassen.«

Vertrauen konnte ich niemandem. Selbst Brenda hatte daran gedacht, meine Gedanken an Arjan zu verraten und sie kannte ich mein Leben lang. Zayne war ein Fremder, auch wenn es so schrecklich leicht war, dass zu vergessen.

»Ich habe auch einiges zu verlieren«, erinnerte mich Zayne. »Allen voran meinen Kopf. Dein Zukünftiger hat sicher schon welche für weniger abschlagen lassen. Wenn wir uns dafür nicht voreinander verstellen müssen, nehme ich das Risiko in Kauf. Ich kann dein schweigender Leibwächter werden oder dein Freund, das entscheidest allein du.«

Seine grünen Augen leuchteten im Sonnenlicht, während er darauf wartete, wie ich mich entschied. In mir rang diese laute Stimme gegen den Rest der Vernunft und schmiss ihn zu Boden. Ich wollte keinen stummen Schatten an meiner Seite.

»Nein.« Bei Tageslicht war es schwieriger, ehrlich zu sein. Woran das lag, das wusste ich nicht, nur dass es mich mehr Mühe kostete, die Wörter über die Lippen kommen zu lassen. »Ich wäre nicht traurig, wenn diese Bindungszeremonie abgesagt werden würde.«

Überraschung fand sich keine in Zaynes Gesicht. »Verrätst du mir warum?«

»Weil ich Arjan nicht ausstehen kann.«

Da war sie die Wahrheit, eine giftige Mischung, die mir die Kehle brennen ließ, doch kaum hatte ich sie ausgewürgt, da verschwand dieses Beißen und das Atmen fiel mir leichter. Die Wahrheit auszusprechen, war befreiend.

»Das sind die verständlichsten Gründe gegen eine Bindung, die mir bisher zu Ohren gekommen sind.«

Ich drückte die Schultern tiefer ins Gras. Auf Flecken im Stoff kam es längst nicht mehr an. »Meine Mutter hat mich auswendig lernen lassen, was Arjan wohl bei den Zuteilungsprüfungen antworten würde.« Ich starrte an Zayne vorbei, zwischen dem Gebüsch hindurch, wo sich die Zuteilungshalle schemenhaft erahnen ließ. »Ich habe dort drin gesessen vor den Bögen und mich nicht daran gehalten. Es waren meine eigenen Antworten. Dennoch haben wir die höchste Übereinstimmung. Das macht uns zu den perfekten Partnern. Ich sollte mich nicht so fühlen.«

Ein Tier hatte sich ins Gebüsch verirrt, das leise Rascheln war für einen Moment alles, was unsere Stille durchbrach, bis Zayne sich ein Stück zu mir hinunter beugte. »Ich habe diese

Fragen vor ein paar Monaten ebenfalls beantwortet, wenn auch in einer weniger imposanten Halle. Willst du wissen, wie mein Ergebnis aussieht?«

Zayne war zugeteilt? Ich zwängte mir ein Nicken ab, weil er darauf zu warten schien, dabei fühlte es sich nicht so an, als wollte ich das Ergebnis kennen. Krallen schabten von innen in meinem Bauch. Gehörten sie auch zu der Anziehung? Ich konnte mich nicht daran erinnern, über so etwas in den Lehrbüchern gelesen zu haben.

Zayne grinste so breit, dass er eine Reihe weißer Zähne entblößte. »Ich habe sie nicht abgerufen und ich werde sie nicht abrufen. Es ist mir gleichgültig, wen mir das System vorschlägt. Ein Test kann nicht vorhersehen, wer zu mir passt. Dieser Auswahlprozess hat nichts mit Gefühlen zu tun, nichts mit Liebe und deshalb ist die Zuteilung vollkommener Unsinn.«

Liebe. Schon wieder warf Zayne sie wie selbstverständlich ein. Jetzt im Sonnenlicht kam sie mir sogar abstruser vor, als an der Hütte im Schlamm. Längst überholte Vorstellungen, die ewig nicht mehr galten.

»Du kennst aber die Gründe für die Zuteilung, oder?«

Zaynes Kopfschütteln ließ mich entgeistert nach Luft schnappen. Wie konnte es sein, dass er diese Dinge nicht wusste?

»Liebe gibt es nicht. Es sind nur Abläufe, eine Art kurzzeitige Verwirrung im Körper. Dafür gibt es ein anderes Wort ... Anziehung?« Ich ließ es wie eine Frage klingen, hoffte, dass sich Zaynes Miene aufhellte, dass er zumindest dieses Wort kannte. Er schüttelte erneut den Kopf und ich stand kurz davor, es ihm nachzutun. Was brachten sie den Silbernen eigentlich bei?

»Was ist Anziehung?«, wollte er wissen.

Hitze strömte in meine Wangen, das geschah beängstigend oft in Zaynes Nähe. Jetzt wäre der perfekte Moment, um mich in Schall und Rauch aufzulösen. Leider blieb ich, wo ich war und das zwang mich dazu, diesem Silbernen vor mir zu erklären, was Anziehung war. Wenn ich mich jetzt weigerte weiterzureden, würde er sich fragen, weshalb ich das tat. Mir blieb nur die Flucht nach vorn.

»Es bedeutet, dass sich zwei Menschen anhand von Äußerlichkeiten zueinander hingezogen fühlen. Anziehung hält nicht lange an, manchmal ein paar Stunden oder in schlimmen Fällen einige Wochen, dann ist sie fort. Bis dahin trübt sie unseren Verstand und lässt uns unüberlegte Entscheidungen treffen. Das System ist verlässlicher als die Anziehung, es bietet ein gemeinsames Fundament und zwar für alle, nicht für ein paar wenige. Es ist die Lösung für eine zufriedene Gesellschaft.« Zumindest zum Schluss kam es mir so vor, als klang ich sehr nach meinem alten Lehrer.

Die Falte war zurück und grub sich erneut in Zaynes Stirn. »Woran merkt man, dass es einen erwischt hat?«

Ein weiterer Stoß Hitze durchfuhr meine Wangen. »Unüberlegte Entscheidungen.« Die kannte ich sogar aus eigener Erfahrung, denn sonst würde ich mich kaum mit meinem Leibwächter hinter Hecken verstecken.

»Das ist nichtssagend. Gibt es nichts Eindeutigeres?« Er stützte sich mit seinen Armen aufs Gras, nah bei mir. Als seine Hand meine berührte, schoss mir ein Hitzestoß durch den Körper. »Verwirrung?«, fragte Zayne sanft und ich nickte, während ich auf unsere aneinander liegenden Hände starrte. Da war nichts Ungewöhnliches. »Probleme dich zu konzentrieren?«

Ich nickte halbherzig und erhöhte zaghaft den Druck gegen seine Hand. Ich wollte herausfinden, woher diese Stöße kamen.

»Errötung?« Er wies auf meine Wangen.

Erst da begriff ich. Ein empörtes Keuchen drang aus mir hervor. »Du weißt das alles!«

»Erwischt.« Zayne lachte auf. »Du hast nur gefragt, ob ich die Gründe für die Zuteilungen kenne, und glaub mir, ich habe keine Ahnung. Das, was angeführt wird, ist Schwachsinn.«

»Ist es nicht!«

»Du meinst, dass es darüber hinaus nichts anderes gibt?« Zaynes grüne Augen funkelten und ich befürchtete, dass wir den hypothetischen Bereich verlassen hatten. Sprach er über uns? Die Tatsache, dass etwas zwischen uns war, das uns zueinander hinzog?

»Nein«, erwiderte ich. »Da gibt es nichts. Es ist am sinnvollsten, Anziehung zu unterdrücken, dann verschwindet sie.« Ob er die Doppeldeutigkeit in meinen Worten verstanden hatte? Seine Miene blieb gelassen. Zu gelassen. Hatte er nicht von uns gesprochen? Sprach nur ich von uns?

»Du bist wirklich davon überzeugt, oder?« Seine Hand verschwand von meiner und Bedauern flatterte in mir auf. Ich wünschte sie mir augenblicklich zurück. »Du denkst, dass es sinnvoller ist, auf diese Weise seinen Partner auszusuchen?« Zaynes Worte kratzten an mir. Dabei war es gut, hinter dem System zu stehen und ja, ich war von der Richtigkeit der Auswahl überzeugt. Zumindest war ich das gewesen, bis ich Arjan zugewiesen worden war. Seitdem hatte sich ein leiser Zweifel in mich hineingeschlichen, aber ich dachte nicht daran, das zuzugeben.

Zayne verdrehte die Augen. »Das denkst du nur, weil du Liebe nicht kennst. Alle um dich herum sind zugeteilt worden, sie führen vom System durchdachte Beziehungen, die sich perfekt ergänzen. Das System bestimmt dein Leben, indem es dir einredet, dass du selbst nicht in der Lage bist, die richtigen Entscheidungen für dich zu treffen. Damit du nicht aufbegehrst, belügen sie dich darüber, was du verpasst. Es gibt mehr als Anziehung zwischen zwei Menschen, aber um das herauszufinden, muss man bereit sein, Gefühle zuzulassen.«

»Das ist verboten«, flüsterte ich und wusste selbst nicht, was genau ich davon meinte. Die Kritik an dem System, dieses Gespräch oder Zayne und mich? Verboten war alles davon, aber das heftige Herzklopfen in meiner Brust galt allein der letzten Möglichkeit. »Vielleicht sollten wir doch lieber über die Weizenknappheit reden.«

»Oberflächliche Gespräche sind nichts für uns«, gab Zayne zurück und insgeheim musste ich ihm recht geben. Ich war oberflächliche Gespräche so leid.

»Du bist ein Soldat, deine Aufgabe ist es, das System zu schützen. Wie kannst du so darüber sprechen?«

»Um das System zu schützen, muss ich nicht hinter all seinen Stufen stehen. Die Zuweisung befürworte ich nicht und dennoch bin ich gut in dem, was ich tue. Außerdem benehmen sich die Goldenen, die ich kenne, auch nicht wie du. Ich schätze, wir sind beide ein wenig aus der Art geschlagen.«

Er ließ sich rücklings in Gras fallen, sein Kopf landete neben meinen Füßen. Ich hob meinen an und sah Zayne dabei zu, wie er die Wolken betrachtete, die über uns hinwegzogen. Wie die Wolken schien auch er in Gedanken fortzutreiben. Ich wünschte, ich wüsste wohin. Wie konnte ich mich einem Menschen so schnell so nahe fühlen?

»Niemals könnte ich mich ohne Liebe an jemanden binden«, sagte er und hielt den Blick fest gen Himmel gerichtet. Bis gerade dachte ich, wir hätten dieses Thema hinter uns gelassen.

Dem schien nicht so und dieser Mann neben mir besaß eine faszinierende Sturheit, selbst wenn er falschlag. Die Vorstellung von Liebe, wie sie Zayne in mir hervorrief, mochte verstörend schön sein, aber sie blieb nicht mehr als eine Wunschvorstellung.

Ich erwiderte nichts. Ein Fehler, denn Zayne fühlte sich offenbar bemüht weiterzureden.

»Du kannst dein Leben nicht von ein paar Fragen abhängig machen. Das ist Wahnsinn.«

Seine Worte trafen mich wie Peitschenhiebe, jedes hinterließ tiefe Striemen in mir. Ich rutschte ein Stück zur Seite, auch wenn ich so mein Kleid durch den Schmutz zerrte. Auf diese Weise brachte ich etwas Abstand zwischen uns. Genau das sollte ich tun, Abstand halten.

»Das kannst du nicht beurteilen«, erwiderte ich, bevor er weitere Dinge von sich geben konnte, die ich nicht hören wollte. »Denn dafür müsstest du dir deine Ergebnisse anschauen.«

»Ich habe mir geschworen, das niemals zu tun.«

»Hast du die Unterlagen ordnungsgemäß ausgefüllt?«, fragte ich und hob den Kopf ein weiteres Stück, um ihn besser sehen zu können.

Er nickte misstrauisch, als sei er nicht sicher, worauf ich hinauswollte.

»Warum? Du wärst schneller gewesen, wenn du irgendwelche Antworten angekreuzt hättest. Irgendwo in dir ist ein Teil, der gespannt auf deine Auswahl ist, aber du bist zu verbohrt, um dir das einzugestehen.«

Er grinste breit, von Wut fand sich dort keine Spur. Er war ehrlich genug, um auszusprechen was er dachte und bedacht genug, um über Antworten nachzudenken, die ihm nicht gefielen. Eine gute Kombination.

»Du solltest die Reden für den Juniorpräsidenten schreiben«, sagte er und ließ mich lachen. Eher würde Arjan sich die Zunge abbeißen, als mich um Hilfe zu bitten.

Zaynes Hand legte sich an meine, ein stummes Friedensangebot, das ich nicht ablehnen konnte. Ich ließ meine Finger in seine gleiten, weil alles an mir genau das wollte. Je mehr Zeit ich mit ihm verbrachte, desto wankelmütiger wurde ich.

»Du könntest die Bindung mit Arjan ablehnen?« Er ließ die Feststellung wie eine Frage klingen und sie blieb zwischen uns hängen, hallte in mir wider.

Ich könnte das Ergebnis ablehnen.

Theoretisch.

Arjans Rache wäre episch.

»Das ist keine Option.« Zayne hob den Kopf, öffnete den Mund, als wollte er etwas erwidern, aber ich ließ ihn erst gar nicht. »Es ist keine Option«, erklärte ich erneut, diesmal grimmiger und brachte damit sowohl Zayne als auch die Stimme in mir zum Schweigen.

Stumm lagen wir nebeneinander, jeder in seine Gedanken verstrickt. Ein Zitronenfalter flog über uns hinweg, seine gelbe Farbe leuchtete zwischen dem Grün der Pflanzen und des Rasens hindurch.

»Das könntest du sein«, sagte Zayne in die Stille und folgte den Bewegungen des Schmetterlings mit dem Finger. »Du bist keiner von diesen Grashalmen, die sich von jedem Lufthauch beliebig hin und her schwenken lassen. Du solltest frei sein wie dieser Schmetterling.«

»Vielleicht will ich lieber ein Halm sein.« Meine Stimme zitterte und die Berührung der Grashalme an meiner Hand war nicht länger beruhigend. »Sie haben alles, was sie brauchen.«

»Außer Freiheit«, sagte Zayne leise und sein Daumen strich mir über meine Handaußenseite. Eine Berührung, die mich gleichermaßen beruhigte und aufwühlte. Freiheit. War es wirklich weniger als eine Woche her, dass ich mir die vor Zayne gewünscht hatte?

»Die wird überschätzt«, gab ich knapp zurück, gerade als sich der Falter keinen Meter von mir entfernt auf der Wiese niederließ.

Zayne ließ meine Hand los und setzte sich langsam auf. Behutsam formte er mit den Fingern eine Höhle und stülpte sie über den Schmetterling.

»Komm her«, raunte er mir zu und wieder bewies ich, was Zayne mir für sonderbare Entscheidungen abrang. Ich drückte mich hoch und rutschte zu ihm. »Leg deine Hände an meine«, bat er. Meine Finger gesellten sich dazu und als sie das taten, nahm er seine hinfort. Flügel kitzelten mir an der Haut, verschwanden und schlugen erneut dagegen, wieder und wieder. Sie suchten verzweifelt einen Ausweg aus dem Gefängnis, das wir gebaut hatten. Ich bemühte mich, mir nicht anmerken zu lassen, was dieser Flügelschlag in mir auslöste. Zayne schien durch meine Maske geradewegs auf das zu sehen, was dahinter lag.

»Freiheit wird niemals überschätzt, Liah«, sagte er. »Wie willst du ohne sie herausfinden, zu was du in der Lage bist?«

Jadegrüne Augen trafen mich direkt ins Herz. »Es ist nur ein Schmetterling«, flüsterte ich, weil mir sein Blick Teile meiner Stimme geraubt hatte. »Er wird nie zu etwas in der Lage sein.«

Es blitzte in Zaynes Augen auf. »Wer sind wir, das zu entscheiden? Er könnte mit seinem Flügelschlag die ganze Welt verändern.« Zaynes Finger legten sich um meine und öffneten sie behutsam. Augenblicklich flog der Schmetterling davon, war Sekunden später nicht mehr als ein gelber Punkt am Himmel.

Kapitel 10

Arjan sagte die Bindungsfeier nicht ab und dieser winzige Hoffnungsschimmer verpuffte. Die Nachricht der Systemlosen war für ihn nichts weiter als reine Provokation und er setzte ihr die gewohnte Härte entgegen.

Neuerungen gab es dennoch. Der Präsident hatte angeordnet, deutlich weniger Gäste zu laden und die Zeremonie im Kreis der Familie abzuhalten. Nur die Präsidentenfamilie kannte die genaue Uhrzeit, nicht einmal mir war sie verraten worden, schließlich war ich kein Teil davon. Könnte es doch nur dabei bleiben.

Ab sofort verstärkte ein Großaufgebot an Soldaten die Palastwachen. Es gab Kontrollen und jeder, der ansatzweise verdächtig wirkte, sollte umgehend festgesetzt werden. Darüber hinaus wurden Zugangskontrollen eingerichtet, nur mit spezieller Erlaubnis gelangte man in den Innenhof des Palastes, wo die Bewachung verdoppelt worden war. Soldaten fanden sich auch überall um unser Anwesen und Zayne wurde kurzfristig in eines der Gästezimmer einquartiert.

Diesmal war ich ausnahmsweise froh, dass niemand meine Meinung dazu hören wollte. Ich verbrachte definitiv zu viel Zeit damit, an ihn zu denken, besorgniserregend viel. Nach dem

Ausflug hatte ich es so aussehen lassen, als hätte Zayne mich genötigt zurückzukehren. Meine Mutter sollte keinen Anlass haben, ihn auszutauschen, wie sie es mit der Köchin getan hatte. Sie würde ihn fortschicken, wenn sie ahnte, dass ich ihn mochte. Daher gab ich mir Mühe, ihn genauso wenig zu beachten, wie die anderen Dienstboten.

Dass ich das Haus nicht mehr verließ, hatte wenig Einfluss auf meinen vollen Terminkalender und Mutter zeigte sich nach der Flucht unerbittlich. Sie füllte jeden Augenblick des Tages, um zu verhindern, dass mir neue Flausen in den Kopf stiegen, wie sie es nannte. Ständig wurde etwas an meinem Körper gemacht, störende Härchen entfernt, Nägel gefeilt, es gab verschiedenste Prozeduren, um die Haut strahlender und das Haar glänzender zu machen. Wurde ich davon einmal verschont, dann nur, um Verhaltenstraining zu bekommen. Bei dem bekam ich stundenlang eingebläut, was ich wie und wo zu sagen hatte, wie ich mich wem gegenüber zu verhalten hatte, und welchen der Gäste ich wie begrüßen musste ... So ging es weiter und weiter, bis mir mein Kopf rauchte, von all den unsinnigen Details.

Wenn ich abends ins Bett sank, fühlte es sich nicht an, als hätte ich auch nur eine Stunde des Tages ansatzweise sinnvoll verbracht. Gleiches galt für Zayne. Er stand Tag für Tag im Flur und versuchte, mit der Umgebung zu verschmelzen.

Abwechslung davon gab es lediglich, wenn er den Garten inspizierte oder sich kurz mit den anderen Soldaten austauschte. Im Anschluss daran wurde er im Inneren des Hauses wieder zur Statue. Beachtet wurde er dabei kaum, am wenigsten von meinen Eltern. Er war nichts weiter als eine Wache, tief unter unserem Rang. Es war sogar gewollt, dass wir uns nur mit Menschen des gleichen Standes abgaben, schließlich hatte jeder seinen Platz im

System. Das schien für alle anderen gut zu funktionieren – nur mit mir stimmte etwas nicht. Das hatte ich früher oft gedacht, aber seitdem ich Zayne kennengelernt hatte, dachte ich es andauernd.

Mir war gleichgültig, wer wir waren.

Ich fand tausend Gründe, um hinunter zu Zayne zu gehen. Sobald er Schritte auf der Treppe hörte, sah er hoch und wenn er mich fand, funkelten seine Augen. Darin lag mehr als Pflichterfüllung. Unsere Lippen formten ein paar stumme Worte. Waren wir allein im Flur, bekam ich sogar einige leise zugeraunt, verbunden mit einem Lächeln. Etwas in mir rührte sich dann jedes Mal deutlich. Ich erwischte mich, wie ich manchmal sogar stoppte, um diese Augenblicke in die Länge zu ziehen. Sie waren das Beste an meinen Tagen. Wir verstießen beide gegen die Etikette. Glücklicherweise waren um uns herum alle zu beschäftigt mit den Vorbereitungen der Bindung, um das zu registrieren.

Kapitel 11

In der Nacht vor der Zeremonie wuchs ein unsichtbares Gewicht auf meiner Brust, mit jeder Stunde, die verstrich, wurde es größer und schwerer. Die Uhr an der Wand schlug dazu im Takt, erinnerte mich permanent daran, dass meine Zeit ablief.

Den ganzen Tag hatten verschiedenste Menschen an mir herumgezerrt, da war es leichter zu verdrängen gewesen, dass mir nur wenige Stunden in Freiheit blieben. Jetzt, in der Stille der Nacht, konnte ich nicht aufhören, an den Schmetterling zu denken, dessen Flügel verzweifelt gegen meine Finger geschlagen hatten.

Früher hatte ich Arjans Auswahl entgegengefiebert. Da hatte ich geglaubt, dass er einer anderen zugeteilt würde und sich damit unsere Wege trennten. Manchmal hatte ich auf den Abendveranstaltungen die Männer gemustert und mich gefragt, ob einer von ihnen mein Partner werden würde. Einen Favoriten hatte ich nie gehabt. Das System entschied und ich hatte darauf vertraut, dass es die richtige Wahl treffen würde.

Von draußen prasselte der Regen gegen die Fensterscheiben. Hoffentlich würde er anhalten. Es sollte schütten wie aus Kübeln, der Himmel sich schwarz färben und die Luft eisig sein. Ein Sturm wäre nett. Wenn er groß genug wäre, könnte er diesen Palast davonwehen.

Meine Finger zitterten, während ich die Nachttischlampe anknipste, schon seit geraumer Zeit schien ich nur aus Kälte zu bestehen. Ein weiteres Ticken ertönte. Wie ich diese Uhr hasste und das Bett, sogar den Nachttisch, auf dem das Buch lag, das Mutter mir gestern Abend bereitgelegt hatte. Ich hatte nicht einmal auf den Titel geschaut. Wozu? Es war ein Buch voller Regeln. Das waren sie alle. Bevor ich darüber nachdenken konnte, griff ich nach dem Buch und schmiss es an die Wanduhr. Ein Knall ertönte, doch die Uhr blieb, wo sie war. Weil nie etwas so lief, wie ich es mir wünschte. Das Buch schlug mit einem lauten Krachen auf dem Boden auf.

Ich hielt die Luft an, lauschte in die anschließende Stille hinter der Tür auf Schritte. Das einzige Geräusch, das die Ruhe durchbrach, war das ungerührte Ticken der Uhr, als wollte es mich verhöhnen.

Wenn ich mich nicht ablenkte, würden heute Nacht weitere Bücher fliegen. Ob es half, hinunter zu gehen? Der Gedanke, diesem Bett zu entfliehen, war verlockend, dennoch gab ich ihn auf. Die Möglichkeit, dass ich da unten auf jemanden traf, war groß. Ich wollte niemanden sehen, weder meine Eltern noch Bedienstete. Statt aufzustehen, ließ ich mich tiefer in das Kissen fallen, schob die Finger darunter, um zumindest das Zittern auszublenden. Wenn ich es nicht sah, konnte ich es vielleicht vergessen und den Grund dafür.

Der Regen draußen hatte zugenommen, das Prasseln der Tropfen wurde heftiger und lauter, sodass ich das vorsichtige Klopfen zunächst dem Regen zurechnete. Erst als es erneut ertönte, registrierte ich, dass es nicht zum Rhythmus des Regens passte. Jemand stand hinter der Tür und wollte offenbar nicht, dass der Rest des Hauses darauf aufmerksam wurde.

Ich schlüpfte in den Morgenmantel. Erleichtert, dem Bett zu entkommen, öffnete ich die Tür und blickte in jadegrüne Augen.

»Alles in Ordnung?«, fragte Zayne. »Ich habe einen Knall gehört.«

»Ja.« Ich biss mir auf die Lippe. »Es könnte sein, dass ich ein Buch nach der Uhr geschmissen habe.«

»Ich nehme an, sie hat es verdient?« Da war er wieder, dieser spielerische Ton, der mein Herz zum Flattern brachte.

»Sie hört nicht auf zu ticken.«

Zayne stieß ein leises, amüsiertes Geräusch aus, das in mir widerklang. »Dann hat sie es definitiv verdient.«

Er hob die Schultern, verharrte für einen Moment, bevor er hinter sich in den Flur sah. Wir sollten hier nicht zusammen gesehen werden. Jetzt wo Zayne sich vergewissert hatte, dass es mir gut ging, mussten wir uns verabschieden und uns in unsere Betten begeben. Nur wer wusste schon, wann ich wieder eine Gelegenheit bekam, richtig mit ihm zu reden?

»Kommst du rein?«, fragte ich und beging damit eine unverzeihliche Regelverletzung. Seine Augen funkelten als er an mir vorbei trat und ich ahnte, dass das auch für meine galt. Leise schloss ich die Tür hinter ihm, sperrte den Rest des Anwesens aus.

Zayne begutachtete mein Zimmer. »Es ist nicht ganz so, wie ich es erwartet habe.« Seine Hände wiesen erklärend zwischen dem fliederfarbenen Teppich und den opulent verschnörkelten Möbelstücken hin und her.

Ich ahnte, was er meinte, das war nichts, das ich ausgewählt hätte. Was ich wohl gewählt hätte? Erst jetzt kam mir der Gedanke, dass ich nie darüber nachgedacht hatte.

»Ich wurde nicht nach meiner Meinung gefragt.« Einen Tick zu fest ließ ich mich auf die Matratze zurückfallen und das Holzgestell gab ein empörtes Quietschen von sich.

Zayne musterte den Strauß getrockneter dunkelroter Rosen. Liebevoll drapiert standen sie in einer ausladenden, cremefarbenen Vase, auf einem eigens dafür aufgestellten Tisch. Es wirkte wie ein Schrein. Wahrscheinlich war es einer.

»Was ist das?« Er starrte die getrockneten Blumen an, die den Ehrenplatz in meinem Zimmer einnahmen. Ich konnte ihm seine Entgeisterung nicht verdenken. Es war ein Haufen alter zerbröselnder Blumen, sie wirkten deplatziert, in dieser majestätischen Vase. Dennoch wünschte ich wirklich, er hätte nicht danach gefragt.

»Jedes Jahr an meinem Geburtstag bekomme ich eine Rose von Arjan geschenkt.«

Gereizt pustete ich mir eine Strähne aus dem Gesicht. Ich konnte Rosen nicht ausstehen. Die Rosen in meinem Zimmer waren die schlimmsten, ihr Anblick ein einziger Hohn. Im letzten Jahr hatte ich die Vase zerschmettert und behauptet, es wäre ein Versehen gewesen. Für diesen Triumph hatten sie mich zahlen lassen. Tagelang war Mutter hysterisch durchs Haus gerannt und hatte mir den letzten Nerv geraubt, bis jede dieser Blumen wieder ausreichend instandgesetzt worden war.

»Meine Eltern wollen sie dort haben, damit Arjan sieht, dass ich sie in Ehren halte, wenn er mich besucht.«

Gegen Besuch von Arjan in meinem Zimmer hatten sie nichts einzuwenden. Ich umso mehr, weshalb ich entweder mit ihm in den Garten ging oder direkt im Salon blieb.

»Warum lässt du zu, dass sie dein Leben für dich planen?«

Ich hatte erwartet, dass Zayne eine spöttische Bemerkung über die Blumen machte, um sich dann etwas anderem zuzuwenden, doch hiermit hatte ich nicht gerechnet. Das war nicht amüsiert, das war ernst. Zayne ließ sich neben mich aufs Bett fallen und die Vertrautheit, die darin lag, gefiel mir im gleichen Maße, wie sie mich irritierte.

»Es ist dein Leben, nicht das deiner Eltern«, sagte er.

Ich lehnte mich an die kalte Wand hinter mir. Es ging längst nicht mehr um die Blumen.

»Meine Entscheidung steht, auch wenn sie mir nicht gefällt. Irgendwann werde ich meinen Frieden mit meiner Zuweisung machen.«

»Nein, wirst du nicht. Du magst ihn nicht einmal.«

Sein Gesicht kam näher. Wie makellos es war, der Ton seiner Augen, die genau im richtigen Maße geschwungenen Konturen, alles an ihm war perfekt. Sein Atem fuhr mir über die Haut, so leicht wie ein Schmetterling, und ließ sie förmlich brennen. Da war dieses unleugbare Bedürfnis, ihn zu berühren, mit dem Finger über seine Wangen zu streifen, um sie zu erkunden. Dass mein Atem jetzt gepresster ging, lag nicht länger an unsichtbaren Gewichten. Das hier hatte allein Zayne zu verantworten. Spürte er das auch? Ich wollte ebenfalls dieses Chaos in ihm hervorrufen können. Nicht bei Arjan oder irgendjemandem von den Goldenen, sondern ganz allein bei ihm. Mein Verstand schrie derweil auf mich ein, verlangte, Zayne rauszuschicken, forderte, dass ich mich auf die Regeln besann und mich normal verhielt. Doch wäre ich normal, säße ich nicht mit ihm hier.

Mein Verstand hatte keine Chance gegen mein Herz.

Ich blieb, wo ich war.

»Tu es nicht, Liah. Binde dich nicht an ihn«, raunte Zayne mir zu und sein Kopf kam näher. Die kleine Falte war zurück, grub sich in seine Stirn. Ich wollte sie berühren, unbedingt.

»Du solltest gehen.« Die einzig richtigen Worte. Ein verzweifeltes Aufbäumen meines Verstandes. Gleichzeitig beugte ich mich vor, verringerte den Abstand zwischen uns weiter. Jetzt war ich ihm so nah, dass ich seinen Geruch einatmen konnte, eine Mischung, die so wild roch, wie ich zuvor nichts gerochen hatte – er roch nach Erde und Kräutern. Ganz anders als Arjan.

»Möchtest du, dass ich gehe?« Zaynes Augen glänzten, ließen keinen Zweifel daran, dass wir beide die Antwort kannten.

»Nein.«

Ich streckte die Hand aus. Die Falte auf seiner Stirn wurde tiefer, während er sie verfolgte. Sie fand ihr Ziel, strich über die Falte und ließ sie verschwinden. Etwas in Zayne gab nach, unter der Berührung wurde sein Körper weich. Seine großen Finger legten sich so sanft um meine, als wären sie das Kostbarste auf der Welt. Er flüsterte meinen Namen über das Prasseln des Regens hinweg und dort, wo gerade noch Dunkelheit in mir gesessen hatte, flackerte Licht auf.

Sein Daumen setzte sich ebenfalls in Bewegung, fuhr mein Gesicht entlang. Eine hauchzarte Berührung, die ein fieberhaftes Kribbeln in mir auslöste. Ich wollte mehr, bevor die Dunkelheit zurückkam. Ich schaffte es nicht, mich enger an Zayne sinken zu lassen, seine Worte waren schneller.

»Das bist nicht du, Liah«, raunte er mir zu. »Diese Maskerade, hinter der du dich verkriechst, kannst du irgendwann nicht mehr abstreifen. Wenn du dich an ihn bindest, gibst du dich auf.«

Warum musste das Schönste, das ich bisher zu hören bekommen hatte, gleichzeitig das Grausamste sein? Früher hatte ich oft aufbegehrt, jetzt kam ich mir bereits albern vor, wenn ich ein Buch warf. *Ich wurde immer mehr zu dem, was sie in mir sehen wollten.* Arjan würde auf genau diese Version bestehen. Unsichtbare Hände pressten mir langsam den Hals zu. Das Licht in mir erlosch.

Meine Finger verschwanden abrupt aus Zaynes Gesicht. »Ich habe es mir anders überlegt, du solltest gehen.«

Diesmal fragte er nicht nach, ob es mir ernst war. Er stand auf und nahm all die Wärme aus meinem Körper mit.

»Wie du möchtest.« Da war kein Vorwurf in seiner Stimme und grimmig war sie dennoch. Er hatte mich um etwas gebeten und ich hatte es ihm verwehrt. Diese Bindung würde vollzogen werden.

»Wir sehen uns morgen.« Mit diesen Worten ging er und schloss die Tür lautlos hinter sich.

Ich blieb mit der Dunkelheit zurück.

Kapitel 12

»Aufstehen, Liah. Es gibt viel zu tun.« Mutter riss die Vorhänge zur Seite. Eine Tätigkeit, die sie in allen anderen Räumen selbstverständlich den Dienstboten überließ. Nur wenn sie mich weckte, war sie sich nicht zu schade, eigens dafür zu sorgen, dass möglichst viel Sonne hereinkam, um mich zum aufzustehen zu bewegen.

Meine Gereiztheit stieg mit der Anzahl der Personen, die ins Zimmer strömten. Ein Großteil davon verschwand im Badezimmer und das Wasserrauschen dort ließ mich wissen, wie der erste Programmpunkt aussah.

Nur Mirabelle war geblieben, um einen schwarzen Kleidersack an der Tür meines Kleiderschranks aufzuhängen. Allein der Anblick reichte, um wieder unter der Bettdecke verschwinden zu wollen.

»Ab ins Bad, Liah!«

Ich stand auf, als Mutter erneut ansetzte mich zu ermahnen. Schon jetzt wirkte sie gehetzt, dabei hatte dieser Tag noch etliche Stunden, die es für sie zu überstehen galt.

Schon bevor ich den angrenzenden Raum ganz betreten hatte, schlug mir eine süßliche Duftwolke entgegen und Dampf waberte umher. Alles in mir drängte dazu umzudrehen, doch dort standen Mutter und Mirabelle. Keine von beiden würde mich passieren lassen und so ging ich weiter. Erst vor der eisernen Wanne blieb ich stehen. Jemand hatte das Badewasser mit allerlei getrockneten Blumen angereichert, ihre Düfte schienen fein säuberlich aufeinander abgestimmt. Das Wasser war trüb, was dafür sprach, dass Öl und Milch hineingemischt worden waren. Für einige lange Sekunden starrte ich auf diese dampfende, milchige Flüssigkeit, nahm den süßlichen Geruch der Blumen wahr. Übelkeit durchfuhr mich wie ein Pfeil. Es stand Außerfrage, weshalb meine Haut duftend und weich sein sollte. Das hier war eine weitere Erinnerung daran, was heute Nacht von mir verlangt werden würde.

Ich wollte nicht, dass Arjan mich berührte.

»Bist du immer noch nicht im Wasser?« Mutters schneidende Stimme drang zu mir hinüber. Es würde nicht lange dauern, bis sie hereinkam, um zu kontrollieren, ob ihr Zeitplan eingehalten wurde. Ich ließ mein Nachthemd hinuntergleiten und stieg in die Wanne, legte mich in die stinkende Brühe und verachtete mich dafür.

Ich musste ewig in dem Wasser bleiben, damit sich der Geruch tief in mich hineinarbeiten konnte. Im Anschluss begann die tägliche Prozedur. Meine Nägel wurden gefeilt, die Haut abgerubbelt und Cremes hinein massiert, jeder Ansatz von Haaren wurde entfernt und tausend Dinge mehr. Es war Nachmittag, bis sich mein Körper endlich in dem Zustand befand, den Mutter als angemessen ansah, um mich frisieren zu lassen.

Während Hände an mir zerrten, war ich in Gedanken längst entflohen. Eine unsichtbare Decke war um mich gehüllt und schirmte mich ab. Darunter hörte ich weder ihre Worte, noch spürte ich das Ziehen der Bürsten. Irgendwann registrierte ich, dass sie mir das Gesicht bemalten und konnte nicht sagen, seit wann dem so war.

Erst Mutter, die unwirsch an meiner Schulter schüttelte, riss mich zurück ins Geschehen.

»Steh endlich auf!« Der Lautstärke ihrer Stimme nach zu urteilen, forderte sie das nicht zum ersten Mal.

Ich kam vor dem Spiegel zum Stehen. Bis jetzt hatte ich nicht einmal das Bedürfnis verspürt, hineinzuschauen. Warum auch? Es änderte ja nichts. Nun, wo ich mein Gesicht so unvermittelt vor mir sah, wusste ich, dass ich mich geirrt hatte. Ein ungläubiges Keuchen entfuhr mir. Nie im Traum hätte ich mir vorgestellt, dass es so schlimm sein würde.

»Was soll das?« Ich sah mir selbst mit entsetzt geweiteten Augen entgegen. Mein Spiegelbild tat mir nicht den Gefallen zu verschwinden.

»Unschuld, Liebes.« Mirabelles Gesicht erschien neben meinem und sah äußerst zufrieden aus. »Nach den Ereignissen bei der Zuweisungsverkündung haben wir die Pläne allesamt umgeschmissen. Du wirst so unschuldig aussehen wie der Morgentau. Damit werden wir sie alle überraschen.«

Meine Brust presste sich zusammen wie ein Schwamm. Ich hatte gehofft, dass es dafür eine andere Erklärung gab. Sie wollten tatsächlich, dass ich so hinausging.

»Aber das bin ich.«

Wieder musterten mich meine eigenen Augen erschüttert. Meine Haare hingen glatt und ungekünstelt an mir herab, die hineingesteckte Rose war der einzige Schmuck darin. Die Lider waren einen winzigen Tick betont worden, ein Hauch von Farbe fand sich auf den Lippen und auf meinen Wangen. Das war alles.

So sah ich morgens aus, wenn ich aufstand und abends, nachdem ich diese ganzen Klammern aus dem Haar gezogen und die Farbe abgewischt hatte. Das war mein wahres Gesicht, nicht die Maske, unter der ich mich versteckte.

Ich wollte nicht, dass das hier jemand zu sehen bekam.

»Natürlich bist du das, Liebes.« Mirabelle schüttelte belustigt den Kopf, als hätte ich etwas Naives gesagt und wandte sich dem Kleidersack zu. Sie verstand überhaupt nicht, was ich meinte.

»Es gefällt mir nicht.«

Da wo gerade Mirabells Kopf im Spiegel gewesen war, erschien augenblicklich Mutters. Ihre Haare glänzten in einem neuen Braunton, den sie sich gestern für die Zeremonie hatte auftragen lassen, dabei hatte sie ihre Haare vor der Auswahl erst gefärbt. Ihre braunen Augen waren die gleichen geblieben und die funkelten mich an.

»Du siehst es ohnehin nicht«, erklärte sie kühl. »Außerdem geht es nicht darum, was dir gefällt. Wichtig ist, dass es Arjan gefällt. Zieh das Kleid an, uns bleibt nicht mehr viel Zeit.«

Arjan ... immer ging es um das, was Arjan wollte.

»Ich will nicht, dass mein Gesicht so bleibt.«

Mutters Lippen wurden spitzer. Widerworte waren verboten, heute noch mehr als sonst. Schließlich hatte sie einen streng getakteten Zeitplan für mich.

»Deine Empfindlichkeiten haben sich dem Wohl der Familie unterzuordnen. Steig in das Kleid.«

»Sonst was?« Ich verschränkte die Arme vor meiner Brust. Sollte sie versuchen, mir den Morgenmantel zu entreißen, würde ich mich zur Wehr setzen.

Sie machte einen Schritt auf mich zu und einen weiteren, bis ich ihren scharfen Atem im Nacken spürte.

»Dann werde ich dich notfalls in deinem Morgenmantel zur Zeremonie schleifen. Das wäre sogar noch unschuldiger.«

Mit einer Handbewegung scheuchte sie die Dienstmädchen aus dem Zimmer. Genau wie früher. Für derart unschöne Zwischenfälle durfte es keine Zeugen geben. Keiner sollte erfahren, dass meine Perfektion allein das Ergebnis von Mutters Arbeit war.

Nach Jahren, in denen ich kaum aufbegehrte, schien das hier für Mutter überraschend zu kommen. Ihre eisige Miene machte mir wortlos deutlich, was sie von meinem Aufstand hielt. Sie drehte sich um, nachdem der Letzte der Dienstboten die Tür hinter sich geschlossen hatte. Nur Mirabelle durfte bleiben. Sie kannte mich besser als die meisten. Als Kind hatte ich regelmäßig Wutanfälle gehabt, wenn ich stundenlang in ihrem Atelier die neuen Kleidermodelle anprobieren sollte. Meine Eltern wogen Mirabelles Loyalität mit Gold auf. Kein Preis war zu hoch, um unserer Familie den Weg in den Palast zu ebnen.

»Das Kleid.« Mutters Hände hoben sich, dirigierten stumm Mirabelle mit dem Kleidersack zu sich.

Mein Blick fuhr erneut über mein Gesicht, streifte anschließend die Farben auf der Konsole, die die Dienstbotin nicht schnell genug vor ihrem Rauswurf zusammengeräumt hatte. Wie schwer konnte es sein, davon etwas in meinem Gesicht zu verteilen? Sobald die beiden den Raum verließen, würde ich mich unter den Farben verdecken.

Ein Rascheln von Stoff drang verstohlen zu mir hinüber. Das Kleid wartete. Ich zweifelte keinen Augenblick daran, dass Mutter mich notfalls im Morgenmantel zur Zeremonie zerren würde. Das Kleid würde helfen, beruhigte ich mich. Es würde von dem Rest ablenken.

Mirabelle baute sich vor mir auf und mit einem energischen Kopfzucken forderte sie mich auf, den Morgenmantel abzulegen. Nur Sekunden nachdem ich ihrer Aufforderung nachgekommen war, zog sich mir Stoff über den Kopf.

Er war leichter, als ich angenommen hatte, sein fließender Fall strich wie Wasser meinen Körper entlang. Cremefarbene Seide, nur am Rücken spürte ich eine Partie aus zarter Spitze, die die Haut hervorschauen ließ, sonst zeichnete sich dieses Kleid vor allem durch eines aus: Es saß vollkommen perfekt. Im Spiegel fand ich keine noch so kleine Falte, lediglich einen glatten, zarten Stoff, der mich umspielte. Mirabelles Augen strahlten, sie war ohne Zweifel hochzufrieden, genau wie Mutter.

Ich hasste es.

Ich hasste es mehr als das goldene Kleid, das kein Rückenteil besaß oder das rote Abendkleid, das zu tief ausgeschnitten war. Das waren Verkleidungen. In jedem davon war ich mir fremd vorgekommen. Mit ihnen nahm ich problemlos meine Rolle als Arjans Gespielin ein. Dieses Kleid ließ nicht zu, dass ich mich dahinter versteckte, dafür bot es keinen Raum. In seiner Zurückhaltung kam ich mir ausgeliefert vor.

»Du siehst perfekt aus, Liah. Damit wird niemand rechnen.« Mirabelle nickte sich selbst zu, während sie den Sitz der Träger kontrollierte.

»Das wird eine Sensation«, erklärte Mutter nach einem langen, prüfenden Blick. »Wahrscheinlich setzen wir damit wieder einen neuen Trend.«

Gleichgültig, wie lange ich mein Spiegelbild anstarrte, es wurde nicht besser. Ich wusste nicht, wer mir dort entgegenschaute. Ich? Oder Arjans Vision von mir? *Zayne würde recht behalten, durch die Bindung mit Arjan würde ich mich aufgeben.*

Die beiden Frauen registrierten nicht, dass ich bewegungslos vor dem Spiegel verharrte, sie waren längst dabei, meine Ankunft durchzugehen, gaben wechselseitig Anweisungen, ergänzten sich, ohne zu bemerken, dass ich nicht zuhörte.

»Ich kann das nicht.« Die Worte klangen so gepresst, dass ich meine eigene Stimme kaum erkannte.

»Natürlich kannst du das.« Mutter sah mich an, als hätte ich den Verstand verloren. »Keinesfalls wirst du Elenore beachten. Sie hat nach der Zuteilung durchblicken lassen, dass Brenda die bessere Wahl gewesen wäre.«

»Wäre sie auch.« Da war sie, die Wahrheit, die ich nicht länger zurückhalten konnte. Wie eine Welle schoss sie über mich hinweg und begrub darunter die Puppe, die ich sein sollte. Ich blieb zurück und die Worte, die ich so fest in mir eingesperrt hatte, stürmten hinaus. »Jede würde besser zu ihm passen. Ich kann ihn nicht ausstehen! Er ist schrecklich!«

Meine Mutter zuckte zusammen, als hätte ich sie geschlagen und Mirabelle wich sämtliche Farbe aus dem schmalen Gesicht. Aufzubegehren war unangemessen, aber ich hatte darüber hinaus Unverzeihliches gesagt.

»Hol sofort meinen Mann«, zischte Mutter, ohne mich aus den Augen zu lassen. Mirabelle hastete davon. Nie zuvor hatte ich sie rennen sehen. Wie oft hatte sie mich ermahnt, langsam und elegant zu gehen? Jetzt war zum ersten Mal sie diejenige von uns, die ihr Kleid mit den Händen hochraffte und so unansehnliche Falten im Stoff riskierte. Sie stürzte regelrecht aus dem Zimmer, so sehr schien ich sie erschreckt zu haben.

Mutter sagte kein Wort, aber ihre harten Augen fixierten mich. Sie war wie die ausgestopfte Raubkatze im Arbeitszimmer meines Vaters, die ihre Beute beobachtete, regungslos, damit sie im richtigen Augenblick zupacken konnte. Ich hielt ihrem Blick stand, alles andere hätte sie als Nachgeben empfunden. Wieder war das Ticken der Uhr das einzige Geräusch, das die Stille durchbrach, bis die Tür aufknallte und vermeldete, dass Mutters Verstärkung angekommen war.

»Was ist hier los?« Vaters Stimme war verwischt und ich nahm an, er hatte sich heute schon frühzeitig an seinem Wein bedient.

»Liah ist etwas ungehalten. Sie ist der Ansicht, dass sie nicht zu Arjan passt.« Mutters Worte schwankten vor mühsam unterdrückter Wut.

»Was soll das?« Vater Kopf zuckte wütend zu mir hinüber und seine dichten Augenbrauen schoben sich zusammen, bis sie beinahe eine Linie ergaben. »Wir arbeiten seit Jahren auf diesen Tag hin und ausgerechnet heute willst du Schwierigkeiten machen?«

»Ja«, knurrte ich. »*Ihr* arbeitet seit Jahren darauf hin, aber ich will nichts davon. Ihr habt mich nur nie danach gefragt.«

»Das mussten wir auch nicht, denn du hast dabei kein Mitspracherecht«, schleuderte er mir entgegen. »Das System hat entschieden und seine Wahl war weise. Du wurdest dazu erzogen, Arjans perfektes Gegenstück zu werden, das hat es erkannt. Das zu sein ist der Sinn deines Lebens, der Grund, weshalb du hier bist.«

Seiner Wut hatte ich nichts entgegenzusetzen. Er durfte laut und herrisch sein, denn er war ein goldener Mann. In der Hierarchie des Systems gab es nicht viele, die über ihm standen. Lediglich Arjan und der Präsident und beide würden darauf bestehen, dass er mich unter Kontrolle brachte.

»Deinen Namen verdankst du uns!«, fuhr Vater lautstark fort, während seine langen Finger sich in die Lehne meines Stuhls krallten. »Das, was du trägst« - er deutete auf das dünne Kleid – »verdankst du uns. Deinen Unterricht, deine Kleider, deine Mahlzeiten, dieses Zimmer, deine Stellung, dein Leben ... wir haben alles für dich gegeben.« Seine Stimme drohte sich zu überschlagen. Ob er an Brenda dachte und daran, was er seinem eigenen Bruder angetan hatte, damit ich heute hier stehen konnte?

»Wer verdient deine absolute Loyalität?«

»Das System«, stieß ich aus, weil er nichts anderes zulassen würde. »Aber ich ...«

Schon wurde ich von seiner erhobenen Hand gestoppt.

»Das System und deine Familie fordern, dass du heute deine Loyalität unter Beweis stellst. Gleich wirst du dort hinausgehen und uns die Ehre einbringen, die wir verdienen.« Seine Hand deutete unerbittlich in Richtung Tür, sodass ich die Narbe auf dem Handrücken sehen konnte, kreisrund und dunkel. Ich hatte ihn nie gefragt, woher sie stammte und er hätte mir darauf ohnehin nicht geantwortet. So eine Beziehung hatten wir nicht zueinander. Es hatte ihn nie interessiert, was in mir vorging, wieso hätte es ausgerechnet jetzt anders sein sollen? Ich hatte meine Rolle zu spielen, wie es von mir erwartet wurde. In gewisser Hinsicht war ich für Vater nur eine weitere Dienstbotin und im Augenblick war ich dazu noch eine ungehorsame.

»Was geschieht, wenn ich mich weigere?« Meine Stimme zitterte, obwohl ich mich bemühte, gelassen zu klingen.

Seine Augen formten sich zu blassen Schlitzen. Er fuhr näher an mich heran, der Geruch von Alkohol klebte ähnlich an ihm wie sein neues Hemd.

»Wenn du deine Zustimmung verweigerst, schwächst du das System und der Präsident verliert sein Gesicht. Er wird dich aus dem Reich verstoßen, damit du unter deinesgleichen lebst,

Verrätern, Räubern, Mördern und Schlimmeren. Sie werden dich mit Haut und Haaren verschlingen. Wenn du diesen Weg wählst, stirbst du da draußen, in dem Wissen, dass es niemanden gibt, zu dem du gehörst. Für uns wärst du gestorben.«

Selbst wenn ich gewollt hätte, wäre es mir nicht gelungen, zu reden, da saß dieser Kloß in meinem Hals und er weitete sich aus, bis ich das Gefühl hatte zu ersticken. Hinter meinen Augen brannte es verräterisch. Hatte ich wirklich gehofft, dass sie mich verstehen würden? Dass sie bereit wären, mir zu helfen?

»Ich nehme an, du weißt, was wir von dir erwarten oder sind da weitere Unklarheiten?«

Ich schüttelte den Kopf.

Vater war schon dabei sich abzuwenden, als sein Blick prüfend an mir hängen blieb. »Richte dein Gesicht her.« Für einen Augenblick dachte ich, er meinte die Tatsache, dass ich fast ungeschminkt war, doch dann drehte er sich Mutter zu. »Großartige Arbeit. Damit wird niemand rechnen.« Er nickte ihr zu, ließ keinen Zweifel daran, dass er meine heutige Maskerade meinte. »Bring sie zum Lächeln, sie kann nicht mit dieser Miene herumlaufen.«

Mit schnellen Schritten verließ er den Raum und schloss die Tür mit einem Knall. Das Geräusch dröhnte unheilvoll in mir nach. Ich zwang mich zu atmen, meine Lungen mit Luft zu füllen und setzte gleichzeitig eine unbeteiligte Miene auf. Mutter sollte nicht sehen, was in mir vorging, davon hatte ich bereits zu viel preisgegeben. Erneut drehte ich mich zum Spiegel, schon um ihrem Blick zu entgehen. Sie stoppte derweil neben mir, begann die Farben, die vor mir auf dem Tisch lagen, aufzusammeln. Mutter kannte mich besser als Vater, sie schien zu ahnen, was ich damit vorgehabt hatte. Ich protestierte nicht.

Wofür aufbegehren, wenn mir ohnehin keine Wahl blieb? Probeweise setzte ich ein Lächeln auf, vielleicht würde es mir helfen, um in meine Rolle einzutauchen.

Meine Mundwinkel zuckten nach oben, die Lippen öffneten sich ein Stück weit, gerade so, dass die weißen Zähne dahinter durchschimmern konnten. Beinahe wie immer, doch heute bekam ich meine Augen nicht dazu, zu leuchten.

Sie waren leer – genau wie ich.

Kapitel 13

Die Bediensteten waren im Flur bereits zur Generalprobe versammelt.

Kaum hatte ich die Treppe erreicht, hörte ich Mutter von unten meinen Namen rufen. Ich streckte den Rücken durch und stieg die Stufen hinunter. Stimmen drangen an mein Ohr, überraschte und bewundernde. Nie war es mir so schwergefallen, mich zu präsentieren. Vaters energische Handzeichen machten mir deutlich, dass ich vergessen hatte zu lächeln. Ich zwang meine Mundwinkel nach oben, spürte, wie sie unter der Anstrengung zitterten, sie dort zu halten.

Schnell nahm ich meinen Blick von Vater, ließ ihn über die Dienstboten huschen und blieb an Zayne hängen, der an der Wand stand. In dem Winkel wirkten seine grünen Augen dunkel, die Falte auf seiner Stirn hatte einen Graben gezogen.

In den letzten Tagen hatte er mich ständig die Treppe hinunterkommen sehen, jedes Mal aufs Äußerste zurechtgemacht, geschminkt, in aufwendige, bunte Kleider gesteckt. Immer war ich verkleidet gewesen und er hatte mich hinter der Maskerade erkannt. Jetzt schien er der Einzige zu sein, der begriff, dass das hier keine Verkleidung war. Der Rest sah wohl lediglich einen Versuch, etwas Neues, Gewagtes zu präsentieren. Zayne nicht, das verrieten mir seine angespannten Mundwinkel, seine grimmig verzogenen Augen und die Abscheu darin. Wie konnte es sein, dass derjenige, den ich in dieser Runde am kürzesten kannte, mich gleichzeitig am besten verstand? *Er hasste das alles hier genauso sehr wie ich.*

Meine Eltern gingen an der Dienerschaft vorbei, hinaus. Ich tat es ihnen gleich und Zayne gesellte sich dazu. Alle anderen blieben hier. Selbst Mirabelle würde nicht mitkommen, um gegebenenfalls mein Kleid zu richten, nachdem die Anzahl der Gäste reduziert worden war.

Kalte Luft strich über den zarten Stoff, als ich ins Freie traf. Nicht einmal auf das Wetter war Verlass. Es stürmte nicht, regnete nicht einmal. Stattdessen war die Sonne dabei unterzugehen und tauchte das Grundstück in ein orangefarbenes Licht. Das Schnappen der zufallenden Tür drang verhalten an mein Ohr. Dieses winzige Geräusch beendete mein Leben hier.

Für einen Augenblick verharrte ich, während sich meine Eltern langsam entfernten und miteinander diskutierten, wer mit mir in der Kutsche warten würde. Ich brauchte Abstand von ihnen und wenn es nur ein paar Schritte waren.

»Sag ein Wort und ich bringe dich von hier weg.«

Zaynes Worte mochten leise gewesen sein, aber ich war sicher, dass ich mich nicht verhört hatte. Wie zum Beweis legte sich seine Hand an meine, strich sanft hinüber. Mein Schweigen ließ seine regungslose Miene einreißen, er schoss einen durchdringenden Blick auf mich ab, in dem sich nichts als grimmige Entschlossenheit fand.

»Sag ja, Liah«, raunte er mir zu und machte den Aufruhr in mir noch tosender.

Ja!, wollte ich schreien, doch das Wort steckte tief in mir fest, wurde dort gehalten, sowohl von meinem Verstand, als auch von dem Teil in mir, der mich sonst zu Zayne drängte, bis es verhallte.

Arjan würde ihn dafür umbringen und er würde Zayne keinen schnellen Tod gewähren. Er wäre lang und qualvoll. *Zayne würde sterben.*

»Liah?«

»Nein.«

Zaynes Augen verdunkelten sich, seine Lippen pressten sich aufeinander und ich fragte mich, wie ein so kleines Wort so schwer wiegen konnte.

Kapitel 14

Die Kutsche fuhr durchs Tor. Wie viele hunderte Male ich schon hier gewesen war? Diesmal würde ich nicht wieder gehen. Die Vorstellung war beklemmend und die Beklemmung nahm zu, als ich sah, wie viele Wachen Stellung bezogen hatten. Geschützt fühlte ich mich durch sie nicht.

Die Kutsche stoppte an einem der Hintereingänge des Palastes. Niemand der anderen Gäste sollte mich vor dem großen Auftritt zu Gesicht bekommen. Von hier hinten sah der Palast nicht weniger imposant aus, dazu gab es einen spektakulären Blick über die weitläufige Parkanlage, zumindest dann, wenn sie nicht wie gerade in der Schwärze der Nacht versank. Fackeln beleuchteten das Anwesen, scheuchten einen Teil der Dunkelheit hinfort, die sich über alles legen wollte. Diesen Anblick kannte ich von unzähligen Festen, von Abenden, die ich hier in Gesellschaft von Arjan und Brenda verbracht hatte. Heute waren die Feuer nicht stimmungsvoll wie sonst, sie wirkten bedrohlich. Alles hier wirkte bedrohlich auf mich.

Unterdessen war die Diskussion zwischen meinen Eltern angeschwollen. Vater war der Ansicht, dass es Mutters Aufgabe war, hier im Wagen mit mir auszuharren, weil er selbst als Berater des Präsidenten unerlässlich sei. Bei Mutter hatte er damit wenig Begeisterung hervorgerufen, dafür aber dutzende

Gründe, weshalb sie auf der Feier ebenfalls unabkömmlich war. Keiner von beiden sprach es aus, aber es war offensichtlich: Nach meinem Ausfall heute Morgen trauten sie mir nicht genug, um mich allein warten zu lassen. Nur wollten sie nicht die nächste Viertelstunde abgeschieden mit mir in einer Kutsche sitzen. Schließlich war heute ihr Festtag. Sie dürsteten danach, in der Bewunderung der Gäste zu baden und sich nicht erst unauffällig hineinzustehlen, nachdem der große Auftritt vorüber war.

Ich schloss den Vorhang des Fensters zu fest, die Naht gab ein reißendes Geräusch von sich. Meine Eltern bemerkten es nicht, waren zu vertieft in ihre Diskussion, jedes ihrer Worte reizte mich mehr. Ich hatte genug mit mir zu tun, sie sollten verschwinden und mich in Ruhe lassen.

»Lasst Zayne dafür sorgen, dass ich nicht davonlaufe.« Meine Worte brachten die beiden sofort dazu, voneinander abzulassen, um mir drohende Blicke zuzuwerfen.

»Das ist keine Art von Humor, die ich verstehe, Liah. Mäßige dich.« Vaters Stimme war sogar schneidender als meine eigene, gleichzeitig ließ er seine Worte klingen, als hätte ich einen unbedachten Scherz gemacht.

Bevor er dazu kam, mehr zu sagen, mischte sich Zayne ins Gespräch ein: »Es wäre mir eine Ehre, Ihre Tochter gleich hineinzubegleiten, Herr.«

Seine Miene war vorbildlich ausdruckslos. Insbesondere wenn man bedachte, dass er mich vor einigen Minuten selbst zur Flucht gedrängt hatte.

»Hervorragende Idee.« Vater öffnete die Tür, gab den Blick auf eine Gruppe Soldaten frei, die die Möglichkeit nutzten, neugierig in die Kutsche zu sehen. Sie waren überall. Selbst wenn ich meine Meinung geändert hätte und bereit wäre, mit Zayne zu fliehen, hier käme ich nicht fort. Ich war eingekesselt.

Mutter erhob sich nur langsam, musterte mich dabei prüfend. Ihre Augen verengten sich zunehmend. Sie zögerte mich mit ihm zurückzulassen, warum auch immer. Vater war mittlerweile am Hintereingang angelangt, dessen Türen von den Bediensteten geöffnet wurden. Licht und das Raunen von Stimmen drang von dort zu uns hinüber und gab wohl den Ausschlag. Die Tatsache zu verpassen, worauf sie jahrelang hingearbeitet hatte, reichte offenbar aus, dass Mutter endlich aus der Kutsche stieg.

Die Wagentür fiel zu und ließ mich aufatmen. Menschen ertrug ich gerade nicht, Zayne bildete da die einzige Ausnahme.

»Wie fühlst du dich?« Er sprach leise, obwohl uns in der Kutsche niemand hören konnte.

»Nicht besonders gut.« Das war eine absurde Untertreibung. Unsere Hände fanden sich. Ich wusste nicht, ob ich es gewesen war, die nach seiner gegriffen hatte oder seine herüber gewandert war. Es schien ein tief in uns verwurzelter Drang zu sein, sie ineinander zu legen.

»Kannst du deine Eltern ausstehen?« Ich sah zu ihm hinüber, während mein Kopf sich gegen das weiche Leder der Sitzbank legte.

»Ich kenne meine Eltern nicht. Sie sind kurz nach meinem ersten Geburtstag gestorben.«

»Das muss furchtbar für dich gewesen sein.« Ich drückte seine Hand und er erwiderte den Druck, sein Daumen fuhr über meinen Handrücken und wie immer, wenn er das tat, flackerte Wärme in mir auf. Mit dieser winzigen Berührung gab er mir das Gefühl, einen wunderbaren Augenblick lang das Wichtigste für ihn zu sein.

»Erzählst du mir, wie sie gestorben sind?« Die Frage kam mir nur vorsichtig über die Lippen. Strenggenommen gehörte es sich nicht, danach zu fragen, doch Zayne würde mir gewiss sagen, wenn er nicht darüber reden wollte.

»Sie sind in einen Hinterhalt gelockt und angegriffen worden und hatten nichts, um sich zu verteidigen.«

»Waren es Systemlose?«

Zayne nickte langsam, fuhr mit seinen Fingern über die Narbe an seiner Augenbraue. »Es gibt Kämpfe, die fechtest du dein ganzes Leben lang aus. Diese Narbe gehört dazu, genau wie der Mord an meinen Eltern.«

Deswegen kämpfte er so verbissen als Soldat, obwohl er gleichzeitig mit der Auswahl haderte. Ich war nicht die Einzige von uns beiden, die eine Bestimmung hatte, nur Zayne hatte seine selbst gewählt.

»Du willst sie rächen, oder?«, fragte ich.

Er nickte erneut, ohne eine Miene zu verziehen. Sein Gesicht war eine wunderschöne, starre Maske.

»Ich hätte das Thema nicht ansprechen sollen, tut mir leid«, setzte ich hinzu.

»Oberflächliche Themen passen nicht zu uns.« Seine Erinnerung war so liebevoll, dass da in meiner Schwärze für einen Moment ein Licht aufleuchtete. »Ich habe etwas für dich.«

Behutsam nahm er eine Schachtel aus seiner Manteltasche. Sie war oval, nicht größer als seine Handfläche und aus dunklem Holz geschnitzt.

Ein Geschenk. Das kam so unerwartet, dass ich entgeistert innehielt. Zayne wusste, wie sehr ich diesen Tag verabscheute. Ich wollte keine Präsente, besonders nicht von ihm.

»Öffne sie, dann verstehst du es«, sagte er, als hätte er in meinen Gedanken gelesen wie in einem offenen Buch.

»Das hoffe ich zumindest.«

Ich ebenfalls. Zögernd hob ich den Deckel. Im Inneren der Kiste, gebettet auf zartem, grauem Stoff, lag eine Blume. Es war eine dieser, die es überall am Straßenrand gab, und denen ich seit Jahren keine Beachtung mehr geschenkt hatte.

»Weißt du, was man über sie sagt? Ich war mir nicht sicher, ob ihr hier im goldenen Ring die gleichen Spiele hattet wie wir.«

»Ja«, erwiderte ich und betrachtete voller Faszination die Blüte, die aus unzähligen, filigranen Flugschirmen bestand.

Die Wunschblumen waren Teil der Geschichten, die mir die alte Köchin erzählt hatte. Man pflückte eine, dachte fest an die Sache, die man sich wünschte, schloss die Augen und versuchte alle Flugschirme davon zu pusten. Schaffte man dies, so schwor die Köchin damals, würde sich der Wunsch erfüllen.

Die schönsten Wunschblumen hatte es auf einer versteckten Wiese im Palastpark gegeben, in dem wir regelmäßig spielten. Der gleiche Park, der mir heute so beklemmend vorkam, war einst mein liebster Ort gewesen. Damals hatte ich mir keine Gedanken darüber gemacht, weshalb Brenda und ich so oft in den Palast gerufen wurden. Dass Arjans Eltern auf eine der Verbindungen gehofft hatten, war mir erst viel später klar geworden. Je besser wir Arjan kannten, desto größer die Möglichkeit, dass wir seine Antworten einmal vorwegnehmen konnten.

Ich wusste längst nicht mehr, was ich mir mit den Blumen alles gewünscht hatte. Es waren so viele Tage gewesen, die wir dort verbracht hatten. Doch einer von ihnen, hatte sich tiefer in mich gegraben als die anderen. Seitdem hatte ich nie wieder eine Wunschblume in die Hand genommen. Bis zu dem Tag hatte Arjan unserem Spiel nie etwas abgewinnen können. An dem Nachmittag hatte er eine Blume gepflückt, die Schirme fort gepustet und mir den Stängel wie eine Trophäe hingehalten.

»Du musst mich küssen, Liah.«

Seine Worte hatten mich für einen entsetzten Augenblick erstarren lassen. Dann hatte ich das Erstbeste getan, was mir eingefallen war: Ich hatte aufgelacht, als wäre es ein Scherz gewesen und Brenda, die neben mir gesessen hatte, mit mir hochgezogen.

»Niemals!«, hatte ich ihm zugerufen und wir waren vor ihm davongerannt. Seitdem hatte ich nicht länger in der Nähe der Wiese spielen wollen. Wahrscheinlich war das der Augenblick gewesen, der meine Kindheit beendet hatte. Alles Unschuldige war von da an nach und nach von uns abgefallen, weil wir begriffen, was von uns erwartet wurde. Das veränderte uns und unser Verhältnis zueinander. Obwohl wir uns weiterhin mehrmals in der Woche gesehen hatten, fühlten sich diese Treffen seitdem jedes Mal ein Stück fremder an.

Es war kein halbes Jahr her, da war ich nach einer von Arjans spontanen Einladungen erst mit Verzögerung im Palast erschienen. Die Einladung kam gerade an, als ich in Mirabelles Atelier für neue Stoffe Probe stand. Ich traf zu spät im Palast ein. Von der Dienerschaft hieß es, Arjan und Brenda wären im Park, doch an den üblichen Plätzen fand ich sie nicht. Irgendwann ging ich einer Eingebung folgend, zu der abgelegenen Wiese und dort hatte ich die beiden gefunden – sich küssend.

Bei ihrem Anblick war Beklemmung in mir hochgestiegen. Leise war ich zurück in den Palast gegangen, hatte so getan, als hätte ich die ganze Zeit dort auf sie gewartet. Bis vor zwei Wochen im Garten hatte ich niemals mit einem von ihnen darüber gesprochen. Sie wussten nicht, dass ich sie gesehen hatte.

Heute würde Arjan mehr von mir einfordern als einen Kuss. Der Gedanke presste mir die Luft aus den Lungen. Wieder flackerte die Panik in mir hoch, sie wurde tiefer und beängstigender.

»Alles in Ordnung?« Zaynes Finger legten sich um meine. Ich sah hinunter und registrierte, dass die Schachtel darin zitterte.

»Danke«, flüsterte ich. »So dringend wie gerade, habe ich noch nie eine gebraucht.« Die Frage, ob ich sie nutzte, stellte sich mir nicht, schließlich war sie ein Geschenk von Zayne. Vorsichtig hob ich die Blume heraus, dieses kleine perfekte Kunstwerk. Eines, das ich für meinen Wunsch auflösen musste. Ich dachte an diese eine Sache, die ich dringender wollte, als alles andere auf der Welt und pustete drauf los. Die Schirmchen schwirrten aufgeregt umher, sanken langsam zu Boden. Es war nur ein Kinderspiel, dennoch löste der Anblick ein Echo der einstigen Freude in mir aus.

»Was hast du dir gewünscht?«

»Ein Wunder.« Alles, was mich retten konnte, war ein Wunder. »Was würdest du dir wünschen?«

»Das verrate ich dir erst, nachdem die Blume gepflückt ist, sonst geht der Wunsch nicht in Erfüllung.«

»Bis ich eine auftreibe, hat sich dein Wunsch bestimmt längst verflüchtigt.«

Ich versuchte ihn zu locken, aber es war zwecklos, Zayne grinste und sein Kopf fuhr in einer winzigen Bewegung hin und her. »Keine Sorge, der bleibt, wo er ist. Es ist einer der hartnäckigeren Sorte.«

Von draußen erklangen Schritte, die gemächlich über den Kies stapften und Zayne und mich auseinanderfahren ließen. Die sich öffnende Tür brachte einen Schwall frischer Luft herein und gab die Sicht auf einen Diener frei, der den Kopf vor mir beugte. So tief, als sei die Bindung bereits vollzogen.

»Es ist so weit.« Er bot mir seinen Arm zum Aussteigen an und ich nahm ihn an, wich Zaynes Blick aus.

Zayne schloss sich uns an, seine Schritte ließen den Kies hinter mir aufwirbeln und das ungestüme Geräusch überdeckte alles andere. Ein wütendes Malmen, das meinen Weg begleitete.

Kapitel 15

Arjan empfing mich vor dem Ballsaal, den Blick bereits auf die geschlossene Tür vor sich gerichtet.

Im Ballsaal hatte ich mich nie wohlgefühlt, doch seit der Auswahl war mir der Raum zuwider. Er reihte sich damit treffend in den heutigen Abend ein. Alles, was jetzt folgen würde, war mir zutiefst zuwider, angefangen mit Arjan, dessen Finger bereits unruhig auf seinem Oberschenkel trommelten. Bei jedem anderen hätte ich dahinter Nervosität vermutet, nicht bei Arjan. Er hasste es zu warten und sei es nur die wenigen Minuten, die es gebraucht hatte, um mich auf seine Veranlassung hin aus dem Wagen zu holen.

Heute trug er einen schwarzen Anzug, elegant und unaufdringlich. Als Mann musste er sich nicht schmücken, das wäre fortan meine Aufgabe. Wieder presste sich mir der Magen zusammen und Bitterkeit stieg in mir auf.

Arjan wandte sich zu mir um, was der Diener zum Anlass nahm, sich mit einer letzten, tiefen Verbeugung von uns zu entfernen. Eisblaue Augen weiteten sich vor Verblüffung und unvermittelt erstarrten Arjans ungeduldigen Finger in ihrer Bewegung. Mit dem, was ich ihm hier präsentierte, hatte er wohl ebenfalls nicht gerechnet.

Ich hoffte, er würde es hassen und verlangen, dass ich mich umzog und spektakulär herrichten ließ. Sein Blick heftete sich an mein Gesicht, wurde durchdringender, als er das Kleid entlangfuhr. Ich fühlte mich darunter unverhüllt.

»Du bist erstaunlich. Wie schaffst du es nur, mich immer wieder neu zu überraschen, Liebes?« Arjan beugte sich vor und küsste meine Wangen, länger als sonst und er wich auch nicht von mir zurück, als er seine Lippen endlich löste. *So würde es von nun an immer sein.* Jetzt gab es für mich keinen Grund mehr, ihn auf Abstand zu halten. Eine Welle der Übelkeit durchfuhr mich.

Arjan registrierte meinen Widerwillen nicht. »Damit wirst du alle anderen gnadenlos ausstechen.«

Als würde ich es darauf in irgendeiner Weise anlegen. Ich versuchte mich an einem Lächeln. Ob es mir gelang? Es fühlte sich nicht danach an.

»Wir begrüßen alle einmal kurz, dann fangen wir an.« Er griff nach meiner Hand. »Du bist kalt.«

Das war ich definitiv. Ich zitterte, seit ich die Kutsche verlassen hatte, trotz der Wärme im Inneren des Gebäudes. Die Kälte begann mich innerlich zu vereisen.

Arjans Kopf kam näher. »Du wirst doch nicht nervös sein? Dafür gibt es keinen Anlass. Du siehst zauberhaft aus.«

Wie kam er darauf, dass mein Aussehen Auswirkungen auf meine Nervosität hatte? Ich zwängte mir ein weiteres Lächeln ab.

»Wir werden erwartet.« Er öffnete die Tür, riss mich hinter sich her in den Saal, ohne dass ich überhaupt ein Wort gesagt hatte.

Arjan war es nicht einmal aufgefallen.

Die aufgeregten Reaktionen der versammelten Gäste schienen genau Mutters Erwartungen zu entsprechen. Ihre Augen blitzten mit dem kristallenen Kronleuchter um die Wette.

Schnell riss ich den Blick von ihr und wandte mich den übrigen Gästen zu, wie es von mir erwartet wurde. Ich zwang mir meine Lächeln ab, eines nach dem anderen, wenn wieder jemand feststellte, wie glücklich ich sein musste. Die Maske, zu der mir das Gesicht gefroren war, schien brüchig, doch sie hielt. *Wie sollte ich es schaffen, sie auch dann noch zu halten, wenn wir den Raum erst einmal verließen?*

Der Moment kam zu früh. Er wäre immer zu früh gekommen. Ich stand gerade bei Marianne, die den Hauptteil der Unterhaltung allein bestritt, während ich mich verbissen am Glas festkrallte. Arjan tauchte abrupt neben mir auf und mein Glas machte sich selbstständig. Das hohe Klirren von Scherben war wie ein winziger Hilferuf, der von den Geräuschen der Feiernden verschluckt wurde.

Arjan hob die Augenbrauen missbilligend hoch, wie er es immer tat, wenn mein Verhalten für ihn nicht angemessen war. »Du hast mich erschreckt«, verteidigte ich mich. Das war nicht einmal gelogen, nur lag es nicht an dem plötzlichen Auftritt, sondern an dem Ausdruck in seinem Gesicht. Ich wusste, was der bedeutete. Die Bindung begann.

»Seit wann bist du so schreckhaft?« Sein Arm legte sich mir um den Rücken und ich hatte Mühe, bei der Berührung nicht zurückzuzucken.

Seit ich dir zugeteilt wurde, flüsterte die Stimme in meinem Kopf.

Durch den dünnen Stoff meines Kleides spürte ich die Wärme seiner Haut und sie ließ die Übelkeit zurückkehren.

Arjan schob mich mit sich zum Ausgang. Wir würden die Zeremonie hinter uns bringen und uns anschließend den Feiernden als Paar präsentieren.

Gebunden. Ein Leben lang.

Vor der Tür des Festsaales wartete Clay, dessen Blick kurz höhnisch über mich fuhr, bevor er sich Arjan zuwandte. Sein Mund öffnete sich schwerfällig, doch Zayne tauchte zwischen uns auf und das ließ Clays Mund in der Bewegung verharren. Die dunklen Augenbrauen schoben sich finster über den kleinen Augen zusammen. Sein rechtes Lid zuckte. Ohne Worte machte Clay deutlich, was er davon hielt, dass dieser Silberne, der bis vor Kurzem zu den gewöhnlichen Soldaten gezählt hatte, nun die gleiche Aufgabe innehatte wie er selbst.

Doch es war Zayne und der ließ sich anscheinend selbst von einem Hünen wie Clay nicht beeindrucken. Wahrscheinlich gab es nichts, dass ihn beeindruckte. Seine Mundwinkel fuhren nach oben, nicht genug, dass es für ein Lächeln reichte, gerade ausreichend, damit die Mimik spöttisch wirkte. Obwohl dieser massive Klotz eines Goldenen vor ihm stand, der eine Hand drohend an sein Messer legte, zeigte sich nicht der Hauch von Verunsicherung an Zayne.

»Sollte es irgendwelche Veränderungen am jetzigen Zustand geben, will ich ebenfalls unverzüglich informiert werden, um die Herrin bestmöglich zu schützen«, sagte Zayne an Clay gerichtet. Keine Bitte, eine Forderung.

Clays Augen verengten sich zu Schlitzen. Bevor sein Messer die Chance hatte, eine passende Erwiderung zu finden, mischte sich Arjan ein.

»Kümmere dich darum, dass er von den zuständigen Wachen ebenfalls informiert wird und komm anschließend nach.«

Clays Finger ließen von seinem Messer ab, er sah von Zayne zu mir, sodass ich seine geballte Wut ins Gesicht geschleudert bekam. Ausgerechnet Clay hielt ähnlich viel von meiner Anwesenheit im Palast wie ich.

Der Druck von Arjans umschlingenden Arm wurde fester. »Liahs Sicherheit hat für mich oberste Priorität.«

Clay war klug genug, nichts zu erwidern, Arjans Freundschaft hatte Grenzen. Also ging er davon und ich war sicher, dass er mich im Geiste mit den schlimmsten Flüchen belegte.

Arjan bugsierte mich weiter, kaum dass der Präsident, Marianne und meine Eltern zu uns stießen. Schweigend schritten wir durch die Gänge, bis ich bei einem der überdimensionalen Bilder abrupt stoppte. Es war das Gemälde, dessen Engel Arjan so ähnlichsah. Er stürzte sich hinab in die streitende Menschenmeute.

»Die Erlösung, ein wunderbares Bild, nicht wahr?«, fragte Marianne. Die Frage, war wohl an mich gerichtet, aber ich hörte, wie Mutter zustimmte, während sie an uns vorbeigingen. Wieder starrte ich auf das Bild. Wie konnten sie in ihm einen Erlöser sehen? Das hatte ich nie, in dem Engel genauso wenig, wie in Arjan. Sie waren das Gegenteil davon. Der echte Arjan zischte meinen Namen, riss an meinem Arm, bis ich mich erneut in Bewegung setzte. Die wütenden blauen Augen des Engels hatten sich da längst in mich eingegraben.

Unsere Eltern hatten bereits ihre Plätze eingenommen, als wir in einen der wenigen Räume eintraten, den ich kannte. Hier wurden die monatlichen Ansprachen des Präsidenten gefilmt, um anschließend im Reich verbreitet zu werden.

Goldgelbe Rosengestecke, größer als ich, zierten heute die Wände. Welch Verschwendung. Außer uns würde sie niemand zu sehen bekommen und wir waren nur ein paar Minuten hier. Was die silbernen Dienstboten gedacht hatten, während sie den Raum hergerichtet hatten? Ob sie dieser Überfluss ähnlich abstieß wie mich?

Inmitten der Pracht stand ein Zeremonienmeister hinter dem ausladenden Schreibtisch und darauf fand sich ein Buch mit goldschimmerndem Einband. *Das Bindungsbuch.* Gleich würde eine neue Bindung hinzukommen.

Arjan schob mich geradewegs auf die davorstehenden Stühle zu. Das helle Haar des Mannes war so fein, dass die Kopfhaut darunter hervorschimmerte. Das Hemd spannte sich an seinem Bauch und keinen Handbreit davon entfernt lag seine goldene Kette mit den drei Stufen des Systems. Eine Erinnerung, dass jeder seinen Platz einnehmen musste, um das System zu tragen.

Arjan drückte mich auf meinen Stuhl und ich gab dem Druck sofort nach, meine Beine zitterten so heftig, dass ich erstaunt war, wie sie mich überhaupt getragen hatten. Er setzte sich auf den zweiten Stuhl, beugte sich fordernd in Richtung des Mannes und ließ seine Finger auf seinen Knien trommeln. Lautlos zwar, aber dennoch eine Aufforderung zu beginnen, dabei war hinter uns noch das Geräusch von Schritten zu hören.

Kaum hatte ich das gedacht, da blitzte goldenes Haar in meinen Augenwinkeln auf. Zayne. Wahrscheinlich hatte er sich wie selbstverständlich hineingedrängt und alle dachten, er sei auf Arjans Befehl hier. Zum Glück war Arjan selbst damit beschäftigt, den armen Mann vor uns mit grimmiger Miene dazu zu bringen, endlich anzufangen, als dass er sich mit solch einer Banalität aufhielt.

Zayne blieb an der Wand rechts von mir stehen. Sein Blick traf mich wie ein Blitz.

»Sag nein.«

Lautlose Worte, die von seinen Lippen geformt wurden. Warum hatte ich nur zu ihm geschaut? Rasch wandte ich mich ab, nahm mir vor, ihn ab sofort nicht zu beachten. Es war besser so.

»Ich nehme nicht an, dass Einwände gegen diese Verbindung bestehen?«, fragte der Zeremonienmeister lächelnd. Die hellen Augen des Mannes fuhren hinter uns, zu unseren Eltern, die schwiegen. Fast erwartete ich, eine Stimme zu hören, die die Stille durchbrach, doch Zayne blieb genauso stumm wie ich und der Augenblick verging ungenutzt.

»Es mag nicht üblich sein, aber heute halten wir die Zeremonie kurz. Wir beschränken uns auf das Wesentliche und lassen alles Unwichtige weg«, fuhr der Mann fort. »Ganz so, wie es in einer erfolgreichen Partnerschaft üblich sein sollte.«

Das Unwichtige. Wie Anziehung ... oder Liebe. Hinter meiner Brust spürte ich die Flügel des Schmetterlings. Genauso hatte er sich unter meinen Fingerspitzen angefühlt, als er seine Freiheit eingefordert hatte.

Was wenn es Liebe gab?

»Wie erfolgreich?« Die Frage platzte einfach aus mir heraus. Hinter mir keuchte Vater auf, doch ich ignorierte ihn und seine Empörung. Ich wollte einen Beweis, etwas, womit mich das System überzeugte, jetzt war nicht der richtige Zeitpunkt für Anstandsregeln.

»Was meint Ihr damit?« Der Zeremonienmeister schien nicht zu wissen, wie er mir begegnen sollte. Durfte er über meine Frage hinweggehen, weil sie nicht zum Protokoll gehörte? Würde er Arjan oder den Präsidenten verärgern, wenn er das tat oder vielleicht, wenn er es nicht tat? Die Überlegungen standen ihm ins Gesicht geschrieben.

»Liah«, knurrte mein Vater, eine Forderung das hier sofort zu beenden. Doch jetzt, wo es die Frage aus mir herausgeschafft hatte, wollte ich meinen Beweis. Ich würde nicht aufhören, ihn einzufordern.

»Wie hoch ist unsere Übereinstimmung?«

»Was soll das, Liah?« Arjan griff erneut nach meiner Hand, diesmal nicht liebevoll, sondern energisch. »Das können wir später besprechen.«

»Nein.« Ich brauchte diese Zahl, um zu begreifen, weshalb ich hier saß. Warum das hier ausgerechnet mein Schicksal sein sollte. »Bitte, Arjan.« Diesmal fiel es mir erstaunlich leicht, ihn anzulächeln. Mit Charme konnte ich ihn besser ködern als mit Widerworten, das wusste ich und das machte ich mir zunutze. »Sieh es als vorzeitiges Geschenk für mich.«

Arjan zögerte, schwankte, bevor er seufzte. »Na gut, sie soll den Wert erfahren.«

Wahrscheinlich glaubte er, so weniger Zeit zu verlieren. Mir eine Zahl zu nennen, würde nur ein paar Sekunden in Anspruch nehmen und ich musste mich im Anschluss begeistert über seine Güte zeigen.

Der Zeremonienmeister nickte erleichtert. Er beugte sich ein Stück in meine Richtung und seine Augen blitzten zufrieden auf. »Die Werte sind eine Sensation. Die Quote liegt bei beinahe einhundert Prozent. Wahrscheinlich die beste, die es bisher gegeben hat.«

»Niemals!«, entfuhr es mir. Hinter mir sprang jemand auf. Das wütende Quietschen eines Stuhls über den Steinboden ertönte. Mutter hörte ich währenddessen beschwichtigend sagen, dass ich seit Tagen vor Aufregung kein Auge mehr zugetan und deshalb einige beruhigende Tinkturen eingenommen hatte, die mir wohl den Verstand schwächten. Dabei ging es meinem Verstand hervorragend. Der war sich sicher, dass mich und Arjan niemals so viel verbinden konnte.

»Was ist los, Liah?« Etwas in Arjans Blick hatte sich verändert und zum ersten Mal heute hatte ich den Eindruck, dass er mich wirklich ansah. Ich nahm nicht an, dass ihm gefiel, was er zu sehen bekam, denn sein Kiefer presste sich zusammen. Eine Geste, die ich kannte und die nahendes Unheil bedeutete.

»So hohe Werte sind unmöglich«, erwiderte ich. Eine solche Zahl ließ keinen Zweifel daran, dass wir glücklich miteinander werden würden.

Arjan lächelte zu angestrengt, um es ehrlich zu meinen. Dass ich ihm ausgerechnet hier eine Szene lieferte, würde er mich bereuen lassen, soviel stand fest.

»Bei uns offenbar nicht. Wir beide sind die perfekte Verbindung, Liebling. Jetzt will ich keine Verzögerung mehr.«

Darauf schien der Zeremonienmeister gewartet zu haben, denn augenblicklich reichte er jedem von uns eine entzündete Siegelkerze. Die Flamme meiner Kerze flackerte unruhig, als wäre sie unwillig hier zu brennen.

»Liah.« Es klang, als riefe Arjan einen Hund zu sich. Er stand bereits am Tisch des Zeremonienmeisters und ich saß noch immer. Mein Kleid wog gefühlt Tonnen, als ich aufstand, es zog mich hinunter.

Der Mann vor mir schlug das Bindungsbuch auf und präsentierte uns eine leere Seite.

»Zuerst muss das Wachs ineinanderfließen«, sagte er. »Als Zeichen eurer Bindung.«

Arjan senkte seine Kerze augenblicklich, während ich nicht imstande war, meine zu rühren. Wieder fixierte ich die Flamme, doch deren Schein war nun gleichmäßig. Sanft verflüssigte sich das rot glänzende Wachs unterhalb des Dochtes. Eine Spur davon lief mir die Hand entlang, eine rote Schliere, die den goldenen Armreif erreichte. Schmerz spürte ich keinen, nicht einmal Hitze. Wie gebannt sah ich dabei zu, wie das Wachs meinen Armreif in Beschlag nahm.

»Liah!« Arjan trat neben mich und ich schrak aus meiner Starre. Meine abrupte Bewegung ließ die Kerze schwanken und spritzte Wachs auf die leeren Seiten. Dunkelrote Flecken auf weißem Papier. *Das hatte ich nicht gewollt!*

Sofort senkte sich Arjans Kerze und begrub meine Spritzer zielsicher mit einem Schwall Wachs. In dem Moment, in dem der Zeremonienmeister sein Siegel hineinstieß, setzte mir das Herz aus.

»Nun bestätigt Eure Bindung«, sagte der Mann vor uns. Er nahm mir die Kerze ab und überreichte mir dafür einen Füller. Der Stift hinterließ einen unschönen tiefblauen Fleck, dort, wo er zuerst das Papier berührte. Langsam formte ich mit dem Stift den ersten Buchstaben auf das Papier.

Es war vorbei.

Das Wunder war ausgeblieben.

Die Kette des Zeremonienmeisters blitzte keinen Meter entfernt vor mir auf, als er sich näher hinunterbeugte, um die Unterschrift genau zu bezeugen. Ich stoppte, starrte auf den Anhänger, die drei Stufen, das System, in dem jeder seinen Platz hatte. Entweder den an Arjans Seite einnehmen oder abseits des Systems als Ausgestoßene leben.

Der Schmetterling schlich sich zurück in meine Brust. Sein Flügelschlag mischte sich zu dem Trommeln meines Herzens. Ich konnte nicht länger auf ein Wunder hoffen.

Ich musste mich selbst retten.

Langsam senkte ich den Stift. »Ich kann das nicht.«

Meine Worte waren nicht mehr als ein Flüstern, aber es traf Arjan mit voller Wucht. Er starrte mich ungläubig an, aber kein Wort kam aus ihm heraus. Ich kannte ihn mein Leben lang, doch sprachlos sah ich ihn zum ersten Mal. Der Zeremonienmeister schnappte derweil nach Luft. Aus den Augenwinkeln sah ich ihn zurückweichen, ein hoffnungsloser Versuch, sich vor Arjans Wut in Sicherheit zu bringen. Das würde uns beiden nicht gelingen. Jeden Augenblick würde Arjan seine Worte wiederfinden und der Ausdruck in seinen Augen ließ keinen Zweifel daran, dass ihn die Wut schon jetzt zerfetzte.

Ich spannte mich an, reckte das Kinn, um mich auf den Kampf einzustimmen, da riss etwas an mir. Zwar hatte ich damit gerechnet, dass Arjan sich auf mich stürzen könnte, einen Angriff von hinten hatte ich nicht erwartet. Fassungslosigkeit löste die Wut in Arjans Gesicht noch ab, dann verschwand er aus meinem Blickfeld und ich landete auf dem Boden.

Es gab nur einen Grund, weshalb ich nicht um mich schlug. Es lag an dem Geruch des Angreifers. Er roch nach wilden Kräutern. Es war Zayne.

»Was soll das, du ...« Arjan kam nicht mehr dazu, seinen Satz zu vervollständigen, denn im gleichen Augenblick gab es einen ohrenbetäubenden Knall, so laut, dass es klang, als hätte es einen Teil des Palastes zerfetzt. Die Glasscheiben vibrierten unter dem Druck, Schreie durchdrangen den Flur und darunter mischte sich das Knallen von Schüssen.

Systemlose

Sie waren hier.

Kapitel 16

»Systemlose, Hoheit!«, rief Zayne, ließ von mir ab und schmiss den massiven Tisch um. Zayne hatte nicht übertrieben, er machte seine Arbeit verdammt gut. Er riss mich hinter den Tisch, schirmte mich von dem Geschehen ab.

»Bleib hier und versteck dich«, forderte er. Seine Stimme vermengte sich mit den Geräuschen von weiteren Schüssen.

»Wo willst du hin?«

Meine Worte wurden von einer weiteren Explosion überlagert. Zayne sprang auf. Bevor ich ihn zu greifen bekam, war er fort. Ich ignorierte Zaynes Forderung, hob meinen Kopf, um über die Tischplatte hinweg den Rest des Raumes sehen zu können. Arjan, Vater und der Präsident redeten energisch miteinander. Zayne ging geradewegs auf sie zu, wohl um neue Befehle zu erhalten.

Mutter, Marianne und der Zeremonienmeister drängten sich derweil in die Nähe der Tür, als hofften sie darauf, dass die Präsidentengarde jeden Augenblick erscheinen würde. Kaum hatte ich das gedacht, wurde sie tatsächlich aufgerissen und Clay hastete herein. Bis dahin hatte ich nicht gewusst, dass er in der Lage war, seinen massigen Körper so schnell zu bewegen. Er rannte auf Arjan und den Präsidenten zu, die Pistole fest in seinen Händen. Seine geliebten Messer konnten hier nichts ausrichten. Ein Dutzend Palastwachen folgte ihm hinein, einer schloss die Tür hinter sich. Mein Hals war so trocken, wie die Seiten des goldenen Buches, das nun achtlos weniger Meter vor mir auf dem Boden lag.

Jetzt war einer der Momente, in denen ich es besonders hasste, kein Mann zu sein. Ich wollte auch wissen, was da vor sich ging und mich nicht hinter dieser Tischplatte verstecken.

Arjan sah zu mir, als könnte er meine Gedanken lesen. Für einen Augenblick trafen sich unsere Blicke. Kalte Wut lag in seinem und schnell sah ich fort, hin zu Vater, der auf Mutter zuging. Früher waren die beiden immer mein Beweis dafür gewesen, wie großartig das System funktionierte. Sie hatten die gleichen Wünsche und Vorstellungen und arbeiteten gemeinsam daran, sie zu verwirklichen. Die zwei passten perfekt zueinander. Nur reichte mir das nicht länger aus. Ich wollte mehr.

Gerade hatte ich mich entschieden, die Männerrunde aufzubrechen, da kam Zayne auf mich zu.

»Wir sollen hier raus«, knurrte er, kaum dass er bei mir ankam und eine Falte grub sich tief in seine Stirn. »Gleichgültig was passiert, bleib unbedingt an meiner Seite.«

»Du denkst, zu gehen ist ein Fehler, oder?«

»Liah!« Arjan rief nach mir so genervt, als würde ich es darauf anlegen, ihn zu provozieren. Obwohl da draußen offenbar Menschen, dabei waren seinen Palast in Schutt und Asche zu legen. Ich für meinen Teil fand, dass Arjan drängendere Probleme hatte. Die hatten wir alle.

»Ich bleibe hier!«, rief ich zurück, laut genug, damit Arjan es hörte. Die Geräusche auf dem Flur mochten gerade verstummt sein, aber da war dieses Gefühl in mir, dass es noch nicht ausgestanden war. Von Zayne bekam ich nur ein winziges

Nicken. Er dachte wie ich, nur war er nicht in der Position, sich gegen Arjans Entscheidung aufzulehnen.

»Das ist keine Diskussion, du tust, was ich dir sage.« Der Ärger in Arjans Stimme schwoll weiter an und mit ihm meine Entschlossenheit.

»Das werde ich nicht. Das ist Wahnsinn, Arjan. Sie sind dort draußen, aber sie wissen nicht, wo sie uns finden. Der Palast ist riesig. Warte ab, bis die Wachen die Lage unter Kontrolle haben.«

Ein wütendes Kopfschütteln war alles, was ich erntete. Meine Eltern und Marianne verließen mit zwei der Soldaten den Raum und Vater nutzte die Gelegenheit für einen letzten grimmigen Blick in meine Richtung, bevor sich die Tür hinter ihnen schloss. Weder Arjan noch sonst jemand von ihnen würde auf mich hören. Natürlich nicht.

»Du wirst jetzt mit mir diesen Raum verlassen. Das ist kaum der geeignete Zeitpunkt, um in Panik zu verfallen.« Zornesröte überzog Arjans Wangen. Beinahe schien es, dass ihn meine Widerworte mehr verärgerten, als der Angriff der Systemlosen.

»Nein.« Demonstrativ ließ ich mich hinter den Schreibtisch sinken. Ich war nicht panisch, ich war unwillig, mich diesen unsinnigen Befehlen zu beugen. Was wollten sie tun, wenn ich aufbegehrte? Mich zweimal aus dem Reich werfen? »Zwing mich«, setzte ich dazu. »Dann sorge ich dafür, dass jeder dieser Systemlosen uns bemerkt.«

»Sie bleibt hier, niemand interessiert sich für sie«, sagte Arjans Vater kalt. »Sie ist verschmerzbar, du nicht. Komm.«

Geräusche von Schritten, die sich entfernten zeugten davon, dass es ihm ernst war. »Arjan.« Seine Stimme war scharf und schneidend wie ein Messer. Der Angriff und die Angst um seinen Erben hatten beim Präsidenten eine denkwürdige Entschlossenheit ausgelöst. Ich baute darauf, dass Arjan klug genug war, sich dem Drängen seines Vaters zu beugen. Er war es, der ihm einst die Macht übertragen würde, das machte den Präsidenten zum einzigen Menschen, der Druck auf Arjan aufbauen konnte.

»Zeit deinen Wert zu beweisen, Leibwächter«, rief Arjan, wie zum Beweis. »Wenn Liah etwas passiert, ist das dein Todesurteil.« Das schleppende Geräusch weiterer Schritte ertönte, er hatte sich entschieden, dem Befehl seines Vaters zu folgen. Ein winziges Schnappen verkündete, dass die Tür geschlossen wurde und ließ mich hinter der Deckung auftauchen.

»Habe ich dir nicht gesagt, dass du dich verdeckt halten sollst?« Zaynes amüsierte Erinnerung war das krasse Gegenteil zu Arjans Befehlen.

»Dann bleib bei mir«, gab ich zurück. Ich konnte mich nicht hier verkriechen, ohne zu wissen, wo Zayne steckte.

»Besser?« Er sank neben mich, rutschte näher als vorhin in der Kutsche an mich heran. Mein Kopf nickte an seiner Schulter, um abrupt zu stoppen, als irgendwo im Palast neue Schüsse ertönten. Mir stockte das Herz. Hatten es die anderen rechtzeitig in sichere Räume geschafft? Meine Hand krallte ich in Zaynes. Etwas von seiner Wärme drang zaghaft hinüber an meine Fingerspitzen und verpuffte dort. Ich fror.

Still lauschten wir auf das, was da draußen geschah. Es gab keine Sekunden, keine Minuten mehr. Die Welt bestand aus Schüssen und Schreien. Die Tür wurde aufgestoßen, so heftig, dass sie an die dahinter liegende Wand knallte. Zaynes Finger rissen sich los, zogen seine Pistole.

Ein Systemloser?

Bruchteile von Sekunden hatten ausgereicht, mir den Hals auszutrocknen. Ich zitterte vor Anstrengung, meinen Körper dort zu halten, wo er war, so dringend wollte ich aufspringen und flüchten, doch wohin?

Das Geräusch von Schritten presste mein Herz ab. In einer Minute könnten wir tot sein. So oft hatte ich geglaubt, dass mir das Leben gleichgültig war. *Ich hatte mich geirrt.* Diese Erkenntnis überstrahlte alle anderen. Ich wollte leben.

»Wir sind fertig.« Die raue Stimme eines Mannes stoppte abrupt die Schritte in unserem Rücken. Eine Stimme, die mir bekannt vorkam. »Stella, komm schon.«

Stella? Eine Frau? In meiner Vorstellung waren die Angreifer allesamt Männer gewesen. Wie hätten sie etwas anderes sein können?

Ein Stapfen mischte sich unter das Hämmern meines Herzens. Diesmal entfernte es sich von uns. Dennoch erwartete ich das Geräusch von Schüssen, doch das einzige Knallen blieb das der Tür, die sich schloss. Sie ließ ohrenbetäubende Stille zurück.

Starr wie Statuen, lauschten Zayne und ich. Die Ruhe auf den Gängen hatte sich schon einmal als trügerisch erwiesen.

Es dauerte bestimmt eine Stunde tiefster Stille, vielleicht waren es auch zwei oder drei, bis Zayne unser Schweigen aufbrach. »Soll ich dich zu den anderen bringen?«

»Nein. Die finden uns früh genug.«

Ich lehnte mich an die Tischplatte. Mein Blick schweifte hin zu den Fenstern und der Dunkelheit dahinter. Die Nacht hatte erst begonnen und doch kam ich mir um Jahre gealtert vor. »Als Kinder haben wir uns dort einmal versteckt«, sagte ich, um die Stille zu übertönen, und deutete auf den Vorhang. »Damals habe ich Brenda und Arjan überredet, weil ich sehen wollte, wie die Filme gedreht werden.«

Die Systemlosen schienen fort zu sein, doch der Schrecken, den sie mit sich gebracht hatten, klang in mir nach. Mein Verstand brauchte eine Pause und klammerte sich an das Erstbeste was er fand, in diesem Fall ein weinroter Samtstoff.

»Damals wollte ich den Vorhang ein Stück zur Seite ziehen, um etwas zu sehen, Arjan hat ihn mir aus der Hand gerissen, daraufhin habe ich ihn gestoßen und wir wurden entdeckt. Arjan war so wütend auf mich.«

Zayne grinste. »Wie hat der Präsident reagiert?«

»Er hat uns in sein Dienstzimmer gebracht und angeschrien bis Brenda weinte, dann hat er unsere Väter rufen lassen.« Vaters Kopf war vor lauter Zorn rot angelaufen, genau wie der von Brendas Vater. Da hatten sie auf mich das einzige Mal gewirkt, wie die Brüder, die sie waren.

»Deine Eltern waren sicher nicht begeistert?«

»Zuhause hat Vater einen Gürtel, manchmal droht er den Dienstboten damit, aber ich hatte nie gesehen, wie er ihn benutzt. An dem Tag hat er ihn hervorgeholt, kaum dass wir zurück waren.« Es war so lange her und dennoch wusste ich, wie sich die Angst vor dem Schmerz angefühlt hatte. Wie ich die Zähne zusammengebissen hatte bei dem Versuch nicht zu weinen.

»Hat deine Mutter nicht protestiert?«

Doch. Ihre Hand hatte sich an den Gürtel gelegt und kurz, war da Überraschung in mir aufgeflammt. »Sie könnte Narben bekommen«, hatte sie geflüstert und die Wärme, die sie für den Bruchteil von Sekunden in mir auslöste, war in sich zusammengefallen. Er hatte mich nicht geschlagen. Meine Haut war unversehrt geblieben, Narben hatte ich dennoch davongetragen.

»Sie wollte nicht, dass er mich schlug, damit meine Haut makellos bleibt.«

»Ich hasse deine Eltern!«, stieß Zayne aus. Sein Ausbruch kam Jahre zu spät und dennoch tat es gut zu wissen, dass er mich verstand. Ich hatte nie zuvor jemanden von diesen Dingen erzählt, nicht einmal Brenda. Bei Zayne fiel es mir leicht, weil wir so ähnlich waren, als hätten wir den gleichen Takt, eine Art blindes Verständnis. Mein Kopf sank an seine Schulter.

»Hast du unterschrieben?«, raunte er mir zu und ließ damit meinen Kopf augenblicklich wieder in die Höhe schießen. Erst jetzt ging mir auf, dass Zayne nicht hatte sehen können, wann genau ich den Stift abgesetzt hatte. Das wussten nur der Zeremonienmeister, Arjan und ich.

»Ich bin nur bis zu meinem Vornamen gekommen, dann habe ich abgesetzt. Wir sind nicht verbunden.«

Sein Lächeln war so voller ehrlicher Begeisterung, dass ich es erwiderte.

»Dann kann die verschwinden?« Er tippte auf die Rose in meinem Haar und ich nickte. Behutsam löste Zayne die Klammern, doch kaum hielt er die Blume in den Fingern, schmiss er sie unwirsch von sich. Traurig sank sie auf dem Boden zusammen.

»Hier.« Silberner Stoff schob sich vor mein Gesicht und stoppte meine Versuche, die Blume in Grund und Boden zu starren und als ich aufsah, fand ich Zaynes Mantel, den er mir fragend hinhielt. »Dir muss kalt sein.«

»Danke«, sagte ich und legte ihn mir über die Schultern.

»Ich habe vor, dich mit Antworten bezahlen zu lassen«, gab er grinsend zurück, sein Arm legte sich um mich, bevor sich der Rest von ihm zurück an die Tischplatte lehnte.

Erheiterung blitzte in seinen Augen auf. »Warum hast du auf diese perfekte Verbindung verzichtet?«

Bei dem Wort *perfekt* hoben sich seine Augenbrauen spöttisch. Die Worte des Zeremonienmeisters hatte er also gehört und er ließ keinen Zweifel daran, was er von ihnen hielt.

»Wieso lässt du dir fast einhundert Prozent entgehen, wo du doch so von der Zuordnung überzeugt bist?« Der Spott aus seiner Stimme war gewichen, sein Blick war wie ein Pfeil, der mitten in mein Herz traf.

»Dein Schmetterling war überzeugender.« Das breite Lächeln, zu dem sich seine Lippen verzogen, brannte sich in mir ein.

»Unterschätze niemals einen Schmetterling«, raunte er mir zu, sein Kinn senkte sich auf meinen Scheitel. Zaynes Finger gesellten sich dazu, strichen mir langsam übers Haar. Jede ihrer Bewegungen glich einer Liebkosung. Nie hatte ich mich angenommener gefühlt, als hier in seinen Armen.

»Wie viel Zeit wird uns bleiben, bevor sie hier einfallen?« Seine Fingerspitzen fuhren tiefer, trafen auf meine Wangen, wo sie Wärme hinterließen.

Arjans Wut vorhin nach zu urteilen, gewiss nicht lange. Ich drängte den Gedanken zurück, war nicht bereit, diesen Augenblick von Arjan zerstören zu lassen.

»Vielleicht haben wir Glück und sie vergessen uns einfach.«

Zaynes raues Lachen löste ein begeistertes Kribbeln in mir aus. Ich sah hoch, fand seinen Mund, der sich bereits für eine Erwiderung geöffnet hatte, die nicht kam. Zayne starrte mich an und alles Neckende in seinem Gesicht verschwand. Er hielt meinen Blick so sehr gefangen wie ich seinen. Keiner war bereit, den anderen ziehen zu lassen. Zaynes Finger wurden mutiger, fuhren tiefer und fanden meine Lippen, die sich unter seiner Berührung zu einem Lächeln verzogen.

Seine Haarspitzen kitzelten an meinem Handrücken, als ich die Arme an seine Schultern legte. Durch das dünne Kleid spürte ich die Wärme seines Körpers, die Härte der Muskeln darunter und die Stoppeln an seinen Wangen. Mein Armreif drängte sich an sein Gesicht, doch bevor ich ihn verschwinden lassen konnte, kam Zayne mir zuvor und schob ihn unter den Stoff meines Kleides. Er hauchte mir einen Kuss aufs Handgelenk und das Feuer, das der hinterließ, verbrannte mich. Ich brauchte weitere davon, um dieses Ziehen in mir zu besänftigen, es bäumte sich auf, forderte mehr ein.

»Liah.«

Zaynes Hände zogen mich so nah zu sich, dass kein Papier mehr zwischen uns gepasst hätte. Mein Blick blieb an seinen Lippen hängen. Ich war bereit, herausfinden, wie es sich anfühlte, ihn zu küssen. Darüber dachte ich nach, seit wir den Schmetterling hatten fliegen lassen. Jeder Teil meines Körpers kribbelte vor fiebriger Erwartung, als unsere Gesichter voreinander lagen. Er zog mich näher zu sich. Langsam, als könnten zu schnelle Bewegungen diesen Moment zerstören. Meine Hände erreichten ihn vor meinen Lippen, sie fanden seine Wangen, lehnten sich an sie und ...

Ein Geräusch auf dem Flur, ließ mich zurückschrecken.

Zaynes Augen weiteten sich fassungslos, doch er ließ mich anstandslos von ihm ans andere Ende der Tischplatte wegweichen. Zayne kam nicht mehr dazu, seine Frage zu stellen, denn schon wurde die Tür aufgerissen.

»Komm Liah.«

Arjan.

Niemals hatte ich ihn weniger sehen wollen.

Kapitel 17

Mein Gesicht zu der üblichen Maske werden zu lassen, fiel mir schwer. Gerade war ich mehr ich selbst gewesen als jemals zuvor. Wenn Arjan wüsste, dass Zayne mich berührt hatte, würde er dafür sorgen, dass der jeden seiner Finger verlor. Mit schierer Verzweiflung hielt ich die Maske dort, wo sie hingehörte, legte den Ausdruck von Erleichterung über die Verachtung, während ich Zaynes Mantel von mir streifte.

»Ist es vorbei?«, fragte ich und tat, als kostete es mich Überwindung, mich hinter dem Tisch hervorzuziehen. Sollte Arjan ruhig denken, dass ich dahinter zitternd und panisch auf Rettung gewartet hatte.

Arjan war nicht allein, ein halbes Dutzend Soldaten hatte an der Tür Aufstellung bezogen und an Arjans Seite stand Clay und grinste mich voller Hohn an. Ob er bereits von der geplatzten Bindung wusste? Ich hob die Schultern an, mich vor Clay ängstlich zu geben, war schlicht unmöglich.

Sein Grinsen wurde breiter und unheilvoller. Ja, er musste wissen, was ich getan hatte. War ich schon verstoßen worden? Ich baute darauf, dass mir Tage bleiben würden, bis sich der Präsident nach dem Überfall mit mir beschäftigte. Kälte kroch mir die Arme hinauf und ich wünschte mir Zaynes Jacke zurück.

»Komm. Es gibt da das ein oder andere zu klären.« Ein Blick aus eisblauen Augen, scharf wie eine Klinge, versenkte sich in mich. Unter den Augen lagen tiefe Schatten, die die Blässe seiner Haut zusätzlich verstärkten. Diese Nacht hatte Spuren in Arjans Gesicht hinterlassen. Reue fand ich keine in mir. Nicht für den Teil, den ich zu verantworten hatte.

Er machte sich nicht einmal die Mühe, Zayne anzuschauen, winkte ihn mit der Hand fort. »Du wirst nicht benötigt.«

Ich hasste es, dass immer andere darüber entschieden, wann ich mich von Zayne zu trennen hatte. Heute fraß sich das Gefühl noch tiefer in mich hinein. Ihm schien es ähnlich zu gehen, denn es dauerte einige Sekunden, bevor er sich in Bewegung setzte und die Tür ansteuerte. Wir vermieden es beide, uns zu beachten, nicht hier unter Arjans Augen. Erst als er die Tür erreicht hatte, hob ich für einen Augenblick meinen Kopf, sah ihm hinterher. Er sah nicht zurück.

»Clay, bring sie in meine Gemächer und lass sie nicht aus den Augen.«

Damit hatte ich nicht gerechnet, mein Mund öffnete sich, um zu protestieren, und schloss sich unverrichteter Dinge. Für heute hatte ich Arjans Zorn genug Nahrung gegeben.

Es war bedrückend, die Flure entlangzugehen. Blutspritzer zierten die edlen Tapeten und am Boden hockten Dienstboten mit Lappen, der Inhalt ihrer Eimer schimmerte rötlich und mein Magen schnürte sich bei jedem davon ein Stück weiter zusammen.

Einige Mal sah Clay zu mir hinüber. Sein erwartungsvoller Blick wurde rasch grimmiger, wohl weil ich mich betont unerschrocken gab. Keine Reaktion, die ihm gefiel. Wahrscheinlich hatte er vorgehabt, sich an meinem Entsetzen und meiner Angst zu weiden. Das konnte er vergessen.

Wir erreichten Arjans Räume, wie immer, ohne ein Wort miteinander gesprochen zu haben. Ich steuerte geradewegs auf den Tisch zu, der im Zentrum des Empfangsraumes stand und setzte mich. Arjans Gemächer hatte ich noch nie gemocht, sie waren bedrückend in ihrer Dominanz. Düstere Gemälde mit opulenten, goldenen Rahmen reihten sich aneinander, an den hohen, weißen Wänden schimmerte der Stuck ebenso golden.

Heute war ich zu erschöpft, um mich von den Räumen einschüchtern zu lassen. Es fehlte nicht viel und mein Kopf hätte sich auf die Tischplatte gebettet, aber Clay war hier. In seiner Anwesenheit zu schlafen, wäre ähnlich dumm, wie einen tollwütigen Hund zu streicheln.

Mein Blick glitt hinüber zur Balkontür. Der Teil des Himmels, den ich von hier aus sah, war gräulich. Der Regen kehrte wohl zurück. Ob sie mir erlaubten, mich mit sinnvollerer Kleidung als diesem Kleid auszustatten? Ein Mantel wäre gut, andere Schuhe notwendig. Wasser und Nahrung brauchte ich. Wie sollte ich ohne sie überleben? Ich war nicht dazu gekommen, über diese Dinge nachzudenken, das musste ich schnellstens nachholen. Wieder sah ich zu den unheilvollen Wolken. Vielleicht gab es auch einen Weg, nicht verstoßen zu werden. Wenn es mir gelänge, Arjan zu erreichen, so wie früher, würde er den Präsidenten vielleicht bitten, mich nur abzustufen. Wäre ich eine Bronzene, könnte ich weiter im Reich leben.

Der Stuhl, den Clay zu sich zerrte, gab ein unangenehmes Quietschen von sich, bevor er sich darauf fallen ließ. Nun wo er mir gegenüber saß, war ich entweder gezwungen in seine Richtung zu schauen oder mich demonstrativ abzuwenden, was er sicher als Erfolg verbucht hätte. Während ich mit mir rang, wanderte sein Blick betont meinen Körper entlang und ein Lächeln erschien auf seinen Lippen. Nichts daran war freundlich.

»Hör auf mich anzustarren«, brach es aus mir heraus.

Bisher hatte ich ihn nie auf sein Verhalten angesprochen, ihm stattdessen finstere Blicke zugeworfen, die er ignoriert hatte. Damit war es vorbei. Seine Erwiderung blieb ungesagt, denn Schritte stoppten vor der Tür.

In Clays dunklen Käferaugen blitzte es und als die Tür sich öffnete, fuhren seine Mundwinkel in unerwartete Höhen. Sogar Begeisterung wirkte an ihm düster. Das Krachen, mit dem die Tür ins Schloss fiel, sprach dafür, dass sich seine Erwartungen erfüllen würden. Arjan war der Einzige, der nicht an diese Tür klopfte.

»Lass uns allein«, knurrte er und obwohl sein Blick über uns hinwegging, stand außer Frage, wer gehen und wer bleiben musste. Clays Zufriedenheit bekam einen winzigen Riss, dennoch erhob er sich anstandslos und ging hinaus. Auf den Platz vor mir ließ sich nun Arjan sinken, was sich nicht wirklich wie eine Verbesserung anfühlte.

Meine Finger nestelten aneinander herum. Bis zu Arjans Erscheinen war ich abgeklärt gewesen. Jetzt, bei seinem Anblick, schwoll Unruhe in mir an. Die Stille wurde drückender und schwerer, bis ich sie nicht länger aushielt.

»Geht es meinen Eltern gut?«

Er nickte mit maskenhafter Miene. Das waren gute Neuigkeiten. Ich konnte sie nicht ausstehen, aber sie blieben meine Eltern.

»Was ist geschehen?« Diese Frage kam zaghafter aus mir heraus, weil ich nicht wusste, was er mir an Antworten zubilligen würde.

Arjan knallte mit den Händen auf die Tischplatte, die erste Bewegung, seit er sich gesetzt hatte. »Ich werde sie jagen.« Seine Augen glühten vor Hass. »Sie haben meinen Vater ermordet.«

Worte, dröhnend wie ein Schlag. Ich hatte befürchtet, dass Menschen in der letzten Nacht ihr Leben gelassen hatten. Doch nicht der Präsident! Er war der Hüter des Systems, das war schon vor meiner Geburt so gewesen. Die Vorstellung, dass es ihn nicht mehr gab, überforderte mich.

»Sie haben uns auf den Fluren aufgelauert. Es war ein gezielter Angriff, alle haben sich auf ihn konzentriert. Er hatte nicht den Hauch einer Chance, die Kugeln haben ihn durchsiebt.« Arjans Stimme bebte und diesmal glaubte ich, Trauer in ihr wahrzunehmen. Zum ersten Mal seit einer Ewigkeit war da etwas an ihm, das ich von früher wiedererkannte.

»Das tut mir leid.« Wir mochten keine Freunde mehr sein, aber sein Verlust ging mir nahe. Den Präsidenten hatte ich kaum gekannt, doch so ein Ende hatte er nicht verdient. Das verdiente niemand.

Ein Knall ließ mich nicht nur zusammenfahren, sondern scheuchte gleichzeitig das Bild hinfort. Die letzte Nacht hatte mich schreckhaft werden lassen. Mein Herz trommelte gegen meine Brust, dabei war es nur Arjans Faust gewesen, die auf die Tischplatte geknallt war. Kein Schuss.

Der Zorn in seinen Augen hatte jeden Anflug von Trauer verdrängt und beendete diesen kurzen vertrauten Augenblick.

»Ich werde diesen Abschaum jagen und töten, einen nach dem anderen, bis nichts von ihnen übrig ist.«

Mehr als leere Worte. Arjan war der neue Präsident! Kälte kroch durch mich hindurch.

»Morgen werde ich offiziell die Ämter meines Vaters übernehmen und dann hat diese Nachsicht mit dem Pack ein Ende.« Überlegenheit ließ seine Augen funkeln. »Deine Schneiderin näht dir bereits ein neues Kleid.«

»Warum?«

»Weil du für den Anlass ein passendes brauchst.«

Ich hatte angenommen, er würde mich verstohlen vor den Grenzen des Reichs aussetzen. Diese Worte klangen eher danach, als würde er für Aufsehen sorgen wollen. Würde er meine Eltern zuschauen lassen? Allein der Gedanke drehte mir den Magen um. Das hier war der Zeitpunkt, um nach Gnade zu winseln. Ihn zu bitten, mich abzustufen. Arjan beobachtete mich. Auch er schien zu erwarten, dass ich ins Flehen überging. Und ich? Ich brachte es nicht über mich. Meine Lippen pressten sich aufeinander und nicht ein Ton drang aus ihnen heraus.

»Ich habe einen sonnigen Gelbton ausgewählt, mit goldenen Akzenten, ein fröhliches Kleid«, sagte er und das Funkeln, das in seinen Augen erwachte, trieb mir das Blut aus den Wangen. »Du wirkst plötzlich so blass ...«

Einen Ausstoß aus dem Reich würde Arjan mit Schimpf und Schande verbinden. Ein fröhliches Kleid konnte nicht für meinen Ausschluss bestimmt sein.

Es war für seine Krönungsfeier.

»Weshalb soll ich bei der Krönung dabei sein?«

Arjan lachte zu übertrieben auf, als dass ich es ihm abnahm. »Weil du meine Partnerin bist. Ab morgen bist du die Frau des Präsidenten, die Herrin des ganzen Reiches. Es würde für jede Menge Empörung sorgen, wenn du nicht erscheinen würdest, Liebes.«

Ich fuhr zurück und mein Stuhl gab ein empörtes Jaulen von sich. »Wir sind nicht verbunden, Arjan. Ich habe nicht unterschrieben.«

»Natürlich hast du das. Der Angriff hat dir wohl mehr zugesetzt, als du glaubst.«

»Nein!« Es hielt mich nicht länger auf dem Stuhl. Der Angriff mochte mir zugesetzt haben, aber er hatte mir keine Wahnvorstellungen verschafft. Ich hatte den Stift gesenkt, bevor ich zu meinem Nachnamen gekommen war. Die Unterschrift war nicht vollständig, die Bindung galt damit nicht. Das wusste auch Arjan und doch stand er vor mir und verhöhnte mich. Unsere Blicke bohrten sich ineinander, wie zwei Hunde, die sich aneinander festgebissen hatten.

Sein linker Mundwinkel hob sich für ein schräges Lächeln. »Das Bindungsbuch habe ich in Sicherheit bringen lassen, zusammen mit deiner vollständigen Unterschrift. Die Bindung ist vollzogen.«

»Nein!« Ich krallte meine Finger in die Tischplatte, weil es nicht so schien, als könnten mich meine Beine länger halten. Hatte Arjan mich deswegen vorausgeschickt? Um meine Unterschrift zu fälschen?

»Der Zeremonienmeister weiß, dass ich nicht unterschrieben habe.« Seine Loyalität galt hoffentlich allen, voran seinem Amt und nicht Arjan.

»Was das angeht ...« Seine Finger schoben sich in die Tasche seines Jacketts, zerrten eine goldene Kette hervor. Der Kreis daran baumelte fast höhnisch hin und her. »Er ist letzte Nacht von uns gegangen.«

»Clay hat ihn umgebracht?« Eine unnötige Frage, die Kette in Arjans Hand zusammen mit seiner Miene reichte als Antwort aus. Mein Hals verengte sich.

Arjan stand auf und rückte sein Jackett gerade, der goldene Armreif, der ein Ebenbild zu meinem war, lugte unter dem Ärmel hervor. Auch wenn unser Schmuck der gleiche war:

Ich besaß im Reich keine Stimme und Arjan tropfte die Macht aus jeder Pore. Uns unterschied mehr als uns verband. Mit langen Schritten kam er auf mich zu und ich war unfähig, mich zu rühren.

Mit der Hand packte er meinen rechten Arm. Seine Finger drückten mir das Metall des Armreifs tief in die Haut. Unverhohlener Zorn lag in seinem Blick.

»Lass es mich einmal in aller Klarheit feststellen«, sagte er und verstärkte seinen Griff. »Wir beide gehören zusammen und jeder, der eine Gefahr für uns darstellt, wird vernichtet. Ausnahmslos.«

Er schien auf etwas zu warten und so zwängte ich mir ein Nicken ab, offenbar die richtige Entscheidung, sein Griff löste sich und darunter leuchtete die Haut rot. Er ließ mir nicht einmal die Zeit durchzuatmen, schon legte sich seine Hand unter mein Kinn, als wäre ich ein unartiges Kind, das aufbegehrte.

»Was auch immer das bei der Zeremonie sollte, es reizt mich und du weißt, wie ich dann reagiere. Diese unschöne Eskapade mit dem Zeremonienmeister hast du dir zuzuschreiben, Liebes. Ich nehme an, du willst keine weiteren Toten?«

Augenblicklich schüttelte ich meinen Kopf und Arjans kalte Hand stoppte ihn, indem sie sich an meine Wange legte. Ich traute mich nicht sie abzuschütteln, genauso wenig, wie den Arm der sich an meinen Rücken drängte.

»Dann bekomm dich in den Griff«, sagte er. »Erzählst du jemandem von deinem Aussetzer, wird es ihm ergehen, wie dem Zeremonienmeister, verstanden?«

Arjan dachte sicher an meine Eltern, ich aber dachte an Zayne. Mein Herz gefror zu einem Eisklotz.

Seine Hand an meiner Wange fuhr hoch und strich mir durchs Haar, als wollte sie dessen Sitz überprüfen. »Wo ist die Rose? Sie hat mir gefallen.« Er wartete die Antwort nicht ab, presste stattdessen seine Lippen auf meine und ich wich ruckartig zurück.

»Mir ist übel«, stieß ich aus und das auch nur, weil sich sein Blick bereits verfinsterte. Dafür, dass es in mir tobte, waren meine Worte jämmerlich leise. Ich wollte seinen Arm von mir schütteln, Arjan anbrüllen, diesen Sturm an Wut und Verzweiflung hinauslassen, doch seine Drohung hatte mir den Atem abgepresst. Um zu verhindern, dass noch jemand starb, musste ich tun, was Arjan von mir verlangte. Er forderte die Puppe ein, also bekam er sie.

»Du hast recht. Mir sind die Nerven durchgegangen.« Zum Ende ließ ich die Stimme brüchiger werden, das war leicht. In meinem Inneren fühlte es sich genauso an – brüchig. Davon durfte der Mann vor mir nichts wissen. Aus meinem Repertoire wählte ich das strahlendste Lächeln, das ich hatte und zwang es auf meine Lippen. Es war so falsch wie meine Worte. Seine Hand fuhr mir erneut durchs Haar, nur um gleich wieder missbilligend zu verharren. Es war nicht gekämmt und die Nacht hatte ihm zugesetzt.

»Ich werde von meinen Beratern erwartet. Jemand wird dir etwas zur Beruhigung bringen, trink es, mach dich zurecht und dann geh ins Bett. Deine Kleidung hängt im Schrank.«

Es war hart weiterzulächeln, während sich der Rest von mir zusammenkrümmen wollte.

»Vor der Tür lasse ich zwei Männer Stellung beziehen ... zur Sicherheit.« Arjan ließ offen, ob sie zu meinem Schutz hier standen, oder weil er fürchtete, ich könnte fliehen.

»Das ist nicht nötig.«

»Natürlich ist es das. Du bist jedem Angreifer hoffnungslos unterlegen. Wie willst du dich gegen sie verteidigen? Mit deinen Haarnadeln?«

Die Puppe, die ich war, nickte ihm beschämt zu und presste die Lippen aufeinander, damit nichts aus ihrem Inneren nach draußen fand.

Ich würde einen Weg aus diesem goldenen Käfig finden, einen, bei dem ich Arjan hinter mir lassen konnte.

Kapitel 18

Das beruhigende Getränk, das mir wenig später gebracht wurde, kippte ich über die Balkonbrüstung und stellte das leere Glas auf Arjans Tisch, für den Fall, dass er es kontrollierte.

Dass ich tatsächlich ins Schlafzimmer ging, lag weniger an Arjans Befehlen und mehr an meiner Erschöpfung. Arjan hatte mit seinen Eröffnungen auch das letzte bisschen Kraft aus mir herausgepresst. Seit er fort war und ich nicht mehr gezwungen war, meine Maske zu halten, zitterten mir die Beine so heftig, dass es ein Wunder war, dass sie mich weitertrugen. Ich wollte nicht, dass mich jemand in diesem Zustand zu sehen bekam. Also würde ich mich ins Bett legen und mich schlafend stellen.

Arjans Schlafraum betrat ich zum ersten Mal. Ein gigantischer Schrank zog sich von einer Seite zur anderen. Weiß mit den obligatorischen goldenen Verzierungen. Bett und Nachttische waren passend dazu gestaltet worden. Er erschlug mich, ähnlich wie der Nebenraum.

Ich öffnete die Schranktüren, fand rasch die lächerlich große Ansammlung, die von nun an meine Garderobe war. Unwirsch riss ich die eleganten Kleider zur Seite, stoppte bei dem, was wohl meine Nachtwäsche darstellte. Ein empörtes Aufkeuchen entwich mir, bevor ich mich dazu aufraffte, es vom Bügel zu ziehen. Zwar war es kurzzeitig befreiend, das verhasste weiße Kleid auszuziehen, nur war dieses Nachthemd nicht besser. Seine dunkle Seide reichte mir gerade bis zur Mitte des Oberschenkels. Es machte mir bewusst, dass ich noch nicht am Ende meiner Albträume angelangt war. Auch wenn ich nur eine vage Ahnung hatte, was mich erwartete, ahnte ich, dass es mir zutiefst zuwider sein würde. Ich musste hier raus.

Zaynes Körper drängte sich an mich, gefolgt von seinen Lippen, die meine Schulter küssten. Instinktiv schmiegte ich mich enger in die Berührung hinein.

»Hierauf habe ich lang gewartet.« Die Stimme war sanft und doch zerrte sie mich brutal aus dem Schlaf. Ich riss die Augen auf und fand Arjan. Arjan, direkt vor mir. Im Bett. Wo ich offenbar eingeschlafen war.

»Was ist los?«, fragte er und sein Blick verfinsterte sich, während er den Grund für mein abruptes Aufschrecken in meinem Gesicht zu suchen schien.

»Nichts.«

Alles.

Mein Herz raste, während ich den Mann vor mir anstarrte. Weil ich nicht fassen konnte, dass er nicht Zayne war. Ich hatte von Zayne geträumt und bekam Arjan. Das Entsetzen darüber verschlug mir die Sprache.

Arjans Hände kamen zurück, strichen fordernd über meine Haut, doch nun lösten sie nichts anderes mehr als Widerwillen in mir hervor.

Er sollte damit aufhören!

»Ich denke, mir ist zu schlecht.« Das war das Erste, das mir einfiel, um Arjan zu stoppen. Rasch setzte ich mich auf, bereit, aus dem Bett zu springen, doch Arjan war schneller. Er packte mich und seine Hände pressten mich zurück auf die Matratze.

»Und ich denke nicht, dass dir eine Wahl bleibt.« Seine Stimme war messerscharf. »Du hast dich lange genug geziert.« Wieder drängte er sich an mich. Die Hitze seines Körpers entfachte eine ganz neue Art von Übelkeit in mir. Sein abgehackter Atem strich mir unangenehm heiß über das Ohr und seine Hände gleichzeitig über meinen Körper.

Er war überall.

Aufhören!

Weil auszuharren keine Möglichkeit war, versuchte ich mich aus seinem Griff zu befreien, doch der wurde nur fester.

»Du wirst dich nicht widersetzen wie bei der Bindung«, knurrte er und ließ das Blut in mir zu Eis erstarren. Seine Drohung war noch schwerer als der Körper, der sich auf mich drängte. Arjan würde einfordern, was er für sein Recht hielt. Ihm war gleichgültig, ob wir verbunden waren oder ob ich das hier wollte. Wenn ich ihn nur von mir schmeißen könnte, er presste mir dir Luft ab. Meine Befreiungsversuche ließen seine Lippen schmaler werden, unheilvoll blitzten seine Augen im Licht der Nachttischlampe auf. Es gelang mir, meine Hand unter seiner herauszuzerren. Klatschend landete sie aus seiner Wange. Für einen Augenblick erstarrten wir beide, ich vor Schreck, er vor Wut. Der Blick, mit dem er mich nun bedachte, war der gleiche, wie der des Engels auf dem Gemälde. Sein Zorn fraß ihn förmlich auf. *Zorn auf mich.*

Seine spitzen Nägel kratzten die Haut an meinem Handgelenk auf, so heftig stieß er sie hinein. »Hast du heute nicht genug angerichtet?« Der Geruch nach Wein drang tief in meine Nase, als Arjan sich weiter zu mir beugte. »Glaubst du, ich lass mich weiter von dir vorführen? Ich war zu nachgiebig mit dir, damit ist es nun vorbei. Ein weiteres Aufbegehren und Clay wird dafür sorgen, dass du stillliegst, wie ein Brett.«

Es gab noch eine Steigerung zu diesem Alptraum. Clay. Der Gedanke an ihn und sein Messer, ließ meinen Widerstand brechen, wie einen morschen Stock. Wenn es kein Entrinnen gab, dann würde ich nicht zulassen, dass es noch unerträglicher wurde.

Arjans nasse Zunge fuhr über meinen Hals hoch zu meinem Ohr und mein ganzer Körper wollte sich vor Abscheu schütteln. Ich blieb wo ich war, suchte nach einem Schlupfloch und fand keines. Es gab keine Hilfe, nur Clay und sein Messer.

Arjans Hand schob sich zwischen meine Schenkel. Ein brennender Schmerz ließ mich zusammenfahren.

»Entspann dich«, forderte Arjan harsch und riss den Stoff meines Nachthemds hoch.

Niemals hatte ich mich weniger entspannt gefühlt.

Niemals war es finsterer in mir gewesen.

Während Arjan meine Beine auseinanderschob, schloss ich die Augen. Ich konnte ihn nicht ansehen. Hinter meinen Augen brannte es, aber ich presste sie fest zusammen, hielt die Flüssigkeit dahinter fest. Arjan glaubte, dass ihm alles an mir gehörte, da würde ich ihm nicht auch noch meine Tränen überlassen.

Der Schmerz war schlimm, der Rest schlimmer.

Es ist nur ein Augenblick, sagte ich mir immerzu. Nichts als ein Augenblick, den ich aushalten würde. Er würde vergehen und ein anderer Moment würde ihn ablösen.

Alles was ich tun musste, war atmen.

Ein und aus.

Dann würde er vergehen.

Nachdem Arjan endlich eingeschlafen war, schüttelte ich seine Hände ab, die mit erschütternder Selbstverständlichkeit auf mir ruhten. Jetzt wo er sie nicht sehen konnte, hielt ich die Tränen nicht länger zurück. Mein Körper bäumte sich auf unter der Anstrengung, den Sturm in mir hinauszulassen, ohne einen Laut von mir zu geben.

Ich wich an den Bettrand. Soweit weg wie möglich von Arjan. Ich konnte seine Nähe nicht ertragen. Seinen Geruch. Seine Berührungen.

Ich konnte mich selbst nicht ertragen.

Kapitel 19

Am nächsten Morgen stellte ich mich schlafend, als Arjan aufstand. Dabei hatte ich keine Minute mehr geschlafen. Ich hörte das Rascheln von Kleidung, die hastig übergestreift wurde, Schritte, die über den Boden glitten und dann endlich das Scheppern der Tür, die ins Schloss fiel. Diesmal hatte er mich nicht geweckt. *Er würde es wieder tun.* Der Gedanke schnürte mir die Luft ab. Ich wünschte mir zu verschwinden. Einfach die Augen zu schließen und mich aufzulösen, in so winzige Teilchen, dass er mich niemals wiederfand.

Ein leises Ticken begleitete die Uhr, die unter einem gläsernen Deckel auf dem Nachttisch stand. Eine beständige Erinnerung daran, dass es Zeit wurde, aufstehen. Innerhalb der nächsten Stunde würde sich die Tür wieder öffnen, bis dahin galt es meine Fassung wiederzufinden, damit ich dem Reich präsentieren konnte, was Arjan einforderte.

Aufzustehen war ein Kraftakt. Mein Körper schien letzte Nacht um ein Vielfaches schwerer geworden zu sein, bei jedem Schritt wollte er mich hinunterziehen. Am schlimmsten war das Brennen, es fühlte sich an, als wäre ich zerrissen worden. Es erinnerte mich unaufhörlich an das, was geschehen war.

Als wenn ich es vergessen könnte.

Eine Ewigkeit stand ich vor dem Schrank, versuchte, ein passendes Kleid für den Morgen herauszusuchen und konnte mich nicht dazu überwinden, nach einem davon zu greifen. Fein säuberlich aneinandergereiht füllten sie die Kleiderstangen, Farbe an Farbe. Hätte ich etwas im Magen gehabt, hätte die berechtigte Gefahr bestanden, dass sich der Inhalt auf dem fröhlichen Stoff verlor. Doch mein Magen war ähnlich leer, wie sich der Rest von mir anfühlte.

Ein Pochen hinter mir ließ mich entsetzt zusammenfahren. *Arjan?* Panik umschlang mich wie Fesseln, die sich tief in mein Fleisch gruben. Ich riss mich herum und fand ein anderes Gesicht im Türrahmen. Jetzt wo ich Arjan erwartete, bekam ich Zayne.

Der Drang, mich vor seinen Blicken zu verkriechen, war ähnlich tosend wie der, mich in seine Arme zu flüchten. Beides war unmöglich.

Ungerührt durchquerte er das Schlafgemach des Präsidenten und kam auf mich zu. Zaynes Furchtlosigkeit machte vor nichts Halt, nicht einmal vor Arjan. Gestern hätte mich dieser Gedanke noch zum Lächeln gebracht, heute nicht mehr. Nun wusste ich, wie wenig es brauchte, um auf Arjans Befehl hin ermordet zu werden.

»Weshalb bist du hier?«, stieß er aus, kaum dass er vor mir zum Stehen kam. »Warum denkt jeder in diesem Palast, dass die Bindung vollzogen wurde?«

»Weil sie vollzogen wurde.« Die einzig denkbare Antwort, um ihn zu schützen. Zayne war nur dann sicher, wenn er die Lüge für die Wahrheit hielt. Ich musste ihn in Sicherheit wissen. Das Zittern in meiner Stimme würde er hoffentlich dem dünnen Nachthemd zuschreiben. Gerade als ich das dachte, wurde mir klar, was ich da trug. Augenblicklich wollte ich die Arme hochreißen, meinen Körper dahinter verstecken. Ich wollte nicht, dass Zayne mich so sah, nicht nachdem, was gestern Nacht geschehen war. Das nächstbeste Kleid wurde von mir erst vom Bügel, dann über mich gezerrt. Mich vor ihm auszuziehen, kam nicht in Frage.

»Das ist Unsinn«, sagte er über das Rascheln des Stoffes hinweg. »Du hast nicht unterschrieben, das hast du mir selbst gesagt.«

Die Tränen waren zurück und ich presste die Augen zusammen, um zu verhindern, dass sie es hinaus schafften.

»Liah?« Er forderte Antworten. Natürlich tat er das.

»Ich sage den Menschen um mich herum andauernd, was sie hören wollen. Das solltest du mittlerweile wissen.« Das Zittern war verschwunden, ich fand in meine Rolle, im gleichen Moment, als das Kleid mich bedeckte.

»Sieh mich an, Liah.« Es wäre einfacher dieses Gespräch zu führen, wenn ich nicht gezwungen wäre, ihn anzusehen. »Bitte«, fügte er sanfter hinzu und ich gab nach, drehte mich um.

Jadegrüne Augen sahen mich an. »Was ist hier los?«, raunte er mir zu, als könnte er einfach durch meine Maske hindurchsehen. Ich suchte etwas, an das ich meinen Blick heften konnte und fand den silbernen Armreif, der unter seinem Ärmel hervorblitzte.

»Nichts ist los«, erwiderte ich. »Alles ist, wie es sein sollte. Das System funktioniert.«

Seine Augen weiteten sich ungläubig. »Tut es nicht. Du kannst ihn nicht leiden.«

»Er ist der Präsident und wir haben eine perfekte Übereinstimmung«, fuhr ich fort und spürte, wie mein Herz sich zusammenpresste. »Du bist ein Silberner und wir beide haben nichts außer ein paar kleinen Momenten. Hast du wirklich gedacht, ich würde dieses Leben ablehnen ... für nichts?«

»Nichts?« Seine Blicke bohrten sich wie Kugeln in mich. »Vor ein paar Stunden wolltest du mich küssen ...«

»Vor ein paar Stunden habe ich gedacht, dass ich sterben würde und du hast meine Verwirrung ausgenutzt.«

Die Erwiderung ließ ihn zusammenfahren. Worte konnten wie Klingen sein und meine hatten ihm einen tiefen Stoß versetzt.

»Ich habe dir andauernd gesagt, dass ich mich an Arjan binde«, fuhr ich fort und stieß erneut zu. »Was wolltest du mir bieten? Ein Leben versteckt unter Silbernen? Los, erheitere mich, wie hast du dir das vorgestellt?«

Er schwieg, weil es darauf nichts zu sagen gab. War es wirklich erst Stunden her, dass er angeboten hatte, mich fortzubringen? Dabei gab es keine Verstecke im Reich, in denen mich Arjan nicht aufspüren würde. Wenn ich flüchtete, würde er mich finden und seine Bestrafung wäre grausam, selbst für Arjans Verhältnisse.

Zaynes Gesicht war weiß geworden, wie die Leinwände, nachdem die Ansprachen des Präsidenten darauf endeten.

»Dann sind wohl Glückwünsche angebracht.« Hohn lag in seiner Stimme, verschleierte nur halbherzig die Wut darin und den Schmerz. Ich nahm beides wahr und sie gesellten sich zu all den unsichtbaren Gewichten, die an mir zerrten. Seine Lippen pressten sich aufeinander. Er musterte mich erneut, als versuchte er, herauszufinden, wann genau ich ihn belogen hatte. In den letzten Tagen, gestern Nacht oder jetzt? Ein Ruck schoss durch seinen Körper, sein Blick glitt hinüber zu dem Bett und erstarrte dort. Ich folgte ihm und meine Maske verrutschte mir für den Bruchteil einer Sekunde.

Rote Flecken leuchteten verräterisch auf dem edlen, weißen Bettlaken.

Mein Blut.

Der Anblick erinnerte mich an das rote Wachs auf den weißen Seiten und er fühlte sich noch verstörender an. Da war er wieder, dieser alles ausfüllende Wunsch, mich aufzulösen.

Plötzlich riss sich Zayne aus seiner Erstarrung. Mit einem Satz war er bei der Uhr, schmetterte sie gegen die Wand übers Bett. Ein hohes Klirren zerriss die Stille und Scherben regneten auf das rot gesprenkelte Laken.

»Entschuldige«, sagte er und selbst seine Stimme tropfte vor Genugtuung. »Das musste dringend raus. Gratulation zu deiner Bindung.«

Sein Blick strich ein letztes Mal drängend über mich, forderte, meine Lügen zurückzunehmen. Es war richtig gewesen, Zayne zu belügen, sein Ausbruch war nur zusätzlicher Beweis. Trotz allem blieb da dieser Teil, der so schrecklich nah dran war, ihm die Wahrheit zu sagen. Zayne bedeutete mir zu viel, ich musste ihn vor Arjan in Sicherheit bringen.

»Kündige deinen Dienst.« Das war alles, was es noch aus mir herausschaffte, ohne meine Maske zu zerreißen. Ich wollte ihn nicht verlieren und dennoch war es das Beste, auch wenn es sich nicht danach anfühlte.

Zayne lachte auf, aber nichts daran wirkte ansatzweise fröhlich. »Vergiss es. Hier wird besser bezahlt.«

Er drehte sich um und verließ das Zimmer.

Kapitel 20

Arjans Ernennung war unspektakulär. Statt weiterer Angriffe gab es eintönige Reden, die sich an Leere kaum zu überbieten wussten. Dazu kamen die Kameras und zum ersten Mal überhaupt waren sie auch auf mich gerichtet. Die Menschen aus dem Reich würden diese Aufnahmen sehen, sie würden mich sehen, wie ich hier stand und tat, als lauschte ich Arjans Worten. Dafür hätte ich mich wohl selbst verachtet, doch durch die Taubheit in mir kam nichts anderes mehr hindurch.

Nachdem der formelle Teil vorüber und die Kameras verschwunden waren, suchte ich nach Zayne. Er hielt sich abseits, sah nicht einmal zu mir. Verständlich. Ich hatte ihn verletzt, doch wenn ihn das in Sicherheit brachte, würde ich ihn noch mehr verletzen. Für den Moment waren mir die Hände gebunden. Ich konnte Arjan nicht dazu bringen, den Leibwächter auszutauschen, ohne ihn misstrauisch zu machen. Zayne musste aus freien Stücken gehen.

Der Palast war noch in der Nacht notdürftig instandgesetzt worden. Arjan ertrug es nicht, dass Systemlose es geschafft hatten hier einzudringen, also löschte er die Erinnerungen daran einfach aus. So wurden Blutspritzer fortgewischt oder übermalt. Die Erinnerungen in den Köpfen der Menschen würde länger halten. Ich für meinen Teil, bildete mir ein, überall an den Wänden Blutspuren hinter Tapeten durchscheinen zu sehen.

Im Anschluss an die Ernennung wurde der alte Präsident im Palastpark zu Grabe getragen. Wir hatten keinerlei Beziehung zueinander gehabt. An mir hatte er vor allem meinen Vater geschätzt, der seit Jahrzehnten Mitglied in verschiedenen Beraterstäben war. Seitdem Brendas Familie verstoßen worden war, hatte er zusätzlich Posten seines Bruders übernommen. Schon vor meiner und Arjans Bindung hatte ihn das zu einem der einflussreichsten Männer im Reich gemacht. Ausgereicht hatte ihm das nie, er hatte mit aller Macht in den Palast gedrängt, weil er wusste, wie austauschbar er war. Mit meiner Bindung an Arjan würde sich Vaters Status nicht nur festigen, sondern zusätzlich steigern, das hatte Arjan schon großspurig durchklingen lassen. Dabei war mir gleichgültig, wie angesehen mein Haus war.

Mit Vater hatte ich nur wenige oberflächliche Worte nach dem Angriff ausgetauscht. Erfreulicherweise war es ihm seit der Bindung egal, ob ich ausreichend lächelte. Das war gut so, denn ich vergaß andauernd zu lächeln. Mein gesamter Körper fühlte sich wund an, als wäre mir das Innerste mit einem Löffel fein säuberlich ausgeschabt worden und nur die Hülle geblieben. Manchmal schrie etwas in der Leere auf, so laut, dass ich mich wunderte, weshalb niemand die Schreie hörte. Die einzigen Augen, die mich dann ansahen, waren jadegrüne, die mich prüfend musterten. Dann ließ ich die Schreie von der Leere verschlingen, zwängte mir ein Lächeln auf und erinnerte mich daran, dass ich eine Puppe war.

Zumindest bis ich aus diesem Gefängnis herausfand. Meines war nicht dieser verhasste Palast. Es war Arjan. Die ersten beiden Tage hatte ich nichts anderes getan, als Fluchtpläne zu schmieden. Es war möglich, dem Palast zu entkommen. Ich könnte mich in einer der Kutschen der Lieferanten verstecken und darauf hoffen, darin unbemerkt durchs Tor zu gelangen. Nur was dann? Seit Arjans Ernennung kannte jeder im Reich mein Gesicht. Wie lange würde es dauern, bis er mich fand. Was würde er mir als Strafe antun, wenn er mich gefunden hatte? Ich konnte nicht kopflos fliehen und darauf hoffen, damit durchzukommen.

Am dritten Tag streifte ich durch den Park, musterte heimlich die Mauern, die das Gelände umschlossen. Noch immer suchte ich nach dem richtigen Plan, um Arjan für immer loszuwerden. Der Schrecken der letzten Nacht saß mir in den Knochen und sorgte dafür, dass ich Zaynes Blicken permanent auswich. Ob er darauf gehofft hatte, dass ich mich wieder annäherte? Vorhin hatten seine Finger nahe an meinen gelegen. Vielleicht Zufall oder aber ein Angebot? Was es auch gewesen war, ich war schneller gelaufen, hatte ihn und seine Finger hinter mir gelassen. Wie hätte ich nach ihnen greifen können, nachdem andere Finger sich letzte Nacht tief in meine gegraben hatten? Ein weiterer Grund, Zayne von mir zu schieben, ich hatte Angst davor, dass er mich berührte. Davor, dass sich seine Berührungen nach Arjans anfühlen könnten.

Ein Schmetterling hob sich aus einem der Beete. Das Gelb seiner Flügel durchbrach das Rot der Rosenköpfe, er flatterte davon. Während ich ihm nachsah, bildete ich mir ein, Flügel an meinen Fingern zu spüren.

Den Schmetterling im Park hatte ich ziehen lassen. Die Erkenntnis durchfuhr mich, wie ein tosender Flügelschlag. Jetzt war ich der Schmetterling und ich musste Arjan bewegen, mich gehen zu lassen. Mitleid würde ihn nicht dazu bringen, seinen Griff zu lockern. Dafür brauchte es mehr. *Das Auswahlgerät.*

Niemals hatten Arjan und ich eine Übereinstimmungsquote von 100%. Was, wenn das Bild von Brenda nicht der einzige Fehler in Arjans Auswahl gewesen war? Was, wenn Arjan selbst dafür gesorgt hatte, dass ich ihm zugewiesen wurde? Ein erschütternder Gedanke. Mittlerweile war er der Hüter des Systems. Seine Aufgabe war es, das System zu schützen, die Einteilung in die Ringe, die Zuweisung der Berufe und zuletzt die Zuteilung des perfekten Partners. Dennoch kribbelte es in meinem Nacken. Es wäre nicht Arjans erste Täuschung gewesen. Er hatte meine Unterschrift im Bindungsbuch gefälscht, um mich an seine Seite zu zwingen. Ihm war zuzutrauen, dass er schon im Vorfeld der Zuweisung dafür gesorgt hatte, dass ich ihm zugeteilt werden würde.

Meine Ergebnisse hatte ich nicht abgerufen, nachdem ich Arjan als Partnerin präsentiert worden war. Es gab keinen Grund sie zu kontrollieren, das musste auch Arjan klargewesen sein. Das Kribbeln in meinem Nacken nahm zu. Wenn ich nachweisen konnte, dass Arjan betrogen hätte, dann hätte ich etwas gegen ihn in der Hand. Etwas, mit dem sich Unruhen im Reich hervorrufen ließen.

Flüchten allein konnte ich nicht, aber ich konnte meine Flucht mit so heftigen Drohungen untermauern, dass Arjan gezwungen war, mich in Frieden zu lassen. Mit dem Auswahlgerät könnte ich ihn dazu zwingen, seinen Griff zu lösen.

»Alles in Ordnung?« Zaynes Stimme schien sich nicht ganz entscheiden zu können, in welche Richtung sie tendieren sollte, Kälte flackerte neben Besorgnis.

Es dauerte einen Herzschlag, bis ich begriff, dass ich in einem der Rosenbeete stand. Ich war so in Gedanken gewesen, dass ich weitergegangen war, ohne auf den Weg zu achten.

»Natürlich.« Ob es mir gelang, hochmütig genug zu klingen? Ich zerrte an dem Stoff meines Kleides, Dornen rissen daran, würden als Strafe winzige Löcher hinterlassen. Ein außergewöhnlich perfekter Rosenkopf ragte vor mir auf. Hätten Blumen höhnisch schauen können, dann würde mir diese geradezu ins Gesicht lachen. Ehe ich es verhindern konnte, griff ich danach. Schmerz brannte in meinen Fingern auf, als sich Dornen hineinschoben, doch der war nichts, verglichen mit dem Schmerz in mir. Ich schmiss den Rosenkopf auf den gepflasterten Weg und drückte meinen Schuh hinein, zerquetschte ihn triumphierend darunter.

»Liah?« Unsicherheit löste kurzweilig Zaynes Wut über mich ab. Seine Finger hoben sich in meine Richtung, diesmal ein klares Angebot. *Mit ihm zu reden. Ihm zu vertrauen. Ihm zu sagen, dass ich ihn belogen hatte.* Ich starrte auf seine Hände. Hände, die so anders waren als Arjans und nach denen ich trotzdem nicht greifen konnte, aus Angst, dass sie das gleiche in mir auslösten.

»Ich hasse Rosen«, stieß ich aus und nahm auch den zweiten Fuß aus dem Beet, ignorierte dabei demonstrativ Zaynes Finger.

»Wir gehen rein.« Ohne ein weiteres Wort der Erklärung,schob ich mich an ihm vorbei. Ich musste mich zwingen, langsam zu gehen, damit ihm nicht auffiel, wie dringend es mich in den Palast zog. In einem der unzähligen Räume dort stand das Auswahlgerät und mit ihm würde ich mir meine Freiheit erkaufen.

Den Palast unauffällig zu durchsuchen, erwies sich als schwieriger als angenommen. Die Räume waren zahlreich und der Palast zu voll. Überall tummelten sich Menschen,

Dienstboten, Soldaten, Arjan und seine Berater und dann war da noch Mutter, die jeden Tag Stunden meiner Zeit für sich beanspruchte, um neue Kleider zu entwerfen. Eigentlich hatte ich erwartet, dass dieser Unsinn nach der Bindung endete, doch offenbar blieb es entscheidend, dass ich Arjan faszinierte. Der einzige Grund, weshalb ich diese Treffen weiter zuließ, war der, dass sie es mir ersparten, Zeit mit Arjan zu verbringen. Sobald sie erschien, verschwand er, damit wir ungestört waren, wie er es nannte.

Dass Mutter ihn in die Flucht schlagen konnte, ließ ihre Anwesenheit deutlich in meiner Gunst steigen. Lieber bekam ich stundenlang Stoffmuster angehalten, als Zeit mit Arjan zu verbringen. Die, die er von mir einforderte, war schon schrecklich genug.

Darauf, dass hinter den Besuchen noch etwas anderes steckte, kam ich nach meiner ersten Woche im Palast. Da brachte Mutter mir einen sonderbaren grünen Saft mit, der ungesund stank.

»Was soll das sein?« Das Gebräu erinnerte mich an die überfahren Frösche, die sich manchmal in den Spurrillen der Kutschen fanden.

»Das steigert deine Fruchtbarkeit.« Mit diesen Worten hatte sie dafür gesorgt, dass ich den zerquetschten Fröschen den Vorrang gegeben hätte. Das Letzte, was ich wollte, war noch mehr, dass mich an Arjan band.

Ihr Blick wanderte zu meinem Bauch. »Gibt es Anzeichen für eine Schwangerschaft?«

»Nein.« Ich würgte das Wort förmlich heraus.

»Es ist früh, so etwas braucht Zeit.« Schmerz begleitete ihre Worte. Es schien, als hätte sie Schwierigkeiten gehabt, schwanger zu werden, doch über solche Themen redeten wir nicht und sie wandte sich ab, bevor ich nachfragen konnte. »Nächsten Monat wird es so weit sein.« Ihre Stimme blieb seltsam aufbauend. Mutter versuchte offenbar mich zu trösten. Sie ahnte nicht, dass ich gerade jetzt überlegte, wie ich verhinderte, jemals ein Kind von Arjan zu bekommen.

Wieder und wieder ging ich meine Optionen durch, um eine Schwangerschaft zu verhindern. Mir blieb keine andere Wahl, als um Hilfe zu bitten und Zayne war der einzige Mensch, dem ich vertraute.

An dem Nachmittag rief ich ihn in die Gemächer. Ich war angespannt, wie immer seit unserem letzten richtigen Gespräch. Seitdem beschränkten wir uns auf ein Minimum an Worten und jedes davon hatte mit seinem Dienst zu tun. Ein Dienst, der ihn zu Tode langweilen musste. Ich durfte das Palastgelände nicht verlassen, somit wurde es seine Aufgabe, mich in einem Park zu beschützen, der von allen Seiten mit einer hohen Mauer eingezäunt war. Wenig aufregend.

»Kannst du mir etwas besorgen, das eine Schwangerschaft verhindert?« Die Frage stürzte schon aus mir heraus, kaum, dass Zayne den Tisch erreichte. Stundenlang hatte sie in meinem Kopf gesessen, wo sie von mir hin und her geschoben worden war, bis ich mich in der Lage sah, sie auszusprechen. Jetzt platzte sie so unbeholfen aus mir heraus, dass sie harsch wirkte.

Seine Augen weiteten sich, nur um sich im Anschluss zu Schlitzen zu verziehen. »Auch schön dich zu sehen, Liah.«

Immerhin ein ganzer Satz, davon bekam ich kaum noch welche von ihm. Er aber auch keine von mir. Es war einfacher, nicht zu verraten, was in mir vorging, wenn ich schwieg.

Zaynes Blick ließ eine weitere Welle Schuld durch mich ziehen. Es war besser, wenn er mich verachtete und dennoch gab es diesen Teil in mir, der das anders sah. In den letzten Tagen dachte ich oft an meinen Besuch bei Brenda. War es ihr leicht gefallen, mich von sich wegzustoßen, weil ihre Worte wahr gewesen waren? Oder hatte sie mit mir das Gleiche gemacht wie mit Zayne?

»Du wirst natürlich bezahlt«, sagte ich und sah dabei zu, wie sich seine Miene weiter verfinsterte, nur seine Augen, zwei wütende Sterne, blitzten mich an.

»Ich bin auf dein Geld nicht angewiesen«, stieß er aus, so heftig, dass ich ahnte, ihn erneut verletzt zu haben. Das war gut, versuchte ich mir zu sagen. Alles, was ihn von mir schob, brachte ihn in Sicherheit. Nur fühlte es sich in mir überhaupt nicht gut an.

Zayne drehte sich um, ging zum Balkon, um nach draußen auf den Park zu schauen. Dabei ging es wohl weniger um die Aussicht, als mehr darum, Abstand zwischen uns zu schaffen.

»Ist das nicht erklärter Zweck einer Bindung und besonders dieser hier?«, fragte er, den Blick nach draußen gerichtet. »Viele Erben hervorbringen, die das System hochhalten und es für die kommenden Generationen sichern?«

»Das ist bei mir nicht der Fall.« Ein winziges Stück Wahrheit, gerade genug, um zu bekommen, was ich so dringend brauchte. »Arjan stimmt mir nur leider nicht zu.« *Arjan stimmte mir nie zu.* Bei dem Gedanken begannen meine Finger zu zittern, ich zog sie unter die Ärmel meines Kleides, für den Fall, dass Zayne sich umdrehte.

»Was soll das, Liah?« Seine Stimme war rau. »Warum kommst du damit ausgerechnet zu mir?«

Verflucht sollte dieses Brennen hinter meinen Augen sein, der Kloß in meiner Kehle. Zayne zu belügen, war schon schwer genug, auch ohne dass mich mein Körper verriet.

»Weil ich dir vertraue.« *Nur dir.*

Nichts als die Wahrheit. Ich hatte Zayne zutiefst verletzt und dennoch nicht einmal darüber nachgedacht, dass er mich bei Arjan verraten könnte. Das würde er auch diesmal nicht. Arjans Wut auf mich wäre episch, sollte er von meinem Verrat erfahren. Dennoch ging ich das Risiko ein, denn die Alternative dazu machte mir mehr Angst.

Seine Schultern hoben und senkten sich, als atmete er tief durch. Ob das die Antwort war, die er hatte hören wollen? Schließlich nickte er knapp, drehte sich um und ging wortlos aus dem Raum, ohne mich auch nur anzuschauen.

Das trockene Kraut, das Zayne mir am nächsten Morgen brachte, versteckte ich in einem meiner Kleider, weit hinten im Schrank. Ich hoffte darauf, dass es dort niemals jemand finden würde. Das war der einzige Ort, der mir einfiel. Meinem Kleiderschrank hatte Arjan bisher keine Beachtung geschenkt. Dennoch schnellte mein Puls jedes Mal in die Höhe, wenn er sich dem Schrank auch nur näherte.

Kapitel 21

»Warum trägst du nicht lieber die goldenen Haarkämme mit den Saphiren, die ich dir gestern mitgebracht habe?« Arjans Blick strich zur Begrüßung prüfend über mich, nachdem er von seiner Morgenbesprechung in die Wohnräume zurückkehrte.

Nach seiner Ernennung hatte er mir mitgeteilt, er wünschte, dass ich mich eleganter herrichtete. Ich hatte mich mühsam davon abgehalten, ihm bildlich zu erklären, was ich mir so alles wünschte. Er durfte nicht ahnen, was ich plante, also hatte ich die Zähne zusammengebissen und gelächelt. Seitdem bekam ich jeden Tag von ihm Schmuck geschenkt und genauso regelmäßig verschwand dieser aus der Truhe. Still und heimlich durchfuhr mich eine Art finstere Befriedigung, wann immer ich das bemerkte.

Andauernd begutachtete Arjan meine Frisur, das Kleid und ließ mich wissen, wenn ich seinen Ansprüchen nicht genügte. Das tat ich heute nicht und Grund dafür war der kleine Haarkamm. Ich war mir sicher, dass er ihn nicht erkannte, für solche Dinge war Arjan nicht aufmerksam genug, sonst hätte ich mich nicht gewagt, ihn zu tragen. Als ich heute Morgen das Bett verlassen hatte, mit dem Schrecken der Nacht in meinen Gliedern, da war da dieser Drang aufzubegehren, wenn auch nur still, mit diesem silbernen Haarkamm.

Er war nicht pompös genug für Arjans Geschmack. Dabei war er wunderschön, mit der realistisch wirkenden Libelle und ihren jadegrünen Augen, die mich an Zaynes erinnerten. Brenda hatte mir den Kamm vor Jahren zugesteckt, nachdem ich in an ihr bewundert hatte. Seitdem war er das Zeichen unserer Freundschaft gewesen.

»Liah?« Arjans Stimme wurde gereizter.

»Die Kämme sind verschwunden.«

Ich bemühte mich, nicht triumphierend zu klingen.

»Schon wieder?« Seine Augen verengten sich wütend, er hasste es, wenn er nicht alles unter Kontrolle hatte. »Was ist mit den Armbändern, die ich gestern mitgebracht habe?«

»Die sind ebenfalls fort.«

»Es reicht, ich werde mich darum kümmern.« Bisher hatte Arjan angenommen, dass ich meinen Schmuck verlegte, allmählich schien er zu realisieren, dass es dafür andere Gründe gab. Ich glaubte, dass eines der Dienstmädchen für den schwindenden Schmuck verantwortlich war. Sie hatten Zugriff auf meine Schmuckschatullen und ich hatte an einem der ersten Tage hier ein heimliches Gespräch zwischen zwei Soldaten mitbekommen. Auf dem Gang hatten sie Witze darüber gerissen, dass seit meiner Ankunft deutlich weniger Dienstmädchen in die Präsidentengemächer gerufen wurden und wie sehr diese darunter litten. Daraufhin war ich abgedreht, hatte mich in den nächsten Raum geflüchtet. Ich versuchte, die Erinnerungen an die Nächte zu packen und sie so tief in meinem Kopf zu verstecken, dass ich sie nicht mehr wiederfand. Nur befreiten sie sich immer wieder aus ihren dunklen Kammern und fielen mich an, wenn ich am wenigsten damit rechnete.

Sollte Arjan doch all seinen Schmuck verlieren.

Ich wollte ihn nicht.

Am nächsten Tag änderte ich schlagartig meine Meinung und zwar in dem Moment, als ich registrierte, dass mein Libellenkamm von meinem Nachttisch verschwunden war.

Nicht im Traum hätte ich angenommen, dass er das Interesse der Diebin wecken könnte. Verglichen mit den anderen Teilen war er kaum etwas wert und er war so unscheinbar, inmitten all des Goldes und der Edelsteine, dass er darin unterging. Dieser Verlust traf mich heftig. Der Kamm war der einzige Besitz, an dem ich hing. Ich wollte ihn zurückhaben!

Kaum war Arjan an diesem Tag zurück, feuerte ich meine Frage auf ihn ab.

»Hast du etwas zu den Diebstählen herausfinden können?«

»Du scheinst Gedanken lesen zu können, Liebes.« Er kam zu mir hinüber, küsste mich zur Begrüßung, was ich stoisch über mich ergehen ließ. »Es gibt tatsächlich Neuigkeiten. Ich habe gestern Geschäfte im silbernen Ring überprüfen lassen. Bei einem haben sie die Kette gefunden, die ich dir am Tag nach unserer Bindung geschenkt habe. Ein Mann hat sie dort abgegeben, ein Bronzener mit schwarzen Haaren ... wie auch immer.« Arjan machte eine wegwerfende Handbewegung. »Es fanden sich noch ein paar andere Stücke, die der Halunke dort verkauft hat. Stücke, die in einige der großen Häuser unseres Rings gehören. Diebesgut.« Arjans blaue Augen blitzten triumphierend auf, während er nach der Weinkaraffe griff, um sich ein Glas einzuschenken. Er ließ sich Zeit, um die Spannung zu steigern. »Eine Bande von Dieben, die sich an unseren Besitztümern vergreift. Der Händler wurde festgesetzt und verhört. Er weiß, in welchem

Bezirk der Dieb wohnt, eine Gegend, die sie Schmugglerviertel nennen. Passend, nicht wahr?« Arjan grinste, griff nach seinem Glas, schwenkte den Wein und betrachtete dessen rote, volle Farbe.

Das Schmugglerviertel. Ausgerechnet. »Wie ist es zu seinem Namen gekommen?«, fragte ich, weil er darauf zu warten schien, dass ich etwas sagte.

»Vor einem halben Jahrhundert haben dort ein paar Männer Waren an Systemlose verkauft. Sie wurden aus dem Reich verstoßen, der Name ist als ständige Ermahnung geblieben.« Arjan winkte unwirsch ab. »Alte Geschichten. Es ist an der Zeit, neue zu schreiben. Heute Nacht fallen wir dort ein. Dein Vater stellt gerade Truppen zusammen und ich werde mich anschließen, um dem Reich zu zeigen, dass von nun an ein energischerer Wind weht.« Sein Blick blieb fordernd an mir hängen. Für mein gelöstes Problem verlangte er den rechtmäßigen Beifall. Ich nickte ihm bewundernd zu und verfluchte ihn insgeheim dafür, dass er mich in diesen Mauern einsperrte, während er sich ungehindert im Reich bewegen durfte.

»Ich würde gerne mal wieder etwas außerhalb des Palastes sehen«, sagte ich. »Mir ist langweilig.«

»Das wird nicht geschehen.« Der Wein hatte seine Lippen rot eingefärbt, was ihn bedrohlicher wirken ließ. »Du weißt, dass da draußen Systemlose unterwegs sind? Seit Wochen wird der Garten für dich hergerichtet. Da draußen bauen sie einen verdammten Teich, damit du Abwechslung hast und alles, was dir dazu einfällt, sind Beschwerden? Was willst du noch?«

Freiheit.

»Nichts«, erwiderte ich, weil eine andere Antwort keine Option gewesen wäre. Ich war gezwungen, unauffällig zu bleiben, um meine Suche fortzusetzen. Jeden Tag durchsuchte ich neue Räume.

»Wo wir gerade beim Thema sind, ich will nicht, dass du im Palast herumstreunerst wie ein herrenloser Hund. Du weißt doch, wie Dienstboten reden.« Seine Worte waren ein Schlag in meine Magengrube. Ahnte er, weshalb ich das tat?

»Ich suche ein wenig Zerstreuung.« Meine Augen ließ ich größer werden, damit ich unschuldiger wirkte.

»Dann besuch meine Mutter«, forderte er knapp. »Richte ein Kinderzimmer ein, lass ein Bild von dir malen. Du wirst schon etwas anderes finden.«

Abstruse Vorschläge, alle miteinander.

Ich wollte kein Gemälde von mir, ich wollte das Auswahlgerät.

Kapitel 22

In letzter Zeit hatte es oft lange gebraucht, bis Zayne bei mir erschien, nachdem ich ihn hatte rufen lassen. Heute kam er ganze zwei Stunden zu spät. Ob er mich damit provozieren wollte?

Kaum war die Tür hinter ihm ins Schloss gefallen, streifte er die vorgeschobene Demut wie einen Mantel von sich.

»Du wolltest raus?«

»Vor zwei Stunden«, gab ich zurück. Ohne Leibwächter durfte ich nicht einmal in den Park, die einzige Luft, die Arjan mir noch zugestand.

»Willst du jetzt raus?« Kein Wort der Entschuldigung, erst recht keine Erklärung.

»Es wird gleich dunkel.«

»Und? Im Park gibt es ohnehin nichts zu sehen, außer Rasen und einer Mauer.« Hohn schlug mir entgegen und dröhnte in mir wieder. Ja, Zayne war derzeit eine andauernde Provokation. Sein Auftreten, seine Anrede, sein Benehmen. Ich brachte es normalerweise nicht über mich, ihn in etwas davon zu mäßigen. Bis heute.

»Hör auf, mich so anzustarren«, brach es aus mir heraus.

»Ich soll also damit aufhören, dich anzuschauen? Das wird diese Sache mit dem Wachschutz deutlich erschweren.«

»Glaubst du, ich registriere deine Verachtung nicht? Das tue ich. Also hör damit auf, ich habe begriffen, was du von meiner Bindung hältst.«

Sein Lächeln fiel in sich zusammen. »Glaub mir, du hast keine Ahnung, wie sehr ich sie verabscheue. Du hast dich aufgegeben, um an der Seite eines Menschen zu leben, der dir nichts bedeutet.« Kälte rauschte durch mich hindurch, doch Zayne ließ mir keine Pause. »Die ganze Zeit über lächelst du, befolgst ihre dämlichen Regeln, bist zu allen Seiten widerwärtig charmant und lässt mit dir machen, was immer ihnen in den Sinn kommt. Findest du dich eigentlich selbst hinter dieser Maskerade wieder? Mir fällt es schwer, dich zu erkennen.«

Bänder aus Eis schlangen sich um mein Herz, schnürten es ab. »Ich habe dir gesagt, dass ich mich an ihn binde.«

»Und ich habe dir nicht geglaubt, dass du es tust!« Zayne machte zwei lange Schritte und kam vor mir zum Stehen. So nah war er mir seit dem Überfall nicht gewesen. Ich musste mich zwingen, meinen Körper still zu halten. Ein Teil wollte flüchten, der andere sich an Zayne legen. Er beugte den Kopf näher zu mir, keine Sekunde später und seine Lippen würden meine streifen. In letzter Sekunde wich ich aus und Zayne gab ein Prusten von sich, das ich nicht einordnen konnte. War das hier ein Test? Wenn ja, wofür?

»Lass das.« Ich hatte zischen wollen, doch das, was aus mir herauskam, war atemlos.

»Du bist die beste Lügnerin, die mir je unter die Augen gekommen ist.« Zayne schien das nicht ansatzweise als Kompliment zu meinen, er spie mir die Worte vor die Füße und klang dabei so frustriert, wie ich mich fühlte.

So konnten wir unmöglich weitermachen.

»Du bist nicht befugt, in dieser Art und Weise mit mir zu sprechen, wir sind nicht ebenbürtig. Lass dich auszahlen und verschwinde, Zayne.« Ich versuchte, das Zittern meiner Stimme durch Entschlossenheit zu verdecken. »Ich wünsche dir, dass du findest, was du suchst, aber was auch immer das ist, hier wirst du es nicht finden.«

Zayne starrte mich an, als wäre ich eine Fremde, fassungslos schüttelte er den Kopf, bis er abrupt damit stoppte. »Wie ihr wünscht, Hoheit.«

Zum ersten Mal, seit Zayne bei mir war, benutzte er die korrekte Anrede und ersetzte die Vertrautheit durch einen kühlen, ergebenen Ton. Worte, die unserer Beziehung angemessen waren und gerade deswegen schmeckten sie bitter. Ich wusste, was er mir damit sagen wollte. Das zwischen uns war vorbei, jetzt und hier, alles davon.

»Den werde ich nicht länger benötigen.« Er zog den Mantel der Palastgarde aus, schmiss ihn von sich. Das Kleidungsstück landete auf einem der Stühle, wo es traurig zusammensackte.

Schnelle Schritte erklangen in Richtung der Tür und ich sah hinüber zu dem Mann, der dabei war, aus meinem Leben zu stürmen. Selbst jetzt rief dieser Teil in mir nach ihm, forderte ihn auf, nicht zu gehen. Ob Zayne ihn hörte? An der Tür drehte er sich um, musterte mich mit diesem Blick, der mir tief unter die Haut ging.

»Ich hoffe, dass ich mich in dir geirrt habe. Damit kann ich leben. Mit der Alternative nicht.«

Weil ich dann in diesem grausamen Leben festhing. Ungesagte Worte, die schwer auf uns lasteten. Zayne versuchte, mir eine letzte Reaktion zu entlocken, meine Fassade bekam Risse, aber sie hielt.

»Du hast dich geirrt.« Ich staunte selbst, wie sicher ich dabei klang. Offenbar behielt Zayne recht. Ich nahm die Maske so selten ab, dass es immer leichter wurde, meine Rolle zu spielen, bis ich irgendwann vergaß, wer ich in Wahrheit war.

Sein Blick verdunkelte sich. Ich bekam ein knappes Nicken, als Zeichen dafür, dass er verstanden hatte. Er drehte sich um und öffnete die Tür. Sie knallte hinter ihm zu und das Geräusch zersplitterte meine Maske. Ich sank auf den nächstbesten Stuhl und blieb dort für eine kleine Ewigkeit.

Dunkelheit hatte sich vor den Fenstern breitgemacht, als ich mich endlich dazu überwand, aufzustehen. Das leise Prasseln von Tropfen drang gegen die Scheiben, Vorboten einer ungemütlichen Nacht. Für mich die erste ruhige in diesen Wänden. Großspurig hatte Arjan angekündigt, bei den Verhören dabei sein zu wollen, um sicherzustellen, dass diese auch nach seinem Willen abliefen. Bis zu dem Zusammenstoß mit Zayne war die Vorstellung einer ungestörten Nacht erleichternd gewesen. Erleichterung suchte ich seitdem vergebens, in mir war nichts als Leere.

Ich griff nach dem Soldatenmantel. Was sollte ich Arjan erzählen, warum Zayne gegangen war? Auf die Frage musste ich dringend eine Antwort finden, bevor er wiederkam. Wütend würde er gewiss reagieren, aber vielleicht bekam ich seine Wut kontrolliert.

Meine Finger fuhren über den rauen Stoff. Wenn mir Zayne jetzt schon fehlte, wie heftig würde es dann erst nächste Woche sein oder die darauf und alle anderen, die da kamen? Ich schlüpfte in den Mantel. Er war zu groß, seine Schultern gingen weit über meine hinaus, die Ärmel verschluckten meine Finger. Ich schloss ihn dennoch enger um mich. Er war ein trauriger Ersatz für Zayne, doch er war alles, was mir blieb. Unzählige Perlen aus Regentropfen schimmerten an den gläsernen Balkontüren und zogen meinen Blick auf sich.

Geregnet hatte es auch, als ich Zayne begegnet war, wir hatten im Matsch gesessen, dicht an die Hütte gedrängt und unsere Geheimnisse geteilt. Meine Nase fuhr tiefer, fand seinen Geruch, der im Stoff hing. Trösten konnte er mich nicht, er riss das Loch in meiner Brust nur weiter auf. Meine Hände versenkten sich in den großen Taschen und eine von ihnen stieß gegen einen Gegenstand.

Kühle Spitzen bohrten sich in meine Haut, sie fühlten sich entsetzlich vertraut an. Ich zerrte ihn hinaus. Jadegrüne Augen blitzten mich an. Die der Libelle auf dem silbernen Haarkamm.

Zayne war der Dieb. Entgeistert zuckte mein Blick in die Schwärze, die sich hinter dem Fenster auftat, auf die Regentropfen, in denen sich das Licht brach.

Zayne war da draußen.

Wenn Arjan ausgerechnet ihn im Schmugglerviertel fand, würde er wissen, wer hinter den Diebstählen steckte.

Für diesen Verrat würde Arjan ihn hängen lassen.

Kapitel 23

Jetzt musste ich selbst zur Diebin werden. Eine Karte aus Arjans Arbeitszimmer wurde mein erstes Diebesgut, eine Soldatenuniform aus der Kleiderkammer das nächste.

Die Kleidung war zu groß, sodass ich die Ärmel und Hosenbeine nach innen umkrempelte. Der Regen prasselte wild auf alles, was sich in seiner Reichweite befand. Wenig einladend, doch für mich das perfekte Wetter, es gab mir Anlass, mein Gesicht tief unter der Kapuze des Gardemantels zu verstecken.

Ich verließ den Hintereingang und ging aufs Tor zu, wo sich ein Großteil der dortigen Wachen um das Fuhrwerk eines Mannes drängten. Der Mann selbst, der geflickten Kleidung nach ein Bronzener, starrte wütend auf die Soldaten, die seinen Wagen überprüften. Es schepperte, als sie achtlos mehrere Spaten auf den gepflasterten Boden schmissen. Der Bronzene fuhr zusammen, begann lautstark mit rauer Stimme zu protestieren, doch die Männer gingen über die Forderungen hinweg, schleuderten unter dem Lachen der umstehenden Wachen, die nächsten Gerätschaften noch achtloser auf den Boden. Ich hatte Mitleid mit dem Mann, der mir flüchtig bekannt schien. Doch gleichzeitig war er meine Rettung, er sorgte für Ablenkung.

Jetzt oder nie. Mein Herz war zu schnell, mein Brustkorb zu klein, es kam mir vor, als stieß es mit jedem seiner Trommelschläge gegen meine Rippen. Ich ging los, geradewegs aufs Tor zu. Zehn Meter ... fünf, ich war so nah, dass ich schon einen Blick auf die Welt hinter der Mauer erhaschen konnte. Weiteres Scheppern neben mir erklang, als ich den Wagen passierte, aber ich sah nicht hin. Niemand sollte auf mich aufmerksam werden, sonst würden sie sich wohl darüber wundern, weshalb jemand, der der Präsidentengarde angehörte, dermaßen schmächtig war. Ich wartete förmlich darauf, dass mich die Soldaten am Tor aufhielten, sich Hände in mich krallten und andere die Kapuze hinunterzogen. Meine Schritte waren ähnlich schnell wie mein Herzschlag, als ich durch das Tor ging, vorbei an den beiden Soldaten, die dort Stellung bezogen hatten.

»Hey du, warte!« Eine laute Stimme drang über weiteres Scheppern hinweg und ließ mich augenblicklich stoppen. *Sie hatten mich entdeckt.* Stocksteif stand ich da, während mein Herz weiter durch meinen Brustkorb hastete.

»Werd nicht zu nass!«, grölte es hinter mir und das Lachen weiterer Stimmen mischte sich hinein. Es dauerte einen langen Moment, bis ich begriff, dass ich nicht aufgeflogen war.

Mit steifen Schritten ging ich weiter, doch es brauchte einige Meter, um die Anspannung, die sich in mir breitgemacht hatte, langsam abzuschütteln.

Die umliegenden Wege kannte ich gut genug, um mich problemlos zu orientieren. Erst als ich in den silbernen Ring kam, drängte ich mich an einen der beleuchteten Hauseingänge, um einen Blick auf die Karte zu werfen. Im Palast hatte ich versucht, mir den Weg einzuprägen, dafür aber nur ein paar Minuten Zeit gehabt. Zeit hatte ich auch jetzt nicht, doch wenn ich mich verlief, dann war alles umsonst gewesen. Schnell überprüfte ich meine Position, schlug den direkten Weg ins Schmugglerviertel ein. Ich schnappte mir die erste dieser selbstgebauten Laternen, die ich im bronzenen Viertel fand. Schlechtes Gewissen flackerte in mir auf, aber ohne Licht würde ich mich wahrscheinlich erneut verlaufen. Es fühlte sich nicht an, als hätte ich eine Wahl.

Die Enden meiner Hose hatten sich längst mit dem Wasser der Pfützen vollgesogen. Die Schuhe waren ähnlich zu groß wie die Hose, sie saßen so locker, dass mir auf den unbefestigten Wegen im bronzenen Viertel zweimal einer davon im Schlamm stecken blieb. Zumindest hatte ich in dieser Verkleidung nichts zu befürchten. Ich sah aus, wie ein Soldat auf Patrouille, die wohl beste Verkleidung, die es gab, wenn man nachts durchs Reich lief.

Arjan hatte mir erzählt, er wolle warten, bis alle schliefen, um zeitgleich überall zuzuschlagen. Ein Überraschungsangriff.

Hin und wieder streifte mich der Gedanke, dass dieser Ausbruch Wahnsinn war. Vielleicht gab es eine Erklärung für den Kamm in Zaynes Manteltasche. Selbst wenn nicht, er könnte völlig woanders sein. Vielleicht war er damals nur zufällig im Schmugglerviertel unterwegs gewesen? Wenn Arjan herausfand, was ich heute Nacht trieb, würde er mich die nächsten Jahre in seinen Gemächern einsperren und das Auswahlgerät unerreichbar für mich werden.

Aber Zayne könnte im Schmugglerviertel sein …, flüsterte es dann in meinem Kopf und die Möglichkeit reichte aus, um mich weiterhasten zu lassen.

Meine Muskeln brannten und meine Zähne klapperten vor Kälte, als ich endlich das Schmugglerviertel erreichte. Es kam mir vor, als wäre ich ewig gelaufen, dabei hatte ich den schnellsten Weg genommen, mich auch durchs Gestrüpp gekämpft, als es nötig geworden war. Jetzt lag es vor mir, das Gebiet, in dem ich auf Zayne getroffen war. Die provisorischen Laternen flackerten so unstet, als ahnten sie, welches Unheil sich anbahnte.

Der Anblick ließ mich die Müdigkeit in meinen Knochen vergessen, ich preschte weiter. Die ersten Unterschlupfe tauchten vor mir auf, verlassen und zerfetzt. Zerbrochene Fensterscheiben, deren gläserne Überreste wie makabre Zähne im gedämpften Licht leuchteten. Wände in denen kopfgroße Löcher prangten, steinerne Haufen, wo einst Gebäude gestanden hatten und ein gewaltiger Baum mit einem eingeritzten Kreuz. Nichts hier wirkte einladend. Der gleiche unheilvolle Ort, wie letzten Monat, nur fand sich nun keine Angst in mir.

Was jetzt? Ich war so versessen darauf gewesen, hierhin zu gelangen, dass ich nicht darüber nachgedacht hatte, wie ich zu Zayne finden sollte. Ich stoppte vor einer der Hütten, aus der verhaltenes Licht drang. Konnte ich es wagen, dort zu klopfen, oder würde mich das in größere Schwierigkeiten bringen?

Die Frage erübrigte sich. Etwas Kaltes presste sich mir an den Hals. Mit der Kälte in meinem Inneren konnte die Klinge nicht mithalten.

»Warum schnüffelst du hier herum?« Eine ähnliche Frage, wie die, die Zayne mir damals gestellt hatte, wenn auch mit rüderen Worten. Nur diesmal war die Stimme weiblich. »Dreh dich um.« Die Angreiferin lockerte die Klinge gerade weit genug, damit ich ihrer Forderung nachkam. Mir blieb keine andere Wahl, ich konnte nur hoffen, dass sie den Film von Arjans Ernennung nicht gesehen hatte, sonst würde sie mein Gesicht erkennen. Notgedrungen kam ich ihrem Befehl nach, musterte, sie. Wie konnte mein Angreifer eine Frau sein, noch dazu eine, die Hosen trug?

»Eine Soldatin?« Ihre hellen Augen weiteten sich fassungslos. Wenig verwunderlich, schließlich gab es keine Soldatinnen. Allein der Gedanke hätte bei Arjan stundenlang für Erheiterung gesorgt. Das war nicht der Platz, den uns das System zugestand und doch standen wir beide hier. Ihr weißblondes Haar war im Nacken zusammengebunden. Sie trug die Kleidung der bronzenen Männer, Erdtöne, einfach gehalten. Das war zutiefst sonderbar. Ich hatte nie zuvor eine Frau in Hosen zu Gesicht bekommen und diese hatte noch dazu ein Messer, mit dem sie mich unverhohlen bedrohte. Zumindest schien sie keine Ahnung zu haben, wem sie gegenüberstand, denn ihr Messer blieb, wo es war, genau wie das Misstrauen in ihren Augen.

»Sag schon, was du hier willst.«

»Ich suche nach Zayne.«

Diese wenigen Wörter ließen ihre Augen kleiner und die Züge um ihren Mund härter werden. Zuvor hatte sie meine Anwesenheit hier nicht gebilligt, jetzt schlug mir offene Feindseligkeit entgegen.

»Weshalb suchst du nach ihm?«

»Er ist ein Freund.« Ich bemühte mich um Gelassenheit, was mir angesichts der Klinge am Hals nicht leichtfiel. Es war wichtig, sie zu überzeugen, ich konnte es mir nicht leisten, viel Zeit mit Überredung zu vergeuden. »Es ist dringend.«

»Ich kenne alle seine Freunde und du gehörst definitiv nicht dazu. Wer schickt dich? Rede oder ich bringe dich um und beende diesen Unsinn hier.«

Dem skrupellosen Ausdruck in ihrem Gesicht nach zu urteilen, schien ihr diese Alternative am besten zu gefallen. Ich zweifelte keinen Augenblick daran, dass sie in der Lage wäre, mich hier und jetzt zu töten. Zayne sollte dringend seinen Umgang überdenken.

»Wenn du das tust, wird Zayne dich hassen.«

Ein entgeisterter Blick fuhr mein Gesicht entlang, um sich im Anschluss zu verhärten. »Folg mir.«

Ein harsches Einverständnis, mich zu ihm zu bringen. Wer war sie? Im Lichtstrahl meiner Lampe war genug von ihr zu sehen, als dass ich mir vormachen könnte, dass sie seine Schwester war. Die Fremde senkte unterdessen ihr Messer, während ihre andere Hand meinen Arm packte, um mich mit sich zu ziehen. Ich riss mich los, wollte nicht, dass sie mich berührte. In ihren Augen blitzte es auf und ich erwartete, dass sie erneut nach mir griff, stattdessen hoben sich die hellen Augenbrauen spöttisch. Was immer sie dachte, sie ließ es mich nicht wissen.

Wir schwiegen uns an, während sie mich zwischen den Hütten herführte. Es war spät, die Lichter im Inneren waren hier bereits erloschen, nur die provisorischen Laternen flackerten weiter und verstärkten damit meine eigene Unruhe.

Endlich steuerte sie auf eine alleinstehende Hütte zu. Sie stoppte mich abrupt, als ich auf die Tür zuging und nahm mir die Lampe aus der Hand. »Warte hier.«

Ich gab nach. Diskussionen mit ihr hätten noch mehr Zeit gekostet. Ihr Klopfen zerriss die Stille der Nacht. Die Tür wurde so schnell geöffnet, als hätte jemand bereits gewartet.

»Schick mir Zayne raus.« Ihre Stimme war hart. Ich hatte mich nicht getäuscht, mein Auftauchen löste etwas in ihr aus. Sie schien wütend auf mich und ihn zu sein. Welches Recht hatte sie, wütend auf ihn zu sein?

Abrupt schloss sich die Tür und ging keine Minute später wieder auf. Jetzt drang Licht aus dem Inneren hervor und beleuchtete Zayne, der sich an den Türrahmen lehnte.

»Du kommst spät.« Er strich sich mit der Hand durchs Haar, das daraufhin abstand. Normalerweise mochte ich das. Heute nicht. Er hatte auf sie gewartet. Meine Zähne pressten sich aufeinander, so fest, dass es schmerzte. Nichts an Zayne wirkte, als hätten ihn die letzten Stunden aus dem Konzept gebracht. Ich hatte ihn aus meinem Leben geschmissen und er tröstete sich, indem er auf eine andere Frau wartete?

»Was ist los, warum stehen wir in der Dunkelheit herum? Lass uns reingehen.«

Die Fremde war schnell, legte ihre Hand um seine, bevor er sich abwenden konnte. Eine Geste so vertraut, dass dieses Zerren in meinem Bauch explodierte wie eine Blase und beißende Flüssigkeit meinen Körper durchzog.

»Vorher habe ich eine Frage an dich«, sagte sie.

Zayne lächelte. Ein Lächeln, das ich nicht kannte. Wie sich zeigte, kannte ich einiges an ihm weniger gut als gedacht.

»Dann stell sie mir, bevor uns Schwimmhäute wachsen.« Wie zum Beweis hob er ihre ineinanderliegenden Hände, machte dabei keinen Versuch, sie voneinander zu lösen.

»Seit wann hast du Geheimnisse vor mir?« Ihr freier Arm legte sich um ihn, genau, wie es Arjan mit mir in all den Jahren getan hatte. Sie markierte ihr Territorium. Eine weitere Welle dieser ätzenden Flüssigkeit kroch mir den Hals hinauf.

»Ich habe keine Ahnung, wovon du sprichst und ich bin nicht in Stimmung für Ratespiele.«

»Gut.« Sie ging auf mich zu und die Lampe in ihrer Hand beleuchtete mich mit jedem weiteren Schritt, den sie näherkam. »Erklär mir das hier.« Ihre Stimme war nicht länger lockend, nicht mehr spielerisch, die Wut war zurück.

Erst hatte Zayne verwirrt die Augen zusammengekniffen, um in der Schwärze etwas wahrzunehmen, doch je näher die Fremde mir gekommen war, desto entgeisterter weiteten sich seine Augen.

»Wer ist sie?«, fragte die Frau und kam neben mir zum Stehen.

Zayne setzte sich in Bewegung und er war schnell, wenige Sekunden reichten ihm aus, um an meiner Seite zu erscheinen. Die Frage seiner Bekannten ignorierte er komplett. »Was zum Teufel willst du hier?«, zischte er mir stattdessen zu.

Darüber würde ich nicht mit ihm reden, solange mich diese Fremde begutachtete, als wäre ich eine Kakerlake, die sie mit dem Stiefel zerquetschen wollte. Zum zweiten Mal heute riss ich meinen Haarkamm aus seiner Manteltasche. Ein Aufleuchten der Erkenntnis flackerte in seinem Gesicht, ein weiterer Beweis.

»Er ist unterwegs«, sagte ich leise. »Die Hütten werden durchsucht und jeder der mit Diebesgut handelt, wird hängen.«

»Wer ist sie, Zayne?«, mischte sich die Frau ein und versenkte ihre Blicke wie Klingen in mir.

»Das wüsstest du, wenn du dir die Filme aus dem Palast anschauen würdest«, schnaubte er vorwurfsvoll. »Das ist Liah. *Die Liah.* Ich bringe sie zurück.« Er drehte sich um, wollte in Richtung der Hütte, aber sie griff seinen Arm und hielt ihn auf.

»Findest du nicht, dass wir reden sollten?«

»Nicht jetzt. Wenn der Präsident sie hier findet, sind wir alle tot. Schlag Alarm, Soldaten werden heute Nacht einfallen.«

Ich erwartete, dass sie erneut protestierte, doch sie ließ ihn los und er verschwand in der Hütte. Sie bedachte mich mit einem letzten Blick voller Feindseligkeit, dann hastete sie ebenfalls in die Hütte und ich blieb zurück. Durchnässt und verwirrt.

Keine Minute später war Zayne zurück, nur jetzt trug er Mantel und Stiefel, hielt meine gestohlene Laterne in der Hand.

»Komm mit.« Ohne auf mich zu warten, schlug er eine Richtung ein. Es gab Gründe ihm zu folgen, aber mehr Gründe, es nicht zu tun. Er hatte mich bestohlen.

»Liah!« Nun drehte sich Zayne doch zu mir um. »Komm endlich.« Ich gab nach, schon allein, weil ich keine Ahnung hatte, wo genau mich die Fremde hingeführt hatte. Jetzt gerade würde mir selbst meine Karte nicht helfen.

Ein durchdringender, hoher Laut hinter uns ließ mich zusammenfahren. Was war das? Ich wollte Zayne fragen, doch der erhöhte das Tempo und im Matsch war es für mich schwer genug, es zu halten. Fast hatte ich ihn erreicht, da erklangen neue Töne, diesmal aus verschiedenen Richtungen. Das musste der Alarm sein. Jetzt erkannte ich das Geräusch. Pfeifen. In Windeseile konnten sie so die ganze Siedlung warnen. In meinem Nacken kribbelte es, während Zayne und ich die Lichter hinter uns ließen und die Dunkelheit anpeilten. Ich riskierte einen Blick zurück, die Umrisse der schiefen Hütten wirkten wie Gespenster.

Zumindest der Regen hatte sich zurückgezogen.

Erst als wir ein Gebiet erreichten, auf dem die Bäume so eng standen, dass wir unaufhörlich Stämmen ausweichen mussten, wurde der Boden wieder härter. Die Umrisse von wilden Hecken und Gebüschen tauchte vor uns auf und Zayne riss seine Lampe hinunter, verbarg sie unter seinem Mantel.

»Warte. Hörst du das?«

Bevor ich dazu kam, zu verneinen, vernahm ich ein rhythmisches Pochen. *Sie waren hier*. Mein Magen knotete sich zusammen.

»Ein Stück unter uns liegt ein Weg, den müssen wir überqueren, dahinter beginnt ein Waldstück, das uns Deckung gibt.

Wir müssen warten, bis sie an uns vorbei sind.« Da fand sich nicht die geringste Spur von Aufregung in seiner Stimme. Sein Arm war ein Schatten, der hochfuhr und für einen Moment Kälte an meinen Fingern vorbeistreichen ließ. *Hatte er seine Pistole gezogen?* Ich wünschte, ich hätte auch eine Waffe.

»Runter.«

Diesmal zögerte ich keine Sekunde, warf mich auf den Boden. Das Trampeln von Dutzenden schwerer Stiefel kam näher. Ich duckte mich tiefer hinter die Büsche, verbarg mich ausgerechnet vor den Soldaten, die mich schützen sollten und überlegte, Waffen gegen sie einzusetzen. Selbst für meine Verhältnisse war ich heute komplett von der Rolle, als hätte mich jemand auf links gekehrt. Das hatte ich diesem Dieb neben mir zu verdanken.

Das Warten war das Schlimmste. Schmatzende Schritte, die an uns vorbeizogen. Mein Atem, der mir in den Ohren dröhnte und die Bilder, die mir Zayne in den Kopf gesetzt hatte. Würde Arjan die Siedlung auslöschen, wenn er mich im Schmugglerviertel fand? *Irgendwo hier vor mir musste er sein, nur wenige Meter entfernt.* Der Modergeruch des Bodens grub sich tief in mein Innerstes. Von nun an würde ich ihn für immer mit Angst verbinden.

Plötzlich zerriss ein Knall die Nacht und mein Herz flog in blinder Panik umher. War das Geräusch nicht hinter uns gewesen? Konnten die Soldaten schon in der Siedlung sein? Oder war jemand aus dem Viertel so töricht, auf sie zu schießen?

Rufe ertönten vor uns. Das gemächliche Trampeln ging über in ein endloses, lautes. Sie rannten. Ein weiterer Schuss knallte. Ein Schrei ließ mir das Blut stocken. Meine Finger tasteten sich seitwärts, suchten nach Zayne. Sein Körper war steif wie ein Brett, aber die Wärme, die er ausstrahlte, war beruhigend.

Kaum hatte sich das Geräusch ansatzweise entfernt, wollte ich mich hochdrücken. Die Vorstellung, dass Soldaten hinter uns auftauchen konnten, war zu beängstigend, doch Zaynes Hand packte meinen Arm, presste mich zurück auf den Boden.

»Warte«, hauchte er. Hinter uns brannten weitere Geräusche auf. Sie erinnerten mich an den Aufstand auf dem Markt. Schreie, das Knallen von Schüssen. Ich war so voller Anspannung, dass es ein Wunder war, dass mein Körper nicht in tausend Teile zersplitterte. Ich hatte schon das ein oder andere Waghalsige getan, doch das hier übertraf alles.

»Jetzt.«

Das Wort war wie eine Erlösung. Sofort preschte ich hoch und rannte durch die Büsche. Dichtes Geäst stand mir entgegen. Beim Versuch, es zu durchdringen, krallten sich Dornen und spitze Äste in den Mantelstoff. Einige davon erwischten meinen Handrücken. Das Gestrüpp hatte dennoch keine Chance. Ich hechtete hindurch, rutschte eine Böschung hinunter und knallte auf dem Boden auf. Zayne erschien, die Lampe nicht länger unter seinem Mantel versteckt, beleuchtete den Weg.

»Los.« Er reichte mir seine Hand und ich griff danach, ohne darüber nachzudenken, ließ mich von ihm hoch- und mitziehen. Wir rannten über den leeren Pfad in das Waldstück, das sich dahinter auftat. Was dort lauerte, konnte nicht schlimmer sein als das hinter uns.

Zayne ließ mich los, um die Lampe wieder ein Stück unter seinen offenen Mantel zu schieben, sodass ihr Licht gerade ausreichte, um uns einen Weg zu suchen.

»Da!« Hinter uns ertönte der Ruf eines Mannes. Meinte er uns? Zayne schnürte den Mantel enger und machte aus dem Licht so ein spärliches Schimmern. Nicht ausreichend. Es würde uns trotzdem in der Schwärze verraten. Ich blickte zurück, fand Lichter, die sich in der Nacht wie Glühwürmchen bewegten. *Sie suchten uns.*

»Rühr dich nicht.« Zayne schob mich an die Rinde des nächsten Baumes, versteckte mich vor den suchenden Lichtern. Er selbst baute sich vor mir auf, so eng, dass vor kurzem noch Hitze durch meinen Körper gezogen wäre. Jetzt fror ich.

»Ich lasse nicht zu, dass sie dich kriegen.« Wieder war da nicht ein Hauch von Angst in seiner Stimme. Es war eine Feststellung. »Bleib hier, bis sie abgezogen sind, dann folge dem Pfad zurück.« Der Stoff seines Mantels raschelte. Griff er etwa wieder seine Waffe? Er wollte sie ablenken? War das sein Plan? Das konnte er vergessen. Meine Hände krallten sich um seinen Arm.

»Was soll das?«, zischte er.

»Ich sorge dafür, dass du nicht erschossen wirst.«

Zayne wollte nach hinten treten, doch ich ließ ihn nicht.

»Sie kommen hierher«, flüsterte er.

»Schmeiß die Lampe weg.« Das Licht schimmerte unter Zaynes Mantel hervor, zwar nur verhalten, doch ausreichend, um uns zu verraten. Zayne gab ein Knurren von sich, Einwilligung klang anders.

»Wenn du losziehst, dann folge ich dir.«

Die Drohung half, Zaynes Widerstand erstarb und ich gab seinen Arm frei. Stimmen kamen näher und Licht schoss an uns vorbei, beleuchtete Bäume vor uns. Ohne darüber nachzudenken, sank ich auf die Knie. Rasch suchte ich den Boden ab, sammelte eine Handvoll Tannenzapfen zusammen. Mehr fand sich hier nicht. Meine Beute schmiss ich soweit ich konnte. Sie raschelten weit seitlich von uns. Eine männliche Stimme rief die anderen zu sich und sofort schwenkte der Lichtstrahl um, weg von uns. Ein Stöhnen entwischte mir, während ich aufstand. Aber in Sicherheit waren wir noch nicht.

»Wir müssen hier weg.« Zayne fasste meine Gedanken in knappe Worte. Ein winziger Lichtschimmer und dann ließ er die Lampe endlich erlöschen. Lautlos stellte er sie zu unseren Füßen ab. Seine Hände legten sich fragend an meine. Vor nicht einer Minute war ich versucht gewesen, ihm den Hals umzudrehen, seit Tagen wich ich seinen Berührungen aus und dennoch griff ich jetzt nach seiner Hand, ohne überhaupt noch überlegen zu müssen.

Wir setzten uns erneut in Bewegung, zögerlicher. Jedes Geräusch konnte die Verfolger wieder auf unsere Spur bringen, doch stehenbleiben war keine Option. Selbst das leise Knirschen unter meinen Schuhen ließ mich zusammenfahren. Zayne neben mir war geschickter. Lautlos schlich er voran. Die Anzahl der Bäume um uns nahm ab, dafür wurde der Boden wieder schlammiger. Die übergroßen Schuhe blieben darin alle paar Meter stecken. Das kostete uns wertvolle Zeit. Ohne mich wäre Zayne schneller in Sicherheit.

»Renn vor.«

»Vergiss es. Ich gehe nicht ohne dich.« Zum ersten Mal flackerte da etwas in seiner Stimme mit. Seine Gelassenheit hatte Risse bekommen. Dafür wurde sein Griff fester. Befürchtete er, ich könnte abdrehen und den Soldaten entgegengehen? »Ich gehe nicht ohne dich«, wiederholte er, sein Kinn senkte sich auf meinen Kopf. Sie war zurück, diese Wärme, die durch mich wirbelte wie eine Böe. Nichts hatte sich in mir verändert. Die Erkenntnis hätte mich erleichtert, wenn da für den Moment nicht drängendere Probleme gewesen wären. Ich fuhr nach hinten, fort von ihm. Zayne begriff sofort. Er gab mich frei, blieb aber wie ein Schatten an meiner Seite.

»Dort oben«, flüsterte er nur Minuten später. Meine Augen suchten die Schwärze ab und fanden ein Licht, weit über unseren Köpfen. Seit wir die Siedlung hinter uns gelassen hatten, hatte ich weder Hütten mit Licht darin gesehen noch improvisierte Laternen. Was war das hier?

Zayne lief geradewegs darauf zu und ich folgte ihm. Je näher wir der Lichtquelle kamen, desto besser beleuchtet war die Gegend. Unruhe durchzog meinen Magen bei der Vorstellung, dass wir uns aus der Dunkelheit schälten. Ich vertraute Zayne, aber es war erst Minuten her, dass mich seine Furchtlosigkeit verängstigt hatte.

Ein schmaler Turm ragte vor uns auf. Er war höher als alles, was ich bisher gesehen hatte. *Türme, die so hochragten, dass sie die Wolken kitzelten.* Das musste einer dieser Türme sein, den die alte Köchin gemeint hatte.

»Hoch mit dir«, sagte Zayne und riss mich unsanft aus meinen Erinnerungen. Er deutete auf Sprossen, die nach oben führten. Schwindelerregend hoch.

Ein Laut presste sich durch meine Lippen hindurch. Pure Entgeisterung. Hatte ich bis gerade gedacht, die Nacht könnte nicht schlimmer werden, strafte sie mich nun Lügen. Protest gab es dennoch keinen von mir, denn so ausgeleuchtet, wie wir hier standen, bildeten wir fantastische Zielscheiben für jeden Verfolger. Es blieb keine Zeit zu zögern. Ich hastete zu den morsch wirkenden Sprossen. Dieser Turm schien älter zu sein als wir und meine Eltern zusammen. Ich umfasste eine der Stangen auf Kopfhöhe mit beiden Händen und stellte prüfend ein Bein auf die unterste, dann das andere. Sie hielt, genau wie die Nächste, das ließ mich mutiger werden. Zayne schloss sich mir rasch an.

Je höher ich stieg, desto mehr Überwindung kostete es mich. Die Höhe war das eine, die absolute Auslieferung eine andere – hier runter gab es nur einen Weg. Sollten die Soldaten uns finden, waren wir verloren. Hinunterschauen war keine Option, denn der Regen hatte die Sprossen rutschig werden lassen. Ich brauchte meine gesamte Konzentration, um weiter zu steigen. Dennoch pochte der Gedanke, dass wir jeden Augenblick von Kugeln durchlöchert werden konnten, immerzu in meinem Hinterkopf. Das Licht lieferte uns gnadenlos aus. Was hatte Zayne sich nur dabei gedacht? Und ich mir, diesen Wahnsinn mitzumachen?

Keine zehn Meter mehr, dann hatten wir es geschafft. Still kreisten meine Gedanken um die Soldaten, die Höhe, Zayne unter mir – da rutschte mein rechter Schuh vom Fuß und fiel wie ein Stein in die Tiefe.

Zayne!

Ich kam nicht mehr dazu, ihn noch zu warnen. Mein Herz krallte sich zusammen, da ertönte unter mir auch schon ein Schnauben.

»Sag Bescheid, bevor du den zweiten Schuh nach mir wirfst. Ich würde mich vorher gern von dir verabschieden.«

Nur Zayne konnte sich darüber amüsieren, wenn er in zwanzig Metern Höhe einen Schuh von mir an den Kopf geschleudert bekam. Wieso hatte ich so viel mehr Angst um ihn als er selbst? Das war nicht gesund, für keinen von uns.

Ich kämpfte mich weiter, trotz meiner brennenden Arme und der zitternden Knie. Mit jeder Sprosse schien mein Körper an Gewicht zuzunehmen.

Kaum hatte ich die Plattform erreicht, sank ich dort auf dem Rücken liegend zusammen. Das Licht über mir war taghell und biss mir in den Augen, doch für den Moment konnte ich mich nicht einmal dazu aufraffen, mich davon wegzudrehen. Seit Jahren hatte ich meinen Körper nicht mehr so beansprucht, wie in den letzten Stunden und die Anstrengung forderte jetzt ihren Tribut.

Das wenige, das ich von hier aus wahrnahm, war die Metallbrüstung, die die kreisrunde, verwitterte Plattform umfasste.

Zayne erschien über mir, bedachte mich mit einem prüfenden Blick. »Alles in Ordnung?«

In mein Keuchen mischte sich ein Schnauben. Ich war vor Arjan und seinen Männern geflohen, befand mich mitten im Nirgendwo und das Nirgendwo war zu allem Überfluss schwindelerregend hoch. Außerdem war da dieser Dieb vor mir, den ich gleichzeitig schlagen und küssen wollte. Nein, nichts war in Ordnung.

»Warum?« Dieses eine Wort presste sich zwischen einem Keuchen hervor. Ich hatte Zayne vertraut und er hatte mich hintergangen. Zu mehr als diesem Wort sah ich mich gerade nicht imstande, aber er verstand mich auch so.

»Ausgleichende Gerechtigkeit«, sagte er leise und sein Blick fuhr an mir vorbei. Das war keine Erklärung und von einer Entschuldigung weit entfernt. Ich setzte mich auf, griff nach seinem Ärmel und zwang so seinen Blick zurück. Der Ausdruck darin war ungewöhnlich hart.

»Es war nicht für mich«, schleuderte er mir entgegen. »Du weißt nicht wie es da draußen ist, Liah. Dein ganzes Leben hast du in einem goldenen Kokon gesessen. Aber da sind Leute, die nicht wissen, wie sie durch den nächsten Winter kommen, während er dich mit Schmuck behängt, der dir gleichgültig ist.«

»Also dachtest du, du bestiehlst mich?«

»Ich habe nicht dich bestohlen, sondern ihn. Hast du etwa ein Teil davon vermisst?«

»Meinen Libellenkamm.« Sein Hohn sackte in sich zusammen. »Brenda hat ihn mir geschenkt, vor Jahren, als Zeichen unserer Freundschaft. Er ist das Einzige, das mir etwas bedeutet und du hast entschieden, dass ich ihn nicht mehr brauche. Verachte mich von mir aus, aber das gibt dir nicht das Recht, zu entscheiden, was von meinem Leben entbehrlich ist.«

Die Härte in seinem Gesicht löste sich auf. »Du denkst, ich verachte dich?«

Wie sollte er das nicht? Die meiste Zeit verachtete ich mich selbst.

»Das wäre einfacher für uns beide.«

Zayne ließ sich neben mich sinken. »Aber das funktioniert nicht.« Sein Zeigefinger legte sich mir an die Wange. »Rede endlich mit mir. Da unten sind irgendwo Soldaten, die mich in ein paar Minuten erschießen könnten. Wäre tragisch, wenn du diese letzte Möglichkeit dann nicht genutzt hättest, oder?« Seine Mundwinkel zuckten einladend hoch, doch für Scherze war es mir zu früh. Mein Herzschlag suchte noch immer nach seinem gewohnten Takt.

Zaynes Lächeln erstarb und sein Blick wurde so durchdringend, dass ich das Gefühl hatte, er sah geradewegs in mich hinein.

»Du hast nicht unterschrieben, das weiß ich, seit du vor meiner Tür aufgetaucht bist.«

Es gab nichts, was ich entgegensetzen konnte. Mein Kopf war leergefegt, nicht eine einzige vorgeschobene Erklärung fand sich dort. Nach heute Nacht hätte er mir vermutlich ohnehin keine davon durchgehen lassen.

»Der Zeremonienmeister ist tot«, sagte ich.

Die übliche Falte grub sich in Zaynes Stirn. Er begriff noch nicht.

»Meine Unterschrift war für die Bindung nicht erforderlich«, setzte ich hinzu. Ich biss mir auf die Unterlippe, um ihr Zittern zu bändigen. Es mochte hier oben kalt sein, doch dieses Zittern hatte allein Arjan zu verantworten.

»Arjan hat sie gefälscht? Er zwingt dich zu dieser Bindung?« Zaynes Stimme war ein Grollen. Er sah furchteinflößend aus, in seiner Wut. Aber im Gegensatz zu Arjans Zorn machte mir dieser hier keine Angst. Sein Fuß trat gegen die Brüstung, heftig genug, um die Plattform, auf der wir hockten, vibrieren zu lassen. Ihm schien gleichgültig zu sein, dass wir uns weit über dem Boden befanden. Mir nicht.

»Lass das!«

Zayne senkte sein Bein, ersparte mir eine weitere Vibration. Für heute hatte ich jede Art von Aufregung satt.

»Ich sage für dich aus«, flüsterte er.

»Arjan bringt dich vorher um.«

»Soll er es versuchen.« Weitere Blitze zuckten in den grünen Augen umher.

»Selbst wenn du lange genug lebst, um es überall zu verkünden, würde dir niemand glauben. Du bist ein Soldat, ein Silberner, ich bin eine Frau. Unsere Stimmen haben bei Goldenen kein Gewicht. Insbesondere nicht, wenn auf der anderen Seite das Wort des Präsidenten steht.«

»Dann bringe ich dich von ihm weg.«

»Was denkst du, wie weit wir kommen? Ihm gehört das ganze verdammte Reich.«

»Es gibt Gebiete, die ihm nicht gehören.«

»Meinst du die der Systemlosen?«

Er widersprach nicht, bedachte mich nur mit einem langen Blick.

»Das sind Monster.«

»Monster gibt es hier ebenfalls«, sagte er leise und darauf gab es nichts zu erwidern. Eines davon weckte mich jede Nacht.

Der Gedanke daran schnürte mir die Kehle ab, doch auf meinen Kopf war Verlass, er schüttelte sich energisch. Ich war nicht bereit, mich zu anderen Ungeheuern zu flüchten. Es war genug.

»Liah, wir ...«

»Nein.« Hitze kroch meine Wangen entlang. »Du siehst da etwas in mir, was nicht da ist. Ich bin keine Kämpferin. Ich will weder Systemlose, noch Arjan und erst recht keine Kämpfe. Alles was ich möchte, ist meine Ruhe!«

»Ruhe ...« Er zog das Wort in die Länge, als wollte er dessen Geschmack prüfen. »Ruhe ist nicht für jeden von uns vorgesehen.« Seine Worte klangen, als läge da mehr drin, als ich zu fassen bekam.

Zayne musterte mich lange, bevor er das Schweigen zwischen uns aufbrach. »Komme ich in deinen Plänen vor?«

»Wieso denkst du, dass ich Pläne habe?«

»Du bist an einen Wahnsinnigen gebunden. Natürlich hast du welche. Verrat sie mir.«

»Es ist unmöglich, dass Arjan und ich eine so hohe Übereinstimmung haben.« Ich gab nach, jetzt wo Zayne die Wahrheit ohnehin kannte, brauchte es keine weiteren Geheimnisse zwischen uns. »Ich brauche das Auswahlgerät. Mit ihm kann ich das beweisen.«

»Du denkst, er hat die Auswahl manipuliert? Wenn rauskäme, dass der Präsident das System betrogen hat, gäbe es Aufstände.«

»Wird es nicht«, erwiderte ich. »Ich will keine Aufstände, sondern nur meine Ruhe. Mit den Ergebnissen kann ich Arjan dazu zwingen, mich freizugeben. Ich verschwinde mit den Beweisen, verstecke sie an einem sicheren Ort und er wird es nicht wagen, mich wieder einzufangen.«

»Du willst ihn erpressen.« Zaynes Mundwinkel zuckten begeistert hoch. Nicht ein Wort davon, dass ich mich irren könnte, Zayne vertraute meinem Urteil. Das war ermutigend und beängstigend zugleich. Was, wenn ich falschlag?

»Hilfst du mir?«

»Natürlich.« Seine Augen blitzten. »Auf mich achtet dort kein Mensch. Ein paar Tage, dann habe ich das Gerät und du bist frei.« Kein Wort davon, was anschließend geschehen würde. Mit Zayne. Mit uns.

»Wo sind wir eigentlich hier?«, fragte ich, um die schweren Gedanken zu vertreiben.

»Einer der Wachtürme. Hierhinter endet das Reich.«

In der Dunkelheit hinter dem Geländer etwas zu erkennen, war ein hoffnungsloses Unterfangen. »Warum ist er nicht mehr besetzt?«

»Die Gefahr ist gebannt.«

Gebannt? Letzten Monat hatten Systemlose den Palast angegriffen, den Präsidenten ermordet, davor hatten sie einen Aufruhr auf dem Markt ausgelöst. Dennoch war dieser Turm unbesetzt und Arjan gerade dabei, einige Meilen von hier entfernt, mit seinen Truppen eine Siedlung auseinanderzunehmen, weil jemand von ihnen meinen Schmuck versetzte. Die Prioritäten im Reich waren absonderlich.

Zayne stützte sich mit den Händen auf dem Boden ab, die rechte nah an meiner. Eine Einladung? Die Lügen, die ich zwischen uns aufgebaut hatte, waren eingestürzt. Die Nacht hatte meine Ängste vor seinen Berührungen fortgewischt. Zurück blieb nur die Erkenntnis, wie sehr er mir fehlte. Es wäre so leicht, die Finger in seine gleiten zu lassen. So erschreckend leicht. Trotz allem. Gerade noch rechtzeitig bekam ich mich unter Kontrolle, lehnte mich an das Geländer, weg von Zayne. Wir hatten einiges geklärt, nur nicht genug.

»Wer war die Frau vorhin?«, fragte ich.

»Die von gerade?« Zayne grinste und machte keinen Hehl daraus, dass ihm meine Eifersucht gefiel. Ein gutes Zeichen, auch wenn es sich nicht danach anfühlte. Hätte Zayne mir seine Bindung verschwiegen, hätte er jetzt und hier meinen zweiten Schuh gegen den Kopf gedonnert bekommen. Doch da, wo Schuld hätte sitzen sollen, fand sich lässige Überlegenheit.

»Warum interessiert dich das?«

Weil ihr zu vertraut miteinander wart.

Weil du sie nachts in dieser winzigen Hütte erwartest.

Weil du mit ihr in diesem Ton gesprochen hast, den ich nicht kenne.

Von den vielen Gründen entschied ich mich für den am wenigsten peinlichen. »Weil sie mir ein Messer an den Hals gehalten hat.«

Zaynes Lächeln löste sich. »Sie wusste nicht, wer du bist. Fremden gegenüber sind wir vorsichtig.«

Wir. Die Selbstverständlichkeit, mit der er das Wort aussprach, pochte in mir und dann plötzlich war da Wärme an meinen Finger, Zaynes Fingerspitzen.

»Sie ist wie eine Schwester für mich«, raunte er. »Denk nicht darüber nach.«

Erleichterung überflutete das Pochen. Er hatte keine Gefühle für sie. Die Wärme seiner Finger schoss durch mich hindurch. Warum war es mit Zayne manchmal so leicht und dann wieder so kompliziert?

Ich ließ die Augen über die Plattform gleiten. Selbst hier oben hatten sich Pflanzen einen Weg gebahnt, allen voran das Moos, das sich in unten am Rand der Plattform festgesetzt hatte. Die Natur forderte diesen verlassenen Ort für sich ein.

Da fand ich sie: eine Wunschblume, die mitten im Moos hier oben unbeeindruckt der Höhe trotzte. Sie war nicht so groß, wie die, die mir Zayne in der Kutsche überreicht hatte, aber einmal entdeckt unübersehbar. Ich streckte den Arm bis zum Äußersten, erwischte sie gerade, nur um dann festzustellen, dass ihre Blüten bereits dabei waren, zu welken.

»Aus diesem Wunsch wird wohl nichts mehr.«

Zaynes Hand stoppte mich, bevor ich die Blume über das Gerüst werfen konnte.

»Darf ich es versuchen?« Seine Finger strichen meine entlang, nahmen den Stängel hinaus. Ich überließ sie ihm, sie war ohnehin für ihn bestimmt. Meine Wunschblume hatte ich in der Kutsche bekommen, nun bekam er seine von mir an diesem Ort, der den Rest der Welt kleiner wirken ließ.

Zayne holte Luft, pustete und Schirmchen tanzten zwischen uns umher. Ich sah ihnen dabei zu, wie sie sich langsam kreisend Richtung Boden bewegten. Mein verfluchtes Herz hatte Flügel bekommen, die wild umherschlugen.

»Was hast du dir gewünscht?«

Zayne antwortete mit einem dieser Blicke, die mich mitten ins Herz trafen. Die Blume in seiner Hand gab mir Anlass, ihm auszuweichen. Ich nahm sie und stellte fest, dass kein einziges Schirmchen mehr an seinem Platz war. Der Wunsch war hinfort getragen. Er galt.

»Es gibt Wünsche, die behält man für sich.«

Die Flügel in mir schienen ein Meer von Wunschblumen gefunden zu haben, sie flogen darin umher, ließen es überall in mir kribbeln.

»Ich habe meinen mit dir geteilt.«

»Das war deine Entscheidung.«

»Du hast in der Kutsche gesagt, dass du ihn mir verrätst.«

»Liah«, protestierte er. Was immer er noch sagen wollte, ich kam ihm zuvor. Meine Lippen legten sich auf seine, verschlossen sie. Ich mochte mir nicht sicher sein, was er sich wünschte, aber jetzt gerade in diesem Augenblick, wusste ich genau, was ich mir wünschte.

Ein Ruck ging durch Zayne hindurch und dann fanden seine Finger meinen Hinterkopf, zogen ihn näher zu sich.

All die Zweifel in mir waren verstummt und die unsinnigen Regeln verloren ihren Wert.

Das hier war nicht falsch.

Falsch war nur die Welt um uns herum.

»Haben diese Blumen schon immer so gut funktioniert?« Zaynes Lachen wehte über meine Haut hinweg, kaum dass ich mich von ihm löste.

»Das war dein Wunsch?«

»Ich wollte dich nicht drängen.«

Sein Atem strich über mein Gesicht und seine Arme hüllten mich ein, doch eingesperrt fühlte ich mich in ihnen nicht. Nicht bei ihm. Ich fühlte mich geborgen und ich wusste, dass er mich jederzeit freigeben würde. Hier mit ihm zu sitzen, ließ Glück in mir aufleuchten. Für einen wunderbaren Moment hatte Arjan keine Macht über mich.

Kapitel 24

In der Dämmerung des Morgens machten wir uns auf. Die Straßen waren leer. Vorm Palast angekommen, tauschten wir die Mäntel. Ich sah Zayne dabei zu, wie er ein paar Worte an die Soldaten am Tor richtete. Was auch immer er ihnen erzählte, sie schossen wie Pfeile an mir vorbei und Zayne, der zurückblieb, ließ mich anstandslos das Tor passieren.

Ich zerrte die Kapuze des braunen Mantels tiefer ins Gesicht, mischte mich unter die Lieferanten, die im Innenhof des Palastes bereits Waren aus den Kutschen hievten.

»Junge.« Ein Mann riss unwirsch an meinen Arm. »Steh da nicht so dumm rum.« Der Sack, den er mir zuwarf, ließ mich ächzen. Was war darin? Steine? Zumindest bot er mir zusätzlich Deckung.

»Willst du den ganzen Tag hier rumstehen?« Zayne tauchte neben mir auf, sah gereizt zwischen dem Mann und mir hin und her. Besser hätten es die echten Soldaten auch nicht hinbekommen. Kaum kam mir der Gedanke, da flackerte die Erkenntnis in mir auf, dass Zayne ein echter Soldat war. Es fühlte sich nicht mehr danach an. Keine Silbernen, keine Goldenen, keine Gruppen, in die man uns sortierte. Es gab nur uns beide als Einheit. Die letzte Nacht hatte Grenzen aufgelöst und Neue gezogen.

Ich setzte mich in Bewegung. Ob ich ähnlich schwankte, wie es mir vorkam? Ein anderer Dienstbote drängelt sich an mir vorbei hinaus, kaum dass ich die Tür passierte, vielleicht hatte er Angst, dass ich ihm den Sack versehentlich vor die Füße knallte. Mein Schnaufen mischte sich in das Pochen der Schritte in dem Gang.

»Sieht schwer aus, soll ich helfen?« Zaynes Gesicht lugte an meiner Ladung vorbei und mittendrin prangte ein breites Grinsen.

»Geht schon.« Es gab ohnehin keine andere Antwort. Es hätte sonderbar ausgesehen, wenn ein Soldat beim Entladen der Kutschen mithalf. Weitere Menschen zwängten sich an mir und dem Ungetüm an Sack vorbei. Der Weg zur Küche zog sich elendig in die Länge. Musste sie nicht hier irgendwo sein?

»Die Minister sind fertig.« Ein junges Mädchen trat aus einem der Gänge, mich beachtete sie nicht, nur die Frau an ihrer Seite.

»Sorg dafür, dass abgedeckt wird«, erwiderte diese und das Mädchen nickte, drehte sich um.

Minister? Meine Arme zitterten, nur jetzt nicht mehr wegen des Sackes. Arjan würde niemals zulassen, dass die Minister ohne ihn tagten. *Arjan war hier.*

Zayne begriff augenblicklich und riss mir den Sack aus den Armen. »Lauf.« Für den Moment hatten wir größere Probleme als neugierige Dienstboten.

Ich hastete los, ein ohrenbetäubendes Prasseln ertönte hinter mir. Zeit, mich danach umzudrehen, blieb mir nicht. Musste ich auch nicht, noch bevor ich die nächste Abzweigung erreichte, kullerte eine Armee kleiner gelblicher Kugeln, die aussahen wie Erbsen, an mir vorbei. *Das war sicher Zaynes Werk.* Jemand stieß einen spitzen Schrei aus, irgendwo klirrte Geschirr. Während Dienstboten in den Gang stürmten, rannte ich ungesehen an ihnen vorbei.

Mein Herz klopfte mir bis zum Hals. Wenn die Minister fertig waren, galt das auch für Arjan. Wahrscheinlich hatte er seinen ersten Frust, nach dem verunglückten Überraschungsangriff heute Morgen, gerade an seinen Beratern ausgelassen, bis seine Wut abgeflacht war. Wie viel Zeit blieb mir, bis er seine Wohnräume erreichte? Ich musste vor ihm ankommen.

Nur noch zwei Gänge.

Noch einer.

Früher waren Brenda und ich regelmäßig daran erinnert worden, hier nicht über die Flure zu rennen. Ein Jammer. Sie waren lang und hatten einen glatt polierten Boden, sie waren wie gemacht dafür. Zu jeder anderen Zeit hätte ich es genossen, sie endlich entlangzulaufen. Heute nicht. Die Angst schnürte mir die Kehle zu. Ich passierte das Engelsgemälde, ließ ein Dutzend gleicher Türen hinter mir und dann war ich da.

Waren da Schritte auf dem Gang? Mir blieb keine Zeit zu lauschen, stattdessen sprang ich in den Wohnraum und schloss die Tür hinter mir. Barmherzige Stille schlug mir entgegen und ich zerstörte sie, indem ich ins Schlafzimmer hastete und dabei den Mantel von mir zerrte. Der Rest meiner Soldatenkluft und die matschigen Schuhe folgten, so schnell es meine zittrigen Finger hergaben. Ich kämpfte gegen das Ticken der neuen Uhr an. Arjan hatte die alte, die Zayne zerstört hatte, ersetzen lassen, nachdem ich behauptet hatte, sie wäre mir heruntergefallen. Zuvor hatte er mich für meine Ungeschicklichkeit ausreichend getadelt.

Ich sammelte alles an Soldatenkluft zusammen und wickelte es zur Sicherheit in eines meiner Kleider. Die schmutzige, grobe Soldatenkleidung hätte sich wohl auch nie träumen lassen, einmal in Seide verpackt zu werden. Das Bündel stieß ich tief in meinen Schrank. Dafür würde ich später Erklärungen finden, sollte jemand die Kleidung entdecken. Für den Moment galt es, den Augenblick zu überstehen.

Die Tür schlug zu. *Arjan.* Ich schaffte es nicht mehr rechtzeitig ins Bett, mir blieb nur übrig, hier vor dem Schrank zu verharren. Schritte. Das Ticken der Uhr.

»Liah?«, rief Arjan unwirsch.

Ich riss das nächstbeste Kleid vom Bügel, hielt es vor mich, um meine Blöße vor ihm zu verstecken, als sein Kopf auch schon in der geöffneten Tür erschien. Sein Blick verharrte kurz auf mir, fuhr weiter Richtung Bett. Das Bett. Mein Magen zog sich zusammen. Es wies nicht eine Falte auf. Weil ich heute Nacht nicht darin gelegen hatte.

Verflucht.

»Ich konnte vor lauter Sorge nicht schlafen«, brach es eine Spur zu schnell aus mir heraus. »Was hältst du von dem Kleid?« Das Einzige, das mich retten konnte, war oberflächliches Geplapper. Darin war ich geübt. »Heute bin ich so unstet. Das ist schon das zweite Mal, dass ich mich umziehe. Gefällt dir dieses hier besser oder lieber doch etwas Helleres? Was hältst du von Flieder?«

Ich bewarf ihn mit Belanglosigkeiten, damit er vergaß, seine Fragen zu stellen.

»Verschon mich mit diesem Unsinn.« Arjan ließ sich auf das Laken sinken und zerrte seine Stiefel ab. »Du weißt, dass ich an diesen Themen kein Interesse habe.«

Natürlich wusste ich das. Aber seine Verärgerung nahm ich gerne in Kauf, wenn es mir seinen Argwohn vom Leib hielt.

»Du bist früh hier.« Es war schwer, ein begeistertes Lächeln aufzusetzen, doch es half, dass sich Arjans Blick verfinsterte. »Hattest du eine anstrengende Nacht?«

Arjans Augenbrauen zogen sich zu einem Strich zusammen. »Es gab ein Leck. Sie wussten, dass wir kamen und fast alle sind geflüchtet. Es hat sich kaum Diebesgut finden können und davon war nichts aus dem Palast.«

Er zerrte sich sein Jackett von den Schultern und schmiss es achtlos hinter sich aufs Bett. »Wenn ich herausbekomme, wer das war, wird er leiden.« Sein Blick blieb an mir hängen. »Dein Vater hatte die Verantwortung. Ich habe ihn heute verschont, dir zuliebe. Beim nächsten Mal kann ich für nichts garantieren.«

Das war Arjans Art, seine Wut abzubauen. Ich biss die Zähne zusammen, um ihn nicht darauf hinzuweisen, dass er gestern noch damit geprahlt hatte, diese Mission persönlich zu überwachen. Arjans Wut entkam man nicht mit Argumenten, man duckte sich, machte sich so klein wie möglich, um keine Angriffsfläche zu bieten.

»Hast du dazu nichts zu sagen?« Ein herausfordernder Blick traf mich. Arjan wollte, dass ich ihm für seine Güte dankte, Verständnis heuchelte. Eher würde ich mir die Zunge abbeißen.

»Ich sollte mich ankleiden.«

Nicht die Antwort, die er hören wollte, seine Augen wurden dunkler. »Komm her.« Keine Bitte, ein Befehl, und diesen hier hasste ich aus voller Inbrunst. Meine Finger krallten sich in den Seidenstoff des Kleides, das ich an mich presste. Dabei konnte mich dieser lächerliche Stoff ohnehin nicht schützen. Sichtlich gereizt winkte Arjan mir zu. Ich brauche eine Lösung, doch der Weg zu ihm war zu kurz und ich hatte Arjan erreicht, bevor mir eine einfiel.

»Warum sind deine Wangen schmutzig?«, fragte er.

Der Schlamm. Wieder etwas, an das ich nicht gedacht hatte. Arjan erlaubte es mir kaum, in den Garten zu gehen. Wie sollte dabei Schlamm in mein Gesicht kommen?

»Eine neue Gesichtscreme, speziell angemischt. Ich muss beim Waschen etwas übersehen haben.«

Seine blassblauen Augen wurden durchdringender und ließen mein Herz stoppen. Wusste Arjan, dass ich log?

»Deshalb haben wir Dienstboten, damit die Aufgaben zu meiner Zufriedenheit erledigt werden. Mir gefällt die Maske nicht, benutz sie nicht noch einmal.«

»Natürlich. Ich werde sie sofort entfernen lassen.«

»Nicht jetzt.« Arjan riss das Kleid von mir, schmiss es achtlos zur Seite. Statt des Stoffs presste sich nun eine Hand auf meinen Bauch und sie war so kalt, dass ich zusammenfuhr. »Noch immer nichts?«

Sachte schüttelte ich den Kopf, als würde ich bedauern, dass Arjan keine Spuren in mir hinterlassen hatte. Zumindest keine, die man wahrnehmen konnte. Er hatte andere hinterlassen, düstere.

Seine Hände wanderten höher und lösten diese nagende Übelkeit in mir aus, wie sie es immer taten. Eine Mischung aus Angst, Abscheu und Hass.

»Daran werden wir arbeiten.«

Heute würde ich nichts davon überstehen. Ein Klopfen an der Tür rettete mich. Ich fuhr herum, wich seinen Händen aus.

Er knurrte auf, doch das Klopfen schien ihn nicht von seinem Plan abzubringen, seine Arme forderten mich ein. Das konnte er vergessen. Ich tat, als sähe ich sie nicht, wandte mich zur Tür, an die erneut gehämmert wurde. Clay rief nach Arjan, bevor dieser nach mir rufen konnte. Innerlich jubilierte ich, als Arjan tatsächlich aufstand und das Schlafzimmer verließ. Mit etwas Glück würde sich seine Wut jetzt auf Clay richten. Der hatte in seinem Leben schon viel Wut ausgelöst und viel zu wenig davon in Empfang genommen. Das hier geschah ihm nur recht.

Ich schnappte mir das Kleid und zerrte es mir so rasch über den Körper, dass ich zwei Anläufe brauchte.

Gerade hatte ich es geschafft, den Stoff über mich zu ziehen, als Schritte sich näherten. Sie waren nicht energisch wie Arjans. Ich fuhr herum und sah Zayne gerade den Durchgang zum Schlafraum durchschreiten.

»Was hast du gemacht?«, stieß ich hervor.

»Nur meine Arbeit. Schließlich bin ich hier, um dich zu schützen.«

»Sagst du mir, wie du das angestellt hast?«

Zaynes Mundwinkel zuckten verräterisch nach oben. »Es könnte sein, dass die Küche brennt.«

War das ein Scherz? »Du hast die Küche in Brand gesetzt?«

»Sie werden das Feuer schon wieder in den Griff bekommen, aber stell dich heute sicherheitshalber auf kaltes Essen ein.«

Zayne hatte ein Feuer gelegt. Mir schwirrte der Kopf, allein bei der Vorstellung. »Sag mir, dass du nicht vorhast, jedes Mal die Küche anzuzünden, um Arjan von mir fernzuhalten.« Meine Stimme war ähnlich unentschieden, wie ich es war. Sie schwankte zwischen Entsetzen und Belustigung hin und her.

»Natürlich nicht. Das wäre langweilig. Dieser Palast ist unverschämt groß. Ich denke, als Nächstes wird eines der Sitzungszimmer in Flammen aufgehen.« Er ließ mir keine Zeit, meine Entgeisterung in Worte zu fassen. »Willst du mit ihm allein sein?« Zaynes Augen fuhren in Richtung Bett. Ich konnte Arjan nur schwer entkommen, ohne seinen Argwohn zu erregen. Er würde das Bindungsgerät verschwinden lassen, wenn er nur den Hauch einer Ahnung hatte, was in mir vorging.

»Nein.« Ich wollte niemals mehr von Arjan angefasst werden.

Der Ausdruck in Zaynes Gesicht war düster, nur seine Stimme war erstaunlich sanft. »Er wird dich nie wieder anrühren.«

Ich glaubte ihm. Zum ersten Mal, seit ich im Palast angekommen war, fühlte ich mich hier ansatzweise sicher.

Kapitel 25

Zayne hielt sein Versprechen. Jede Nacht geschah etwas Unvorhersehbares. Entweder wurden sonderbare Gestalten im Park gesehen oder ein weiteres Feuer brach aus, einmal fand sich sogar ein gemaltes X auf einer der Türen.

All dies geschah immer kurz nachdem Arjan die Wohnräume betrat und Anstalten machte, sich zu mir zu legen. Seit der ersten Nacht hier hatte mich Arjans Anwesenheit davon abgehalten zu schlafen. Die Angst, dass er mich berührte, hatte mich andauernd aufschrecken lassen, bis er im Morgengrauen aufgestanden war, um in eines seiner Besprechungszimmer zu verschwinden. Jetzt verbrachte Arjan seine Nächte dort. Falls er zwischendurch schlief, wusste ich nicht wo. Es war mir gleichgültig, solange es nicht in meiner Nähe war.

Meine ungestörten Nächte waren die eine Veränderung. Die andere war der Besucher, der sich zu mir hineinschlich, kurz bevor der Palast erwachte. Es waren gestohlene Minuten, die wir auf diese Weise miteinander verbrachten und doch waren sie das Beste am ganzen Tag. Ein paar Worte, die niemand außer uns hörte, bevor wir schon wieder gezwungen waren, uns zu trennen. Jedes Mal flüsterte Zayne mir zum Abschied zu, dass es nur ein paar Tage waren, bis wir den Palast hinter uns lassen würden. Eine Vorstellung, so schön, dass es schwer war, nicht den ganzen Tag zu strahlen. Hin und wieder erwischte ich mich dabei, wie ich lächelte, dann zog ich meine Mundwinkel schnell hinunter, besonders, wenn Arjan bei mir war. Er durfte nichts ahnen.

Jeden Tag gab ich Zayne Räume vor, durchsuchte währenddessen andere. Gefunden hatten wir das Gerät bisher nicht, aber es blieben nicht mehr viele Optionen übrig. Ich wünschte nur, ich hätte mehr Möglichkeiten, unbehelligt den Palast zu durchstreifen. Ständig war jemand in meiner Nähe, wenn nicht die Dienstboten, dann Mutter.

Jeden Nachmittag schlug sie bei mir auf. Ich war nicht so naiv, anzunehmen, dass ich ihr fehlte. Ihr mangelte es an Beschäftigung, jetzt wo sie ihr Ziel erreicht hatte. Wahrscheinlich sollte ich mich darüber freuen, schließlich war sie der einzige Besuch, den Arjan zuließ. Doch seit unserem Gespräch vor einigen Wochen in der Kutsche flackerte andauernd dieser Argwohn in ihren Augen auf, wenn sie Zayne sah. Ich hielt ihn von ihr fern, sorgte dafür, dass er ihr nicht unter die Nase kam, doch eine Woche nach der Nacht auf dem Wachturm, kam Mutter zu früh im Palast an. Sie fand Zayne und mich am Tisch sitzend. Ein harmloses Bild, dennoch verengten sich ihre Augen sofort und ihr Mund wurde spitz.

Zu allem Überfluss sprang Zayne auf, um seinen Kopf vor ihr zu senken. Ein Anblick, der mir die Brust zuschnürte. Er war nicht die Art von Mensch, die im blinden Gehorsam folgte, seinen Respekt musste man sich verdienen und Mutter hatte dies sicher nicht geschafft. Dennoch war er gezwungen, ihr Ehrerbietung zu zollen, weil sie einen goldenen Armreif trug. Es war so falsch und es wurde noch schlimmer.

Statt mich zu begrüßen, steuerte sie den nächsten Stuhl an und ließ sich darauf sinken. »Verschwinde«, sagte sie an Zayne gerichtet und untermalte ihre Forderung mit einer wegscheuchenden

Handbewegung, als sei er ein streunender Hund, den es zu vertreiben galt. So war sie häufig mit unseren Dienstboten umgegangen. Es hatte mir nie gefallen, doch diesmal fraß mich die Scham auf.

Er ging an ihr vorbei und sie rümpfte die Nase, als hätte er einen üblen Geruch hinterlassen. Sein Gesicht war mittlerweile zu einer Maske gefroren und dahinter lag wohl kaum etwas Gutes. Sahen die anderen Dienstboten das Gleiche in mir, wie Zayne in meiner Mutter? Ihre Hand wedelte erneut in Richtung Tür, schneller diesmal.

»Hör damit auf«, sagte ich harsch.

Worte, die meinen Mund nicht hätten verlassen dürfen und doch war es ihnen gelungen. Mutters Kopf schoss herum, die Falten auf ihrem Nasenrücken waren verschwunden, dafür war ihr Blick stechend und fest auf mich gerichtet. Zayne verharrte in seiner Bewegung. Er wusste wohl nicht, ob ich Mutters Befehl zurückgenommen hatte. Hatte ich das? Mir schwirrte der Kopf.

»Wie redest du mit mir?« Mutter beugte sich zu mir vor.

»Hier herrscht ein anderer Ton.« Tat er nicht. Aber was sollte ich schon groß einwenden, schließlich hatte ich mein Leben lang stumm geduldet, wie sie mit unseren Angestellten umsprang. »Geh, ich lasse dich später rufen«, fuhr ich in Zaynes Richtung fort und der nutzte seine Chance. Mit raschen Schritten peilte er die Tür an und ließ sie hinter sich ins Schloss fallen.

»Du warst nie besonders klug.« Mutters Hände landeten auf der Tischplatte, Hände deren Haut jünger wirkte, als sie in Wahrheit war, weil Mutter sie jeden Abend eincremte. Sie legte Wert auf Makellosigkeit in allen Bereichen. Trotzdem hatte ich gehofft, dass Zayne ihrem scharfen Auge entgehen würde. Sie hob die Augenbrauen so hoch, dass ihr Haaransatz drohte, sie zu verschlucken. »Ein Soldat? Einer von Arjans Männern? Hast du den Verstand verloren? Was wenn er das herausfindet?«

»Ich habe Zayne lediglich mitgeteilt, wann ich ihn für meinen Spaziergang brauche. Alles andere entspringt deiner Fantasie.«

Sie lachte auf, als hätte ich einen Scherz gemacht, aber nichts an ihrem Gesicht wirkte auch nur im Ansatz amüsiert. »Ein Bediensteter hat nicht neben dir zu sitzen. Ihr seid nicht gleichgestellt. Er hat dich nicht so anzusehen und du ihn noch viel weniger. Ich wusste, dass er Ärger machen würde, deshalb wollte ich schon nach eurem Ausflug, dass er verschwindet. Leider war dein Vater in Sorge, Arjan damit zu aufzubringen.«

Ihre Worte hätten mich erschrecken sollen, doch etwas anderes traf mich heftiger. Es war der Frust, der in ihren Sätzen mitschwang. Der Gleiche, der mich regelmäßig stach, wenn ich übergangen wurde, weil ich eine Frau war. Bis heute hatte ich angenommen, dass wir keine Gemeinsamkeiten teilten, aber zumindest diesen Frust teilten wir offenbar.

Dieses kurze Aufblitzen von Vertrautheit stampfte Mutter augenblicklich ein. »Damit ist es genug. Du wirst sofort dafür sorgen, dass er den Palast verlässt.«

»Was wenn nicht?«

»Dann werde ich Arjan darum bitten, diesen Mann zu entfernen, weil er dich unangemessen betrachtet.«

Konnte sie das ernst meinen? Mutters Maske war beinahe so gut wie meine, schließlich hatte sie mich darin ausgebildet. Silberne waren für Arjan nichts anderes als Gegenstände, die ihm das Leben erleichterten. Wahrscheinlich war er davon überzeugt, dass es allen Goldenen so ging. Wie er reagieren würde, wenn Mutter ihn darauf aufmerksam machte, dass dieser Silberne an meiner Seite sich nicht wie ein Möbelstück verhielt? Auf diese Frage gab es keine Antwort, die mir gefiel.

»Wir sind nur Freunde.«

»Hast du alles vergessen, was ich dir beigebracht habe?« Ihre Hand knallte auf den Tisch. »Du bist die Partnerin des Präsidenten. Du hast keine Freunde. Jeder, der so tut, als wäre er es, belügt dich. Sie wollen alle ein Stück von deiner Macht. Wie oft müssen wir das noch durchkauen?«

»Weißt du, was ich nicht begreife?« Ich hielt ihrem Blick stand, wollte nicht die kleinste Reaktion verpassen. »Das ausgerechnet du mir Vorhaltungen machst. Wie geht es Mirabelle?«

Mutters Mund öffnete sich, um zu protestieren und blieb doch unentschlossen hängen. Die Farbe war aus ihrem Gesicht entwichen, ließ den rosafarbenen Puder auf ihren Wangen grotesk knallig wirken. *Auch Mutter hatte einen Fehler gemacht.* Sie war nicht entsetzt darüber, dass ich Gefühle hatte, nicht einmal überrascht. Sie hatte nur Angst, dass Arjan davon erfuhr. Und sie hatte erkannt, was zwischen mir und Zayne war. *Weil sie wusste, wie es war, jemanden zu lieben und dieser Mensch war sicher nicht Vater.* Genauso wenig, wie Arjan bei mir. Ich hatte mich oft darüber gewundert, wie viel Zeit Mutter mit der Schneiderin verbrachte und hatte den Grund dafür nicht erkannt. *Weil ich diese Gefühle nicht gekannt hatte.*

Wer hätte gedacht, dass wir heute weitere Gemeinsamkeiten fanden?

»Ich bin nicht dumm«, sagte ich in unsere Stille hinein. »Zayne macht mich glücklich und ich habe mir ein wenig Glück verdient.«

Sie wirkte wie erstarrt, konnte nicht einmal etwas entgegensetzen. Mutter hatte mein Geheimnis herausgefunden, im Gegenzug hatte ich ihres gelüftet. *Es war all die Jahre vor mir gewesen, hatte mich in Stoffe gehüllt und mich ermahnt, gerade zu stehen.*

»Mirabelle kann weiter meine Garderobe ausstaffieren, wie es dir gefällt. Aber falls du irgendjemanden gegenüber ein Wort über Zayne verlierst, sorge ich dafür, dass sie niemals wieder ein Kleid für eine Goldene anfertigt. Wenn er geht, geht Mirabelle mit ihm.«

»Wach auf!«, fuhr sie mich an und warf die Starre ab. »Er will seine Position verbessern.« Ihre Augen waren so weit aufgerissen, dass die bunt geschminkten Lider dahinter verschwanden.

»Ich habe dich nicht um deine Meinung gebeten. Die Zeit, in der du die Entscheidungen für mich getroffen hast, ist vorbei. Mich interessiert, ob wir eine Vereinbarung haben?«

Mutter rang sich ein knappes Nicken ab. Wie lange die Drohung sie zum Schweigen bringen würde? Es fühlte sich an, als ob eine unsichtbare Schlinge meinen Hals langsam festzog. Zayne und ich mussten schneller sein.

An diesem Nachmittag rief ich Zayne nicht zu mir. Das war hart, weil ich so auf den Spaziergang an seiner Seite verzichten musste. Jetzt, wo wir wieder miteinander sprachen, war ein Ausflug in den Palastpark nur eine Ausrede, um Zeit mit ihm zu verbringen. Wenn wir die richtigen Wege nahmen, konnte ich mich mit Zayne stundenlang ungestört unterhalten. Nach dem Gespräch mit Mutter wollte ich vorsichtiger sein. Gab es bereits Getuschel bei den Dienstboten, weil ich Zayne zu oft zu mir rufen ließ? Das konnten wir uns nicht leisten. Es wäre töricht, Arjan so kurz vorm Ziel misstrauisch zu machen.

Zayne schlich am nächsten Morgen früh zu mir, ganz wie erwartet. Er fand mich am geöffneten Schrank, bei der Auswahl des heutigen Kleides.

Ich mochte diese Lässigkeit, mit der er das Schlafzimmer des Präsidenten durchschritt.

»Gibt es eigentlich irgendetwas, das dir Respekt einflößt?«, fragte ich mit einem leisen Lachen. »Das Schlafzimmer des Präsidenten wohl nicht ...«

Ein ertapptes Funkeln glomm in seinen Augen auf. »Deine Kleiderauswahl ist erschreckend.« Nur Zayne gelang das Kunststück, diese Wahrheit nicht wie eine Anklage klingen zu lassen. »Was hältst du davon, wenn ich dir eines raushole und du ziehst es an, bevor du dir weiter den Kopf über diesen Unsinn zerbrichst?«

»Das ist kein Unsinn, es ist eine Wissenschaft«, erwiderte ich und imitierte Mirabelles strengen Ton, doch meine Miene brach ein, weil meine Mundwinkel unbedingt nach oben fahren wollten. »Aber eine Wissenschaft, die ich nicht begreife. Bitte gib mir etwas, bevor ich hier erfriere.«

»Wie soll dich das warmhalten?« Seine Augen strichen missbilligend über den dünnen Morgenmantel. Er griff in meinen Schrank und nahm ein hochgeschlossenes, lilafarbenes Kleid heraus.

»Arjan hasst es.«

»Damit ist es perfekt. Anscheinend bin ich in dieser Fähigkeit ein wahres Naturtalent. Du solltest mich von nun an immer deine Garderobe aussuchen lassen.« Zayne schmiss das Kleid aufs Bett und drehte sich danach wieder zu mir herum. Sein Mund öffnete sich, um etwas zu sagen, da ertönte ein Geräusch aus dem Nebenraum. Es war winzig und presste dennoch alles an Luft aus mir heraus. Die Tür war ohne ein Klopfen ins Schloss gefallen.

Wenn Arjan mich mit Zayne im Schlafzimmer fand, war alles aus. Dafür gab es keine Ausrede, keine Beschwichtigungen, die wir anführen konnten. Es blieben nur Sekunden. Ich zog an Zayne und drückte ihn in Richtung Schrank. Er musste verschwinden.

Er verstand, schlüpfte hinein, während es im Nebenraum klang, als würden Papiere auf den Tisch geknallt werden. Bevor ich dazu kam, die Tür hinter ihm zu schließen, griff der nach meinem Arm und riss mich so heftig zu sich in den Schrank, dass ich beinahe das Gleichgewicht verlor. Mein Körper taumelte gegen seinen, Stoff strich mir über die Schulter und Dunkelheit verschluckte mich.

Instinktiv wollte ich aus dem Schrank heraus, doch das schien Zayne zu ahnen, sein Arm spannte sich um mich wie ein Seil, bevor ich überhaupt nach der Tür hätte tasten können. Er bekam dafür so ziemlich jeden Fluch, den ich kannte, doch sie lautlos über die Lippen zu stoßen, half kaum dabei, die Wut in mir zu bremsen. Ich sollte da draußen sein, um Arjan abzulenken.

Mein Verstand bildete sich ein, Schritte zu hören, vielleicht war es auch nur das Dröhnen des Herzschlages, der in mir widerhallte. Wie versteinert stand ich da, registrierte, wie laut das Geräusch unseres Atems war. Meine Brust presste sich zusammen, schnürte mir die Luftzufuhr ab. Zayne bemerkte es sofort und gab meine Hand frei. Warme Finger strichen mir den Arm hinunter, bis sie auf meine stießen. Die Dunkelheit hier war so dick, dass ich das Gefühl hatte, in ihr verloren zu gehen. Ich gab die Regungslosigkeit auf und verknotete unbeholfen die Hand mit Zaynes. Er erwiderte den Druck, fuhr mit dem Daumen über meinen Handrücken. Eine Beruhigung oder eine stumme Entschuldigung?

Was auch immer es war, es half genug, um mich wieder atmen zu lassen und die Dunkelheit schien nicht mehr ganz so bohrend. Wärme legte sich mir an den Rücken, als Zaynes Brust sich dagegen wölbte. Heißer Atem drang mir über den Hals und das Gewicht seines Kopfes, der auf meiner Schulter erschien, drückte sie nach unten.

»Wir schaffen alles.« Seine Worte waren kaum der Schatten eines Flüsterns und entzündeten dennoch ein Licht tief in mir. Zaynes Gelassenheit färbte auf mich ab. In den Armen des richtigen Menschen war es leicht, keine Angst zu haben, selbst wenn das Grauen wenige Schritte entfernt wartete.

»Was?«

Arjans schroffer Ruf war so laut, dass er durch das massive Holz und das Dickicht an Stoff zu uns drang.

»Hat man hier nie Ruhe?«, rief Arjan, jetzt noch lauter. Zaynes heftige Atemstöße fuhren mir unregelmäßig über den Hals. Es dauerte eine Sekunde, bis ich begriff, dass er leise lachte. Wahrscheinlich über Arjans momentane Gereiztheit, die zu großen Teilen wohl auf Zaynes Überraschungen beruhte. Mein Ellbogen fuhr nach hinten. Nicht heftig, gerade ausreichend, um Zayne wissen zu lassen, dass dieser Schrank nicht groß genug für uns und seine Furchtlosigkeit war.

Zaynes Hand verlor sich, rutschte über meinen Bauch tiefer. Die Berührung ließ mich augenblicklich erstarren. Vielleicht registrierte Zayne, was in mir geschah, denn seine Hand verschwand sofort, die Bilder in mir hatten sich längst in Gang gesetzt. Hände, die meine Handgelenke auf die Matratze pressten und Arjan über mir.

»Liah?« Ein weiteres, kaum hörbares Flüstern, während Zayne seinen Körper von mir löste. Statt seiner Wärme drang Luft an meinen Rücken, sein Arm war fort, nur unsere Finger blieben ineinander liegen, weil ich Zayne stoppte, als er seine hinausziehen wollte. Ich brauchte diesen Halt. Die Schwärze hier wurde zur Komplizin, sie verbarg mein Gesicht vor ihm. Zayne sollte mich nicht so sehen. Der Raum um uns schien noch weiter geschrumpft zu sein, überall ahnte ich die Wände. Ein Knall ertönte gedämpft. Eine Tür, die ins Schloss fiel?

»Ich gehe raus«, raunte ich so leise wie möglich und dennoch kamen mir die Worte ohrenbetäubend laut vor. Zaynes erwarteter Protest blieb aus und die Stille sprach für sich. Meine Finger zitterten, als sie nach der Schranktür tasteten, langsam gegen sie drückten. Ich öffnete sie einen Hauch, horchte auf Geräusche, aber alles war erwartungsvoll still. Ich schob die Tür weiter auf und die Helligkeit ließ mich blinzeln, doch der Raum dahinter war leer, sodass ich den Schrank verließ. Ohne zurückzublicken, schloss ich die Tür hinter mir.

Atmen.

Ich zwang Luft in meine Lungen, während mein Blick auf dem Bett vor mir hängen blieb. Vielleicht sollte ich Zayne bitten, das in Brand zu setzen. Ein weiterer Atemzug und ich riss den Blick fort, schlich auf Zehenspitzen in Richtung der offenen Tür, die in den Salon führte. Mein Herz klopfte schnell, als ich mich vorsichtig näherte, doch Arjan war weg. Alle Vorsicht von mir werfend, hastete ich zurück zum Schrank und öffnete die Tür.

Zayne sprang mir geradezu entgegen. »Alles in Ordnung?« Es klang nicht, als würde er fragen, ob der Weg frei war. Ich zwang mir ein Nicken ab, es gab ohnehin keine andere Antwort.

»Es lag an der Dunkelheit.« Ich ertrug den Gedanken nicht, dass Zayne glaubte, es läge an ihm. Dass Arjan mich in der Dunkelheit weckte, sprach ich nicht aus. Mit etwas Glück würde Zayne denken, ich hatte Angst im Dunkeln. Über die wahren Gründe würde ich nicht reden. Sie blieben fest verschlossen in mir.

Ich wandte mich ab und griff an ihm vorbei eines der Kleider aus dem Schrank, das auf dem Bett hatte Arjan bereits gesehen, mich darin aber nicht und offenbar vermutete er mich in einem anderen Kleid, irgendwo im Palast. Keines dieser Details durfte ich übersehen. Arjan mochte grausam sein, doch er war nicht dumm. Eine gefährliche Kombination. Ich sah in den Spiegel und nahm mir anschließend ein Kleid aus hellblauer Seide, das die Blässe meiner Wangen kaschieren würde.

Ich warf einen Blick zurück und sah, dass Zayne sich von mir abgewandt hatte, damit ich mich ohne seine Blicke umziehen konnte. Der Stoff raschelte, während ich ihn mir über den Kopf stülpte.

»Warum hast du mich mit in den Schrank gezogen?«, fragte ich, um die Stille zwischen uns nicht noch lauter werden zu lassen. »Das war ein unnötiges Risiko.«

Ich riss heftig genug an dem Stoff, dass Mirabelle mir auf die Finger gehauen hätte, wie früher, wenn ich zu grob mit ihren Kreationen umgegangen war.

»Weil ich ihn seit einer Woche von dir fernhalte und du in dem Augenblick nicht mehr anhattest, als diesen dünnen Fetzen«, kam es grimmig von Zayne. »Ich hätte ihn umgebracht und seine Soldaten mich. Die einzig logische Entscheidung war, dich in den Schrank zu ziehen.«

Zayne wusste, dass ich keine Angst vor der Dunkelheit hatte. Die Erkenntnis legte sich schwer auf meine Brust und dennoch flackerte darin dieses winzige Licht in mir, das allein Zayne zu gehören schien. Fünf Schritte, dann war ich bei ihm und schlang die Arme um ihn. Seine Augen weiteten sich, bevor er auch mich umarmte, behutsam, vielleicht für den Fall, dass ich mich entschließen könnte, zu flüchten.

»Du bist großartig.«

»Weil ich damit drohe, den Präsidenten umzubringen?«

»Weil du ihn von mir fernhältst. Das tust du einzig und allein, weil du weißt, wie sehr ich es hasse, wenn er mich anfasst.« Näher würden wir diesem Thema niemals kommen, aber ich wollte, dass Zayne wusste, wie dankbar ich ihm dafür war.

Der Ausdruck in seinen Augen veränderte sich, wurde hasserfüllter, dunkler und allem voran gab er mir recht. Zayne mochte eifersüchtig sein, auf diese angebliche Bindung und auf Arjan, doch es war nicht seine Eifersucht, die ihn dazu trieb, Feuer zu legen. Es war mein Widerwillen.

»Ich kann es nicht erwarten, mit dir von hier wegzugehen«, flüsterte er mir zu. »Es gibt Neuigkeiten. Das Auswahlgerät ist im Arbeitszimmer des alten Präsidenten. Ich habe endlich einen der Dienstboten zum Reden bekommen. Den Schlüssel dazu trägt wohl Arjan bei sich.«

»Das sagst du mir jetzt erst?«

»Vorher war ich beschäftigt.« Zayne strich mit dem Daumen über die Außenseite meiner Hand und die Berührung ließ Wellen durch mich ziehen. Unter seinen Fingern verwandelte sich mein Körper in ein Instrument und brachte mich von innen heraus zum Klingen.

»Ich schnappe mir heute seinen Schlüssel«, sagte Zayne beiläufig.

Das Klingen fiel in sich zusammen. »Nein. Wenn du erwischt wirst, bist du tot.«

»Ich lasse mich nie erwischen.«

»Er hat dich gerade fast erwischt!« Ich deutete mit der Hand in Richtung des Schrankes, dessen Tür noch aufstand wie ein Maul, das sich an der Farbe dahinter überfressen hatte.

»Nur fast.« Seine Augen leuchteten. »Das zählt nicht.«

»Ich werde den Schlüssel besorgen.«

Zaynes hochgezogene Augenbrauen ließen mich das Kinn heben.

»Mich bringt er nicht um.«

Eigentlich wartete ich auf Zaynes Protest. Darauf, dass er mir erklärte, dass ich es nicht konnte, weil ich nicht geschickt oder gerissen genug war. »In Ordnung«, erwiderte er stattdessen und überraschte mich einmal mehr. »Das bekommst du hin.«

Zwar hatte ich keine Ahnung wie, aber das war wohl kaum der Moment, das zuzugeben. Also würde ich Arjans Schlüssel stehlen, in das Arbeitszimmer seines toten Vaters einbrechen und das Auswahlgerät besorgen.

Verdammt.

Kapitel 26

Zum ersten Mal seit Jahren wartete ich auf Arjan. Als wollte er diesen Umstand in die Länge ziehen, ließ er sich Zeit, um zurückzukehren. Die Stunden zogen sich träge. Ich entwarf Pläne, um an den Schlüssel zu kommen und verwarf sie im Anschluss allesamt wieder.

Eigentlich hatte ich gedacht, Arjan würde wie meist zum Mittagessen auftauchen, doch die Dienstbotin deckte den Tisch wortlos für eine Person. *Selbst die Angestellten waren besser informiert als ich.* Sie nach Arjan zu fragen, wagte ich nicht. Bisher hatte ich mich gleichgültig gezeigt, wenn ich allein aß, also würde ich das heute nicht ändern.

Nach dem Essen kam Mutter, bewaffnet mit mehreren Dutzend Kleiderskizzen. Offenbar hatte sie vor, Mirabells Umsatz anzukurbeln. Bei jeder Skizze fragte ich mich, ob Mutter Mirabelle absichern wollte, bevor sie Zayne von mir trennte.

Der Himmel draußen verdunkelte sich zunehmend, genau wie meine Laune. Erst als die Sonne begann unterzugehen und die goldenen Ornamente mit einem feinen Rot überzog, wurde die Tür ohne ein Klopfen aufgerissen und Arjan trat ein. All das Warten hatte mich so angespannt, dass ich vom Stuhl hochsprang, auf dem ich mir bis dahin lesend die Zeit vertrieben hatte. Das Buch rutschte mir aus den Fingern und knallte auf den Boden.

»Früher warst du nie so ungeschickt.« Arjan bückte sich, hob es auf, um es mir mit großer Geste zu überreichen. Der Präsident persönlich beugte sich für mich. Ich widerstand dem Drang, die Augen zu rollen. Wenn er Bewunderung wollte, sollte er dabei diese Corsage tragen, die ihm die Luft abschnürte und den Unterrock, der den Blick auf den Boden versperrte. Ich blieb still, um ihn nicht zu reizen. In mir fand sich gerade nichts, das ich sagen könnte, ohne genau das zu tun.

»Wo warst du heute Morgen?«, fragte er mich knapp.

»Ich war früh wach und bin durch den Garten gezogen.«

Nicht die Antwort, die ihm gefiel, seine Miene verfinsterte sich augenblicklich. Dabei war das die harmloseste Erklärung, die mir eingefallen war.

»Was soll das? Ich bin den ganzen Tag beschäftigt, um das Reich zu führen. Wenn ich mir davon ein paar Minuten Pause nehme, habe ich keine Lust, dich erst überall suchen zu lassen.« Er zog sein Jackett aus, schmiss es auf den nächsten Stuhl und es gab dabei ein Klirren von sich. *Der Schlüssel!*

»Ab jetzt gehst du nicht mehr in den Park.«

Die Schlüssel waren keine zwei Meter von mir entfernt.

»Liah?«

»Ich brauche Luft«, sagte ich, den Blick wieder auf ihn richtend. »Im Park«, fügte ich hinzu. Arjan wäre misstrauisch, wenn ich mir dieses Stück vermeintlicher Freiheit anstandslos wegnehmen ließe.

Er hob die Karaffe, goss roten Wein in eines der Gläser.

»Luft!«, höhnte er. »Ich habe dir den Garten um den Balkon herum hergerichtet. Da hast du nicht nur Luft, sondern ein verdammtes Paradies. Bäume, Sträucher ... sogar einen Teich hast du bekommen. Da findet sich alles, was man sich erträumen kann und von dir gibt es zum Dank andauernd Widerworte, wenn ich dich um etwas bitte.« Er betonte das letzte Wort drohend. Seine Bitten kamen für mich Befehlen gleich. »Du willst Luft? Dann nutz endlich den Balkon und genieß die Luft und die Aussicht, das reicht!«

Es gab diese winzigen Kleinigkeiten, bei denen ich mich widersetzen konnte. Der Balkon war eine davon. Seit meinem Einzug weigerte ich mich, ihn zu betreten. Weil ich nicht bereit war, diesen Abklatsch von Freiheit zu akzeptieren.

»Was wäre, wenn du mit in den Park gehst?«

Arjan hatte sein Glas erhoben, jetzt verharrte es in seiner Hand. Ich hatte ihn nicht einmal danach gefragt, ob er mit mir hinaus ging, seit ich hier war. Das war uns beiden bewusst.

»Ich habe keine Zeit. Gleich muss ich eines der Gefängnisse besuchen.« Seine Miene wurde lauernder. »Aber ich werde dich wecken, wenn ich zurück bin.«

Kurz fürchtete ich, dass mir die Züge entglitten, gerade so bekam ich sie zu halten. »Ein paar Minuten draußen reichen mir.« Ich schüttelte den Widerwillen ab und ging auf ihn zu. Arjan schien zu zögern. »Bitte.« Zur Sicherheit schob ich mein strahlendstes Lächeln hinterher.

Das half, er seufzte auf. »Da siehst du wieder, wie nachsichtig ich mit dir und deinen Wünschen bin.«

Ich presste die Zähne aufeinander. Meine Wünsche hatte Arjan allesamt in eine Kiste gesperrt und trug den Schlüssel umher wie eine Trophäe.

Mit zitternden Fingern griff ich nach seinem Jackett. »Lass mich dir als Wiedergutmachung helfen.«

Das seidene, schwarze Innenfutter, besaß gleich zwei Taschen. Eine davon war ausgebeult, so als drückte von innen etwas dagegen. Der Schlüssel? Oder war der in einer der Außentaschen? So viele Möglichkeiten, so wenig Zeit. Meine

Hand versank in der ausgebeulten Tasche. Zum ersten Mal überhaupt erfüllte mein Reifrock einen Zweck. Sein Umfang gab mir Deckung, verbarg, was ich hier tat. Meine Finger griffen nach dem Gegenstand, umschlossen ihn – es war tatsächlich ein Schlüssel. Eine Woge der Erleichterung brach über mich hinweg.

In einer schnellen Bewegung zog ich ihn hinaus und ließ ihn in dem Ärmel meines Kleides verschwinden. Der war lang und eng genug geschnitten, um ihn am Platz zu halten. Mit dem Jackett in den Händen drehte ich mich zu Arjan. Ich betete, dass er die zitternden Finger nicht bemerkte. In meinem Magen flatterte es unangenehm. Nicht das Flattern, das Zayne in mir auslöste. Dies hier war grob und schlug mir die Magensäure hin und her.

»Was findest du an dieser unnützen Herumspaziererei?« Arjan pustete unwirsch die Luft aus, während er die Arme in das Jackett stieß, das ich für ihn bereithielt. Er wartete keine Antwort ab. »Nur ein paar Minuten, dann muss ich zur Kutsche. Nicht alle von uns verschwenden ihren Tag mit Nichtstun.«

Der Schlüssel drückte sich an meine Haut, ein kaltes Gewicht, das mich genug beruhigte, um Arjan nicht den Tritt zu verpassen, den ich ihm früher für seine Beleidigung versetzt hätte. Manchmal wünschte ich, wir wären wieder Kinder, nur für ein paar Stunden.

Selbst etwas Banales wie ein Spaziergang wurde bei Arjan zu einer Machtdemonstration. Er schien zu ahnen, dass ich mich von dem Parkbereich vor seinen Wohnräumen fernhielt, deswegen bewegte er sich genau darauf zu. Hecken und

Blumen zierten den Platz dort üppiger als im Rest des Parks. Arjan hatte weder Kosten noch Mühen gescheut, um diesen Platz für mich herrichten zu lassen. Nur wollte ich ihn nicht. Ein weiterer Beweis, wie wenig er mich kannte.

Überrascht stockte ich in meiner Bewegung, gerade als wir ums Gebäude gehen wollten. Der Gärtner vor mir, der dabei war, eine Schubkarre mit seinen Utensilien zu beladen, tat es mir gleich. Es war der gleiche Mann, den die Wachen kontrolliert hatten, als ich durch das Tor gehuscht war. Das erklärte die Spaten, die die Soldaten vom Wagen geschmissen hatten. Nur für Zayne, der neben ihm stand, fand ich keine Erklärung. Was tat er hier? Zayne machte eine demutsvolle Verbeugung in Arjans Richtung und riss damit den Gärtner neben sich aus seiner Starre, der sich ebenfalls eine tiefe Verbeugung abmühte. Eine Mühe, die er sich hätte schenken können, Arjan war längst weitergegangen, ohne die Männer überhaupt zu beachten.

Ich nickte ihnen rasch zu, um seine Unhöflichkeit auszugleichen. Einen Herzschlag lang blieb mein Blick an Zayne hängen, kaum dass dieser sich aufgerichtet hatte. Mit den Lippen formte ich das Wort Schlüssel und seine Mundwinkel hoben sich. Er schien begriffen zu haben, dass ich erfolgreich gewesen war. Für mehr blieb keine Zeit, der Gärtner an seiner Seite richtete sich auf und ich war gezwungen, Arjan zu folgen.

Ein leicht fauliger Geruch schoss mir in die Nase. Ob Arjan ihn auch bemerkte? Oder war der Gestank vielleicht nichts anderes, als Ausdruck meines Widerwillens, Zeit mit ihm zu verbringen.

»Früher waren wir ständig hier«, sagte ich, kaum dass ich ihn einholte. Reden konnte helfen, die Anspannung in mir abzuschütteln.

»Weil es uns beiden bestimmt war, verbunden zu werden.«

Reden würde nicht helfen.

Flammen loderten in mir auf, wie immer, wenn er Brenda überging.

»Brenda war mit dabei.« Meine Erwiderung klang wie ein Peitschenhieb. »Hör auf so zu tun, als hätte sie nicht existiert.«

Dies war kein Ton, den Arjan von mir gewohnt war und erst recht keiner, den er billigte. Seine Augen verkleinerten sich, Wut flackerte darin auf.

»Du gibst hier keine Befehle, das steht nur mir zu.« Seine Stimme war leise. »Ich will, dass du sie endlich vergisst.«

»Sonst was?«

Arjans Augen weiteten sich entgeistert. Spätestens jetzt war der Zeitpunkt gekommen, mich zurückziehen. Ihn mit ein paar Worten zu besänftigen. Ich kannte Arjans Grenze und wir waren beide überrascht, dass ich sie heute so demonstrativ überschritt.

Sein Kopf kam näher und mit ihm das Bedürfnis, meinen eigenen herumzureißen. Unzählige Male war ich vor Arjan und seiner Wut zurückgewichen. Diesmal nicht. Was konnte er mir schon antun, was er nicht bereits getan hatte? Ich blieb, wo ich war.

»Sorg dafür, dass sie aus deinem Kopf verschwindet«, flüsterte er. Heißer Atem begleitete seine Wörter, strich unangenehm über mein Ohr. »Denn sonst werde ich sie aus dem Reich verschwinden lassen.«

Eis erstickte die Flammen in mir. Mit diesen wenigen Worten brachte er mich dazu, augenblicklich von ihm zu weichen. Unbeholfen stolperte ich über meine Füße und schaffte so Platz zwischen uns.

»Du würdest sie ausstoßen?« Das war zu grausam, selbst für Arjan. »Da draußen wird sie nicht überleben. Brenda würde es nicht überstehen, wenn du sie Verbrechern auslieferst. Du kennst sie, sie hat nie gegen irgendwelche Regeln verstoßen.«

»Das entscheide ich allein.«

»Nein.« Ich schüttelte den Kopf, um das Wort zu bestärken. »Das System entscheidet. Es gibt Gesetze ...«

»Ich bin das Gesetz, Liah. Brenda hatte mehr Glück, als es ihr zusteht, weil mein Vater zu weich war. Wenn du klug bist, lässt du mich vergessen, dass sie sich noch hier im Reich befindet.« Er verzog seine Lippen zu einem Lächeln, die Sanftheit darin war ähnlich erschreckend wie seine Worte. Wie konnte er gelassen darüber sprechen, Brenda in den sicheren Tod zu schicken?

»Sie ist deine Freundin«, erinnerte ich ihn.

»Nein. Sie war *deine* Freundin.«

»Brenda hat dich gemocht.«

»Mag sein, aber sie war mir gleichgültig.«

Arjans Lächeln blieb und mit ihm der Wunsch, es mit meinen Fäusten zu bearbeiten. »Deshalb hast du sie nicht geschützt, nachdem dein Vater sie abgewertet hat?«

»Niemand hätte Brenda schützen können.«

»Warum nicht?« Ich wollte endlich Antworten und anscheinend konnte Arjan sie mir geben.

»Das reicht«, erklärte er. »Du vergisst sie jetzt, Liebes.«

Seine kalte Hand schob sich in meine. Nur der Schlüssel, der sich mir gegen den Unterarm drängte, hielt mich davon ab, Arjans Arm wegzuschlagen.

Kapitel 27

Von einem der Palastfenster aus sah ich dabei zu, wie die Präsidentenkutsche davonfuhr. Von mir aus hätte sie niemals wiederkommen brauchen. Kaum war sie verschwunden, setzte auch ich mich Bewegung. Die Handvoll Dienstboten, die mir auf den Fluren entgegenkamen, waren zwar beschäftigt, nur nicht genug, um mich nicht zu bemerken. Jedes Mal war ich gezwungen zu stoppen, während sie vor mir knicksten. Ein nervtötender Brauch, für alle von uns.

Der Gang vor dem Arbeitszimmer des alten Präsidenten war leer. Arjan hatte seine eigenen Sitzungsräume vorgezogen, um nicht im alten Mief regieren zu müssen, wie er es nannte. Seitdem wurde dieser Teil des Palastes kaum genutzt. Schon letzte Woche war ich hier gewesen, um die Räume zu überprüfen, da war dieser abgeschlossen gewesen. Keine Seltenheit, weshalb ich nicht groß darüber nachgedacht hatte.

Ich raffte den Saum meines Kleides höher, um die letzten Meter schneller zu laufen. Den Schlüssel aus meinem Ärmel zu befreien, dauerte nur wenige Augenblicke, mit einem Ruck war er im Schlüsselloch. Ein Drehen und ich spürte, wie das Schloss von innen nachgab. Ich flog geradezu in den Raum, schloss die Tür hinter mir.

Dunkelheit umfing mich. Die Vorhänge waren vor die Fenster geschoben und sperrten die Welt dahinter aus. Für mich ein Vorteil, so konnte ich Licht entzünden, während der dicke Stoff mich abschirmte.

Früher waren die Menschen hier vorbei geschlichen, aus Angst, den Präsidenten in seiner Arbeit zu stören. Nachdem Brenda, Arjan und ich uns damals hinter den Vorhängen versteckt hatten, hatte er uns hierher zitiert und uns eine Strafpredigt gehalten. Brendas Hand hatte in meiner gezittert wie ein vertrocknetes Blatt im Winterwind. Verständlich. Der ausufernde Schreibtisch, der unter Papieren versank, war Ehrfurcht gebietend gewesen, genau wie der tobende Präsident dahinter. Damals war ich mir winzig vorgekommen, angesichts der Macht, die mir entgegenschlug. Jetzt war der Präsident tot, ich erwachsen und dieser Raum nicht mehr als ein Raum. Kaum zu glauben, dass er mich einst eingeschüchtert hatte.

Der Sessel, auf dem der ehemalige Präsident gesessen hatte, war verschwunden. Der Platz dort wirkte wie das blankgewischte Stück eines Gemäldes, so offensichtlich war das Fehlen. Wahrscheinlich hatte Arjan ihn in sein eigenes Arbeitszimmer bringen lassen, als Andenken. Wenn, würde er das niemals zugeben. Es waren Momente wie diese, in denen ich den Jungen aus unserer Kindheit durchschimmern sah. Diesen Jungen hatte ich einst gemocht.

Den Mann, zu dem er geworden war, hasste ich abgrundtief.

Das Geräusch meiner Schritte scheuchte jegliche Erinnerung an frühere Freundschaft hinfort. Das Regal zur linken Seite war uninteressant, ein Blick hatte mir gereicht, um zu erkennen, dass dort Bücher Rücken an Rücken standen. Es blieb der Schrank und mit ihm die Hoffnung, dass sich nicht einer der Dienstboten hatte wichtigmachen wollen. Die Kühle des

Schrankgriffs streifte meine Haut, da ließ mich ein Geräusch hinter mir zusammenfahren. Mein Herz bäumte sich auf und sank erleichtert zurück, als ich Zayne erkannte, der die Tür schloss.

»Was ist im Garten geschehen?«, fragte er und Sorge lag in seinem Blick. Er musste gesehen haben, dass mich der Streit mit Arjan aus der Bahn geworfen hatte.

»Ich bin einem grausamen Monster zugeteilt worden, das ist passiert.« Das musste reichen, zumindest erinnerte mich das Thema daran, das Perlenarmband vom Handgelenk zu ziehen. Mein heutiges Geschenk. Arjan hatte es mit großer Geste aus seiner Tasche gezogen, bevor er mich in den Palast geschickt hatte. Erst drohte er damit, Brenda aus dem Reich zu schmeißen und im nächsten Augenblick behängte er mich mit Schmuck. Ich warf Zayne das Armband zu und der fing es auf, ließ es kommentarlos in seine Jackentasche gleiten.

Seit ich wusste, wer hinter den Diebstählen steckte, gab ich Zayne den Schmuck direkt. Am ersten Abend hatte mir das ein ungläubiges Lachen eingebracht.

»Du willst, dass ich dich bestehle?«, hatte er gefragt, nachdem ich ihm meine Ohrringe zugesteckt hatte.

»Ja. Tausch sie gegen Sinnvolleres ein und gib das jemandem, der es braucht.«

Daraufhin hatte sich sein Finger gehoben und mir eine Strähne hinters Ohr gestrichen. »Ich bin verrückt nach dir, das solltest du wissen.«

Die paar Worte hatten mich mehr strahlen lassen, als es ein Schmuckstück jemals tun würde.

Diesmal schwieg sich Zayne aus, zumindest forderte er keine weiteren Antworten ein. Ich drehte mich weg und öffnete die erste Schranktür. Das Fach dahinter war ähnlich übersichtlich gestaltet, wie der Rest des Zimmers. Statt Buchrücken fanden sich hier Papiere, ordentlich nebeneinanderstehend. Nicht das, was ich wollte.

»Hat deine heutige Überraschung für Arjan mit dem Garten zu tun?«, fragte ich Zayne, der am anderen Ende des Schrankes die letzte Tür öffnete.

»Ich habe immer verschiedenste Pläne. Welchen davon ich umsetze, entscheide ich spontan.« Gerade hatte sich ein Lächeln auf seine Lippen geschlichen, nur um sich direkt wieder zu verflüchtigen. »Glaubst du, du bist bereit, die Wahrheit zu erfahren?«

»Nein«, gab ich zu und riss die nächste Schranktür auf. Weitere Karten und Papiere. Verflucht! Hoffnung und Panik konzentrierten sich damit auf die einzig verbleibende Tür. »Wenn Arjan mein Gegenstück ist, wird mich das zerschmettern.«

Zayne beugte sich vor. »Ihr seid grundverschieden«, erinnerte er mich. »So grausam kann nicht einmal das System sein.« Wenn er schon versuchte zu scherzen, musste ich mitgenommener aussehen als gedacht.

»Seit der Auswahl habe ich ständig diesen Traum«, hörte ich mich sagen, dabei wollte ich es überhaupt nicht aussprechen. Darüber zu reden, bedeutete, darüber nachzudenken, ob er wahr sein könnte. »Ich war in der Prüfung. Alles war wie damals. Brenda saß am Tisch neben mir, vor uns die Bögen mit den gleichen Fragen und ich kreuze Arjans Antworten an. Jedes Mal, wenn ich aufwache, fühlt es sich ein Stück realer an.«

»Das hast du nicht.«

»Wie kannst du dir da sicher sein?«

»Weil ich weiß, was du auf dich nimmst, um ihn loszuwerden.« Zayne deutete auf den Raum um uns herum. »Ich habe dich in der Nacht nach der Auswahl gefunden, Liah. Davor habe ich nicht gewusst, wie viel Hoffnungslosigkeit in einen Menschen passt. Du hättest nicht freiwillig ein solches Leben gewählt.« Zayne hauchte mir einen federleichten Kuss auf die Stirn. »Bist du bereit herauszufinden, was hier vor sich geht?«

»Ja«, sagte ich und starrte die verbliebene Schranktür an, doch bevor ich mich überwinden konnte nach ihr zu greifen, verschwanden Zaynes Hände im Fach vor sich und zogen das Auswahlgerät hervor.

Er hatte es längst gefunden.

Wieder schwankte ich zwischen Hoffnung und Bangen und wieder zurück. Ich hatte diesem Gerät einmal vertraut. Was, wenn es mich erneut verriet?

»Wir projizieren es auf die Wand über dem Schrank.« Diesmal ließ er sich von meinem Zögern nicht stoppen. Er rutschte über den Boden nach hinten, bevor ich mir ein Nicken abzwang und ihm folgte. Zayne nutzte die Zeit, sich mit dem Gerät vertraut zu machen, Licht schoss an die Wand, nachdem er einen Hebel umlegte. Hell und lockend ließ es die Seite des Zimmers erstrahlen.

»Dein Part«, raunte er mir zu. Ich sah auf den Kasten hinunter, abgesehen von seiner Farbe war er unspektakulär. Ein goldener Klotz, zwei kleine Räder, ein Hebel und eine Vertiefung. Mehr brauchte es nicht, um mir den Hals trocken werden zu lassen. Es stand außer Frage, was in die Vertiefung gehörte: mein Finger. Das Gewicht meiner Hand vervielfachte sich, je näher der Zeigefinger dem Gerät kam. Er stoppte davor, unfähig, weiterzufahren.

»Du glaubst an das System, Liah«, flüsterte mir Zayne zu. Tat ich das? Glaubte ich daran? Ich durchbrach den letzten Abstand, legte den Zeigefinger in die Vertiefung. Mein Glauben an das System mochte schwanken, doch ich glaubte an mich und daran, dass ich nicht Arjan gewählt hätte.

Der Weg liegt im System.

Arjans Stimme spukte mir durch den Kopf. Diese Worte hatte er am Tag seiner Auswahl genutzt. Es waren die gleichen, die über der Tür der goldenen Auswahlhalle eingelassen waren. Ich war keine zehn gewesen, als ich Mutter bei einem unserer Besuche dort gefragt hatte, woher wir wussten, dass das System den richtigen Weg für uns bestimmte.

»Vertrauen«, hatte sie gezischt und mich mit sich gezogen, wohl, damit niemand der flanierenden Goldenen die sonderbaren Gedanken ihrer Tochter hörte.

Vertrauen - das war die einzige Antwort, die ich seitdem auf diese Art von Fragen bekam. Wir vertrauten in das System, weil es darauf beruhte.

Was, wenn es unser Vertrauen nicht verdiente?

Dieser Apparat war der Gipfel aller Errungenschaften. Wie konnten wir zu so etwas fähig sein und gleichzeitig zulassen, dass die Bronzenen nicht einmal Elektrizität hatten? *Vertrauen.* Wie sollte ich vertrauen, nachdem ich die Ungerechtigkeit hier kannte?

»Sag du mir das Ergebnis an«, flüsterte ich und drehte den Kopf zum Schreibtisch, der unter den Lichtreflexionen glänzte. Der Moment zog sich, bis ich das Gefühl hatte, vor lauter Anspannung aufspringen zu müssen. Bei Arjan waren es nur Sekunden gewesen und in der Zeit waren bei ihm zwei Bilder erschienen. War das Gerät kaputt oder hatte Arjan es blockieren lassen? Würde es sich weigern, mir meine Auswahl zu zeigen? War so etwas überhaupt möglich? Fragen rasten mir durch den Kopf, um mich nicht mit der einen, alles Entscheidenden zu beschäftigen.

Wen hatte das System für mich ausgewählt?

Die Anspannung in mir schwoll an, presste mir den Atem ab, und noch immer schwieg Zayne. Dann endlich, der Lichteinfall in der Tischplatte veränderte sich und ich starrte auf die silberne Spiegelung. *Nicht Arjans Bild,* betete ich stumm. Jedes, nur nicht seins!

Ein Geräusch ließ all meine Hoffnungen in sich zusammenfallen. Dabei war es kaum mehr als ein Aufatmen des Mannes an meiner Seite. Kaum hörbar und genau darin lag das Problem. Wäre vor uns ein anders Foto erschienen, wäre seine Reaktion laut gewesen, doch er saß hier stocksteif und still. *Zayne suchte nach den richtigen Worten.* Die würde er nicht finden. Es gab keine. Arjan war mir zugewiesen. Kälte legte sich um mein Herz, bildete eine Eisschicht, die sich hineinfraß.

»Es tut mir leid, Liah.«

Es war vorbei.

Alles.

Die Kälte nahm mich Stück für Stück ein, nur hinter meinen Augen pochte ein Brennen, das sie nicht einzufrieren vermochte.

Ich drehte den Kopf und wie zum Hohn war das Erste, das ich vor mir sah, Arjans Gesicht. Überdimensional war es auf die Wand projiziert. Lag dort Spott in seinem Blick?

»Ich will die Höhe der Übereinstimmung wissen.«

Statt mir zu sagen, dass es Zeit war, meine Hoffnungen zu begraben, beugte Zayne seinen Kopf hinunter, musterte den Kasten zwischen uns.

Er drehte eines der Räder und Arjan verschwand von der Wand. Anstelle seines übergroßen Gesichts erschien eine Seite mit Informationen rund um Arjan. Nicht viel besser, aber auch die ließ Zayne mit einem Raddreh verschwinden.

Die Schrift veränderte sich, wurde zu einem Block aus Ziffern und Zahlen.

»Das sind die Ergebnisse.« Ich hasste die Aufregung in meiner Stimme. »Weiter«, zwängte ich mir ab und Zayne drehte erneut an dem Rad, weitere Reihen taten sich vor uns auf. Diesmal wartete Zayne nicht auf eine Aufforderung. Wände aus Zahlen und Buchstaben lösten andere ab. Ich hangelte mich durch die Testergebnisse, bis Farbe die Schrift ersetzte. Arjans Bild war zurück und grinste mir voller Hohn entgegen.

»Zurück«, presste ich hervor. Diesmal weigerte ich mich, den Blick von Arjans Gesicht zu nehmen, weil ich nicht in Zaynes sehen wollte. Sein Mitleid hätte die letzten Barrieren in mir zum Einsturz gebracht. Zayne drehte das andere Rad und wir landeten erneut in einem Dickicht aus Buchstaben und Zahlen. Er machte Anstalten weiterzudrehen, da krallte ich die Hand in seine. Ich hatte ihn gefunden, diesen kleinen nichtssagenden Satz, in dem Gewirr aus Ziffern und Zahlen.

»Die Aussicht auf eine glückliche Partnerschaft beträgt 99,3 %«, las Zayne leise vor, vielleicht weil er wollte, dass ich mich dieser Zahl stellte.

99,3%. Das entsprach dem, was der Zeremonienmeister gesagt hatte. Ein Wert so hoch, dass es kaum einen zweiten geben dürfte. Zaynes Arm legte sich mir auf den Rücken, zögerlich, fast so, als wollte er testen, ob die Berührung half. Nichts würde helfen.

»Das ändert nicht wer du bist«, raunte er mir zu. »Es ist unmöglich, seinen perfekten Partner bestimmen zu lassen. Hier hast du deinen Beweis.«

Hatte ich nicht. Es gäbe längst Aufstände, wenn die Auswahl der anderen Menschen im Reich ähnlich grässlich wäre.

Jeder außer mir schien mit seinem Partner zufrieden zu sein. Ich schwieg, weil ich irgendwo zwischen Arjans Bild und der Übereinstimmungszahl meine Stimme eingebüßt hatte. Mein Finger fuhr vor, drückte den Knopf und ließ das Licht an der Wand erlöschen.

»Wir hauen trotzdem von hier ab.« Zaynes Daumen strich mir über den Handrücken, forderte eine Bestätigung ein und erntete Schweigen. »Die Zuweisung ist Unsinn.«

Warum konnte er nicht aufhören? Darüber zu reden, machte es nicht besser. Ich rutschte fort von ihm und seinen Händen.

»Mach du es doch«, brach es aus mir hervor. »Beweis mir, dass deine Partnerauswahl ähnlich absurd ist.« Die nutzlosen Tränen wischte ich mit den Handrücken zur Seite. Zu weinen bedeutete, auch das letzte Stück Kontrolle zu verlieren.

»Nein.« *Zayne würde nach weiteren Möglichkeiten suchen, um mich zu überzeugen. Als wenn es die gäbe.*

»Bei allen anderen funktioniert es. Ich gehöre an die Seite dieses Wahnsinnigen. Das ist meine Bestimmung!«

»Das bedeutet es nicht! Es zeigt, dass die Auswahl ein Fehler ist.«

Eine weitere Träne bahnte sich ihren Weg über meine Wange und diesmal war ich nicht schnell genug, um sie wegzustreichen. In Zaynes Gesicht flackerte Mitgefühl auf. Das, was ich nicht gewollt hatte. Einzig die Zärtlichkeit, die sich dazu mischte, hielt mich davon ab, mir die Hände vors Gesicht zu pressen.

Seine Hand legte sich mir an die Wange und sein Daumen wischte über die Tränenspur. »Du gehörst nicht an seine Seite, nur weil ein sinnloser Test das so ausgewertet hat. Ich beweise es dir.«

Seine Hand verschwand, zog ab in Richtung des Auswahlgeräts. Licht brannte erneut an der Wand auf.

»Ich kann nicht fassen, dass ich das hier mache. Du hast einen verdammt miesen Einfluss auf mich.« Zayne hauchte mir einen Kuss in den Nacken, während sein Finger in die Ausbuchtung fuhr.

Dass Zayne sich wirklich seine Auswahl anzeigen ließ, hatte ich überhaupt nicht gewollt. Er hatte nur aufhören sollen, zu reden. Bei meinem Glück würde gleich das Bild seiner Freundin aus dem Schmugglerviertel erscheinen. War es möglich, dass er seine Meinung zur Zuweisung änderte, wenn er seine Auswahl kannte? Wie armselig wäre es, ihn zurückzureißen? Ich beugte mich zu ihm und wollte nach seinem freien Arm greifen, doch Zayne streifte ihn fort.

»Lass uns das Gerät wegräumen und es für immer vergessen.« Erneut riss ich an seinem Arm, wieder ohne Erfolg.

Zayne beachtete mich nicht, vielleicht nahm er mein Zerren nicht einmal wahr. Er sah zur Wand. Ungläubigkeit drang aus jeder Pore seines Körpers. Unsichtbare Hände pressten mir den Magen zusammen wie ein Blatt Papier, als ich meinen Blick hoch zur Wand riss.

Ich fand das Gesicht einer jungen Frau, mit rotgoldenen Haaren, leuchtenden Augen und einem breiten Lächeln auf den Lippen.

Das war unmöglich.

Mir pochte das Herz wie nach einem Lauf, dabei hatte ich mich nicht einen Zentimeter gerührt. Ich war außerstande zu begreifen, was ich dort sah.

Mich.

Kapitel 28

»Wieso bin ich deine Auswahl?« Meine Stimme war laut, zu laut dafür, dass wir unbemerkt bleiben wollten. Dieses Gefühl in mir ließ nichts anderes zu.

»Weil du perfekt zu mir passt.« Zayne klang ähnlich atemlos wie ich, nur hörte es sich bei ihm an, als hätte ihm jemand mit aller Macht in den Magen geschlagen. Begeisterung war da keine, nur Fassungslosigkeit. Ein Ruck schoss durch seinen Körper und die Züge um seinen Mund verhärteten sich. »Die Frage lautet vielmehr, wieso Arjan deine Auswahl ist, obwohl du meine bist.«

Ich starrte zur Wand, wo ich mir selbst entgegenlachte und wieder zurück zu Zayne. Entschlossenheit glomm in seinen Augen, während er die Lippen zusammenpresste.

»Es ist ein Fehler.« Zweimal hatte ich auf das System vertraut, zweimal hatte es mich enttäuscht. Das hier war ein Anzeigefehler. Wahrscheinlich hatten wir zu schnell gewechselt oder es falsch bedient. Für dieses Bild gab es eine Erklärung.

»Liah!« Zayne schien nicht zu wissen, ob er lachen oder schreien sollte. Seine Stimme schwankte in beide Richtungen. Dass ausgerechnet er zum Fürsprecher für die Zuweisung wurde, während ich die Anzeige für einen Fehler hielt, war Zeichen dafür, wie sehr uns dieses Bild überforderte. »Ein verdammt schlechter Moment, um dein Vertrauen in die Auswahl zu verlieren.«

Ich drückte den Knopf und ließ das Bild verschwinden. Zeit, das Gerät zurückzustellen und zu beten, dass Arjan nie mitbekam, dass ich hier eingebrochen war. Stumm streckte ich den Arm, forderte so von Zayne das Auswahlgerät ein, doch der schüttelte seinen Kopf.

»Dann zwinge ich dich, daran zu glauben.« Er riss das Gerät von mir fort und schaffte es auf seine andere Seite.

»Zayne!« Ich zischte seinen Namen, griff an ihm vorbei, bekam das Gerät aber nicht zu packen.

»Sieh dir die Ergebnisse an.«

Nachgeben oder ihm den Kasten wegreißen? Je länger ich darauf starrte, desto reizvoller schien die zweite Möglichkeit. Er musste es ahnen, denn seine Finger schlossen sich fester um das Gerät.

»Was soll passieren?«

Zayne hatte leicht reden, er kannte keine Angst. *Nie käme ihm in den Sinn, sich vor einer Zahl oder einem Ergebnis zu fürchten.* Er glaubte nicht einmal an die Auswahl, er wusste nicht, wie es sich anfühlte, von ihr enttäuscht zu werden.

»Es ist ein Fehler. Jetzt lass es mich zurückbringen.«

Schützend schob er sich vor das Gerät und schirmte es mit seinem Rücken ab. »Du hasst dieses Ding, von mir aus.« Sein Ellbogen wehrte meinen Arm ab, der sich einen Weg an ihm vorbei suchte. »Dazu hast du allen Grund. Willst du deswegen unsere letzte Chance auf ein Druckmittel ungenutzt lassen? Was hast du zu verlieren?«

Meinen kümmerlichen Rest Würde? Ich behielt die Antwort für mich. Zayne fing derweil meine Hand in der Luft ab. Genauso hatte er sie festgehalten, als ich im Schmugglerviertel in ihn hineingerannt war.

»Es ist egal, was dieses System denkt oder Arjan oder irgendjemand sonst«, fuhr er fort. »Die kennen dich alle nicht.

Wichtig ist, dass du weißt, wer du bist.« Seine Hände schoben sich in meine. »Ich weiß es auch«, fuhr er leiser fort und warf mir einen dieser Blicke zu, die mir sofort ins Herz schossen. »Ich liebe dich, Liah.«

Da war plötzlich nichts als Stille um uns herum.

Liebe.

Sie war in unserem Leben nicht vorgesehen und doch war sie hier, am seltsamsten Ort, den ich mir dafür vorstellen konnte. Ein Licht erwachte in meiner Dunkelheit, seine Funken entzündeten neue Lichter und die weitere. Sie brachen die Schwärze Stück für Stück auf. Zayne mochte nicht an das System glauben, aber er glaubte an Liebe.

Die Falte auf seiner Stirn erschien so verlässlich wie immer, heute grub sie sich tiefer als sonst hinein. »Hast du dazu irgendetwas zu sagen?«

Wollte er wissen, ob ich damit ein Problem hatte? Ich schüttelte den Kopf und seine Falte nahm ungeahnte Tiefen an.

»In Ordnung«, kam es aus mir heraus.

Eine Erwiderung so sinnfrei, wie sie nur sein konnte. Hierauf war ich nicht vorbereitet. Ich hatte keine Ahnung, was ich dazu sagen sollte. Goldene Augenbrauen hoben sich und die Augen darunter starrten mich verständnislos an. Ich stand auf, bevor es Zayne gelang, eine der Fragen zu stellen, die mir aus seinem Gesicht entgegensprangen.

»Dein Finger?«, sagte ich so hastig, dass ich beinahe über die Worte stolperte. Ich brauchte eine Ablenkung, um meine Gedanken zu sortieren, sofort. Rasch deutete ich auf das Gerät, weil mir aufging, dass ich keinen vollständigen Satz von mir gegeben hatte. Zu mehr reichte es gerade nicht.

Zayne musterte mich einen weiteren Augenblick, dann stellte er das Gerät wieder in Position, aktivierte es und legte seinen

Finger in die Ausbuchtung. Meine Reaktion schien nicht die zu sein, die er erwartet hatte, das hielt ihn nicht davon ab, meinen Stimmungsumschwung zu nutzen. Ich wich seinem Blick aus, drehte mich wie zufällig zur Wand.

Zayne liebte mich.

Die Wand bekam ein Strahlen ab, das um Längen besser sein musste, als das meines Bildes, das sich dort abzeichnete. Dieses hier war echt.

Plötzlich schien die Welt um mich weniger düster. Zayne hatte recht, wir fanden einen neuen Plan, um Arjan zu entkommen. Wenn es mein Schicksal war, an Arjans Seite zu leben, konnte mich das Schicksal kreuzweise.

Mein Bild verschwand, machte neuen Linien mit unverständlichen Zahlen und Buchstaben Platz. Zwar überflog ich sie, doch in Gedanken war ich bereits dabei, zu überlegen, was es für andere Möglichkeiten gab, dem Palast zu entkommen. Was für Auswirkungen Worte haben konnten.

»Da!« Zayne deutete in Richtung der Wand. »99,3 %.«

Damit hatte er meine Aufmerksamkeit. Ich suchte an der Stelle, an der die Zahl bei mir gestanden hatte und fand die gleiche bei ihm.

Die Zahlen waren identisch.

Konnte das ein weiterer Fehler sein?

»Warte.« War da Text eingebettet zwischen den Ergebnissen? Ich ging näher heran.

»Da ist mehr.« Meine Stimme zitterte. »Aufgrund der hohen Wahrscheinlichkeit einer glücklichen Partnerschaft empfiehlt das System eine Bindung.« Meine Stimme brach. Ich wandte mich zu Zayne um, der bereits auf mich zu kam, behutsam seine Arme um mich legte.

»Wir werden eine andere Lösung finden«, raunte er mir zu.

Ich schüttelte den Kopf. Zayne wollte protestieren, aber ich legte ihm die Finger auf seine Lippen. »Es empfiehlt die Bindung, obwohl die Partner aus unterschiedlichen Ringen stammen.«

Worte, leise geflüstert, doch sie dröhnten zwischen uns wie Paukenschläge.

Zaynes Atem strich über meinen Finger, während der Rest von ihm verharrte. Arjan und ich waren Goldene. Dieser Zusatz machte nur auf eine Weise Sinn. *Wenn Zayne mein Partner war.*

»Wir sind tatsächlich einander zugeteilt.«

»Ruf deine Ergebnisse auf.« Zayne war mir einen Schritt voraus. Wir mussten wissen, ob sich der Satz auch in meinen Dokumenten fand.

Ich sank auf den Boden, drückte den Knopf gleich zweimal, um das Licht zu löschen und sofort wieder aufstrahlen zu lassen. Diesmal legte ich den Finger voller Ungeduld in die Ausbuchtung. Nun hatte ich den Vergleich zu Zaynes Ergebnissen und registrierte erneut, wie viel länger es bei mir dauerte, bis Arjans Bild auftauchte. Ein weiter Hinweis darauf, dass bei mir etwas anders war, als es sein sollte. Ich sprang sofort zum richtigen Dokument, während Zayne blieb, wo er war. Den Blick fest auf die Wand geheftet. Sein Körper warf eine Schattenfigur darauf. Ein Fluch ertönte und Zayne drehte sich zu mir um, ein breites Grinsen auf den Lippen. »Der Satz steht auch bei mir. Wir haben ihn.«

Es war vorbei.

Ich sprang in Zaynes ausgebreitete Arme. Wir hatten es geschafft. Damit konnte ich Arjan dazu zwingen, mich gehen zu lassen. Zaynes Lippen legten sich an meine Stirn.

»Wir sollten aneinandergebunden werden.« Es klang, als würde er noch Zeit brauchen, um das zu verarbeiten. Verständlich. Die Vorstellung war zu abstrus. Bindungen zwischen verschiedenen Ringen kamen so selten vor, dass sie für mich nur Gerüchte gewesen waren Ich lachte leise auf und Zayne sah verständnislos zu mir hinunter.

»Meine Eltern wären aus allen Wolken gefallen, wenn ich mich an einen Silbernen gebunden hätte«, sagte ich.

»Hättest du die Auswahl bestätigt?«. Natürlich nickte ich.

»Was wenn ich ein verarmter Bronzener wäre? Würdest du unsere Auswahl bestätigen?«

»Es gibt keine Bindungen zwischen Goldenen und Bronzenen.«

»Angeblich gibt es auch keine nahezu einhundert Prozent. Also? Wärst du bereit, mir in ein solches Leben zu folgen?«

»Ich würde dir in jedes Leben folgen.«

Zayne lächelte, es sah aus, als wollte er etwas sagen, doch plötzlich schoss er von mir weg, hastete hinüber zum Fenster. Hatte er Geräusche gehört?

»Lösch das Licht.«

Seinen Instinkten vertraute ich genug, um nicht zu hinterfragen, weshalb. Ich sprang auf den Lichtschalter zu, tauchte den Raum in Dunkelheit. Der Vorhang wurde zur Seite geschoben. Die Sonne war untergegangen, dafür drang nun das Licht der Laternen zu uns hinein. Ich hörte Zayne aufknurren, obwohl er mehrere Meter von mir entfernt stand. Kein gutes Omen. Waren da unten Stimmen?

»Was ist dort?«, fragte ich.

»Die Kutsche des Präsidenten.«

Eis fuhr durch mich hindurch.

Arjan war zurück?

Es war zu früh.

»Lass den Schlüssel stecken und verschwinde«, raunte Zayne mir zu. »Ich leg ihn draußen in die Nähe der Kutschen, dann denkt er, er hätte ihn verloren.« Das klang nach einem Plan. So ungern, wie ich gehen wollte, so sicher war ich mir, dass Arjan nach mir suchte. Dennoch stoppte ich vor der Tür.

»Zayne?«

»Ja?«

»Ich liebe dich auch.« Im Dunkeln war es leichter, Wörter auszusprechen, von denen ich nie gedacht hätte, dass sie einmal meinen Mund verlassen würden.

»In Ordnung.« Es klang, als schmunzelte er. Das tat ich ebenfalls. Ich öffnete die Tür einen winzigen Spalt, versicherte mich, dass der Flur leer war und verschwand.

Kapitel 29

Ich öffnete die Tür zu Arjans Gemächern, hoffte, dass sie leer waren. Die Hoffnung zerplatzte sofort. Eine Gestalt hatte sich am Tisch niedergelassen. Ein Körper so massig, dass der Stuhl drohte darunter zu verschwinden.

Clay.

»Was willst du hier?«, fragte ich.

Clay antwortete nicht, bedachte mich mit einem Blick, den ich nicht einordnen konnte. Verachtung, Hohn, Gereiztheit? Alles davon?

»Wo ist Arjan?« Ich feuerte eine weitere Frage auf ihn ab. Clay lehnte sich so weit nach hinten, dass ich die Stuhllehne bemitleidete, die das Gewicht dieses Felsens ertragen musste. Seine Lippen verzog sich zu einem Grinsen, entblößte die gelben Stumpfe. Seine Käferaugen betrachteten mein Dekolletee. Dabei war ich mir sicher, dass Clay mich ähnlich unattraktiv fand wie ich ihn. *Sein Blick war nichts anderes als eine Provokation.*

»Falls du mein Gesicht suchst, das ist hier oben.« Es gab nicht viele Gelegenheiten, in denen ich Clay gegenüber aufmüpfig war. Mir fiel nur eine ein: Brenda. Ich hatte sie andauernd vor ihm abgeschirmt. Das nahm er mir wohl immer noch übel. Für gewöhnlich war es klüger, ihn nicht zu beachten, doch heute war kein gewöhnlicher Tag.

»Du bist die sonderbarste Goldene, die mir je unter die Augen getreten ist. Solltest du nicht liebreizend und wohlerzogen sein?«

»Solltest du nicht wissen, wo dein Herr ist?«

»Der hat eine Kleinigkeit zu erledigen. Du könntest mich in der Zeit unterhalten.« Wieder fuhr sein Blick bedeutungsschwer über meinen Körper.

»Warte draußen und unterhalte dich selbst«, zischte ich und deutete mit der Hand in Richtung Tür.

»Als ob ich von dir Befehle annehmen würde.« Seine Arme verschränkten sich provokant und seine Augen leuchteten höhnisch, ließen keinen Zweifel daran, dass es ihm gefiel, mich aus der Fassung zu bringen. Es reichte. Mein Widerwillen, mit ihm allein zu sein, war größer, als der Ärger, ihm diesen Triumph einzuräumen. Ich ging.

Clay war schnell, vor allem, wenn man bedachte, welche Massen er in Bewegung setzte. Hände packten meinen Arm und bohrten sich mir in die Schulter, bevor ich die Tür erreichte. Diesen Angriff hatte ich nicht kommen sehen.

Er lockerte seinen Arm. Um mich loszulassen, dachte ich, aber stattdessen legte er ihn um meinen Brustkorb, presste mir den Atem aus den Lungen. Ich keuchte, schnappte dann nach Luft. Das hier war zu seltsam, um Angst zu haben. Da war nichts als Wut in mir.

Jetzt hatten die Pilze bei Clay offenbar auch das letzte Stück Verstand durchweicht. War er sich im Klaren, was Arjan mit ihm machen würde? Hatte Clay ernsthaft vor, herauszufinden, wer von uns beiden bei Arjan im Rang höher stand? Ich war mir sicher, wie dessen Antwort ausfiel. Dachte Clay etwas anderes?

»Du bleibst, wo du bist.« Er klang nicht, als spräche er mit der Herrin des Palastes, sondern mit einem Kind, das ihn durch seine Unartigkeit erheiterte. Seine Arme waren wie Fesseln. Sie gaben nicht nach, gleich, wie heftig ich mich wehrte.

»Ich wusste nicht, wie wild du sein kannst«, raunte er mir zu, während ich versuchte, ihn zu treten. Warum hatte ich kein Messer? Ich hatte es satt, mir ausgeliefert vorzukommen. Clay zerrte mich zurück an den Tisch.

Waren das Schritte hinter uns? Die Antwort erübrigte sich, als die Tür ins Schloss geworfen wurde.

Es musste Arjan sein.

Eigentlich erwartete ich, dass er seinen Leibwächter sofort zurückzog, ihn seine Wut darüber spüren ließ, dass Clay meinen Kopf in Richtung Tischplatte stieß. Doch es blieb still. Im nächsten Augenblick knallte mein Kopf auf den Tisch. Ein stechender Schmerz donnerte durch meine Stirn. Der Tisch vor mir verschwamm und es dröhnte in den Ohren.

»Was soll das?«, fragte ausgerechnet Zayne, von dem ich nicht einmal geahnt hatte, dass er hier war. »Warum wird sie von Eurem Leibwächter fixiert?«

Ein Schnauben ertönte, so verächtlich, wie nur Arjan klingen konnte. Wusste er, dass ich seinen Schlüssel gestohlen hatte? Dann würde das hier Teil seiner Bestrafung sein. Ob ich Clay dazu bewegen konnte, mir einen heftigeren Schlag zu verpassen? Anschließend könnte ich mich in eine vorgetäuschte Ohnmacht retten. Ein Versuch war es wert. Ich ignorierte den Ekel, den ich verspürte und biss mit aller Kraft in Clays Hand.

Jeder normale Mensch hätte aufgeschrien, doch Clay hatten seine Pilze offensichtlich so abgestumpft, dass ihn das kaum zu kümmern schien.

»Du kleines Biest«, knurrte er nur und riss meinen Kopf an den Haaren in die Höhe. Seine Augen glänzten vor Hass.

Triumph flackerte in mir auf. Clay würde mich heftig schlagen, ich konnte in Ohnmacht sinken und mich vor der ersten Welle von Arjans Zorn retten. Bei der nächstbesten Gelegenheit würde ich von hier verschwinden. Er würde nur einen Brief von mir finden, mit der Drohung, dass ich verriet, dass er das System benutzt hatte, wenn er nach mir suchte. Mein Körper spannte sich an, wartete auf den Schlag.

»Stopp!«, rief Arjan mit eisiger Stimme. Enttäuschung lag auf Clays Miene, nur war die nichts verglichen mit der, die ich empfand. »Das reicht, Clay. Du kannst sie loslassen.«

Ein Stuhl schabte ganz in meiner Nähe. Arjans Befehlen kam Clay sofort nach. Ich war frei. Erleichtert war ich darüber nicht.

Ich drückte mich vom Tisch ab, suchte nach Arjan und fand ihn am Tisch sitzend. Auch sein Blick lag auf mir, doch seine Miene war ausdruckslos und machte es mir unmöglich, darin zu lesen.

»Setzt euch«, zischte er.

Zayne beachtete ich erst jetzt und das auch nur, weil er mit schnellen Schritten den Stuhl an Arjans Seite anpeilte. Eine irritierende Wahl. Arjan würde sich von Zaynes Ehrerbietung kaum beeindruckt zeigen, genauso wenig wie Clay, der denselben Platz anstrebte. Warum war hier jeder versessen darauf, neben Arjan zu sitzen? Ich für meinen Teil hätte nichts dagegen, nie wieder an seiner Seite zu sitzen oder zu stehen oder zu laufen. Eine Liste, die sich endlos fortsetzen ließ.

Clay hatte Zayne erreicht, stieß ihn unwirsch fort. Statt sich zurückzuziehen, erwiderte der den Stoß mit der gleichen Heftigkeit. Scheinbar waren alle um mich herum verrückt geworden. Ich starrte Zayne ähnlich entgeistert an, wie Clay es tat, doch der ging mit seiner Überraschung anders um. Seine massige Faust erhob sich und ließ keinen Zweifel daran, dass er davorstand, sich für diese Provokation mit einer Tracht Prügel zu bedanken. Bevor er dazu kam, seine Faust in Zaynes Gesicht zu schmettern, hielt Arjan ihn wieder auf.

»Nicht jetzt.«

Zwei Wörter reichten und augenblicklich senkte sich Clays Hand. Er war wie einer dieser abgerichteten Hunde, die auf die kleinste Anweisung ihres Herrn reagierten. Aus seinen dunklen Augen warf er Zayne einen letzten Blick voller Mordlust zu, bevor er auf den Stuhl neben Arjan sank.

Zayne wandte sich ab, zog seinen Mantel gerade und peilte unter Clays selbstgefälligem Grinsen die gegenüberliegende Tischseite an.

»Schließ dich uns an, Liebes.« Arjan deutete mit ausladender Geste in Richtung der freien Stühle. Er ließ seine Worte wie eine Einladung klingen, dabei wussten wir alle, dass sie ein Befehl waren. Die Tür hinter mir lockte mich. Ich nahm dennoch auf dem Stuhl Platz, denn ohne Zayne konnte ich nicht gehen.

Arjan löste seine Finger, tippte mit ihnen auf die Tischplatte. Ein rhythmisches Klopfen, das durch die Stille um uns herum lauter klang.

»Wo warst du, Liebes?«

»In der Bibliothek.«

»Da kommst du ohne Buch zurück?« Seine Augenbrauen fuhren in die Höhe. »Was hast du dort gesucht?«

»Ein wenig Zerstreuung.« Aus meinem Arsenal an Lächeln setzte ich ein schuldbewusstes auf, streifte es mir über, wie eines meiner Kleider.

»Habe ich nicht klar befohlen, dass du hierbleibst?« Seine Stimme löste das gleiche Gefühl in mir aus wie die Zacken einer Gabel, die über Porzellan fuhren. »Früher warst du so gut darin zu lügen. Daran musste ich heute denken.« Seine Finger stoppten in ihrer Bewegung.

»Das ist ewig her. Willst du Wein?« Ich griff nach einem der Gläser, um dadurch Zeit zu gewinnen.

»Deine Mutter war hier.«

Das Glas drohte, mir aus den Fingern zu rutschen. Ich hob die Karaffe an, schenkte Wein ein. Ein roter Schwall ergoss sich ins Glas. Der Anblick schnürte mir die Kehle zu. *Rot wie das Blut auf dem Laken, das Wachs auf den Seiten.* Die Bilder in meinem Kopf fühlten sich an wie unheilvolle Vorboten.

»Sie bat mich, deinen Wachschutz auszuwechseln.«

Mutter hatte es also getan, trotz meiner Drohung war sie zu Arjan gegangen. Nach all den Jahren hatte ich gedacht, sie und ich hätten endlich eine Gemeinsamkeit gefunden – Liebe. Ein Fehler. *Sie hatte das System über ihre Gefühle gestellt.*

»Es tut mir leid. Mutter ist momentan wunderlich.« Hilflos zuckte ich mit den Schultern. »Ich werde mit ihr sprechen, damit sie dich nie wieder belästigt.«

Arjan musterte das Glas, das ich vor ihm abstellte, aber es blieb unangetastet. Kein gutes Zeichen.

»Die Gefangenen im Schmugglerviertel wurden verhört«, fuhr er stattdessen mit kühler Stimme fort. »Einer von ihnen glaubt, dort deinen Namen gehört zu haben. Kurz bevor wir kamen.«

Atmen.

Arjans Worte schienen meine Korsage enger geschnürt zu haben. Da war so wenig Luft, die in meinen Lungen ankam. Wieso erwähnte er das Schmugglerviertel ausgerechnet jetzt?

»Hoffentlich hast du ihn dafür angemessen bestraft. Glaubt er, dass ihm jemand diesen Unsinn abnimmt?« Unter der Tischplatte ballte ich meine Hände zu Fäusten und vergrub meine Nägel in den Innenflächen, bis es schmerzte.

Erneut klopften Arjans Finger auf und ab, ein Geräusch wie das Ticken einer Uhr. Die Zeit, ihn von meiner Unschuld zu überzeugen, lief ab.

»Natürlich.« Eine Erwiderung, so abschätzig, dass ich ahnte, dass dieser Gefangene dafür mit seinem Leben bezahlt hatte. Etwas drückte sich von innen gegen meine Kehle, schwoll an. »Dennoch finde ich es sonderbar, du nicht? Dein gestohlener Schmuck, der uns in dieses Viertel führt, dein Name, der dort auftaucht, dieser Schmutz in deinem Gesicht am Morgen danach ...«

Ich blieb regungslos unter seinem stechenden Blick.

»Du wusstest als Einzige von meinem Plan. Da frage ich mich, ob das nicht alles miteinander zusammenhängt, besonders nach dem Besuch deiner Mutter.«

Seine Finger arbeiteten sich von der Tischplatte vor, hin zu dem Glas, fuhren den feinen Rand entlang. »Ich vermisse meinen Schlüssel. Ich nehme nicht an, dass du ihn gefunden hast?«

Das hier wurde mit jeder Sekunde schlimmer. »Nein.«

»Das habe ich mir gedacht. Weißt du, ich kenne dich besser, als du glaubst, Liah.« Der Schlag, den Arjan mir mit seinen Worten verpasste, war heftiger als die Begegnung mit der Tischplatte vorhin. »Sag mir, wen du schützt. Wer hat den Schmuck gestohlen?«

»Ich weiß nicht, wovon du redest.« Wie ein wilder Vogel flog mein Herz umher, suchte nach einem Ausweg.

»Enttäuschend, Liebes.« Zorn flammte in Arjans Gesicht auf. Die hellen Augen waren Schlitze, die mich schier durchbohrten, die Nasenwände blähten sich auf und seine Lippen bebten. Dabei waren wir nicht einmal offiziell aneinander gebunden. Ich schuldete ihm nichts.

»Du hast keine Vorstellung davon, wie sehr du mich enttäuschst. Gib mir einen Namen oder ich lasse es dich bereuen.«

Einen Namen. Es wäre leicht. Ich hätte die Dienstboten beschuldigen können, die mir morgens das Frühstück brachten, eine der Zofen, die mir abends aus den Kleidern halfen, einen der Soldaten, die ich auf den Fluren traf. Irgendjemanden. Ich schüttelte den Kopf. Das konnte ich nicht – jemanden verraten, der unschuldig war.

Als Arjan aufstand, pulsierte die Ader an seinem Hals. Für einen Augenblick dachte ich, er würde sich auf mich stürzen, doch es wurde schlimmer. Sein Kopf fuhr hinüber zu Zayne.

»Was weißt du?«

»Nichts, Hoheit.«

»Wem gilt deine Loyalität?«

»Euch, Hoheit.« Zayne senkte ohne den geringsten Ansatz von Missbilligung den Kopf vor Arjan. Es war erstaunlich zu sehen, wie mühelos ihm das schien.

»Natürlich.« Arjans Mundwinkel zogen sich langsam hoch. »Beweis mir deine Treue.«

»Wie, Hoheit?«

»Bring sie um.« Arjan deutete auf mich, sonst hätte ich im ersten Moment nicht einmal begriffen, dass er tatsächlich mich meinte.

Ich sprang auf und nur Sekunden später fand ich mich wieder auf dem Stuhl. Massige Arme drückten sich auf meine Schultern und ich wusste, dass Clay gerade der glücklichste Mensch im ganzen Reich war.

»Arjan ... «

»Sei still!«, fuhr er mich an. »Das Einzige, was ich von dir wissen will, ist der Name.«

Bevor ich ein weiteres Wort von mir geben konnte, presste

sich eine große Hand auf meinen Mund. Sie stank nach der gleichen süßlichen Fäulnis wie Clays Atem.

»Mach schon«, forderte Arjan Zayne auf und der erhob sich tatsächlich.

»Ihr habt mir die Waffen abnehmen lassen, Hoheit.«

»Du hast deine Hände.« Arjan zuckte mit den Schultern. »Würg sie. Es sollte schnell gehen.«

Ich versuchte erneut, in Clays Hand zu beißen, um Arjan wissen zu lassen, was ich davon hielt, doch diesmal schien Clay gewarnt. Beim ersten Versuch verpasste er mir eine schallende Ohrfeige. Der Knall hallte in mir nach, während der Schmerz meine Wange in Brand setzte. Schritte mischten sich darunter.

»Ich übernehme.« Da lag nicht der kleinste Hauch von Emotionen in Zaynes Stimme. Clay ging zurück in Richtung seines Stuhls und beobachtete mich von dort. So glücklich hatte ich ihn nie zuvor gesehen, seine Käferaugen glitzerten vor Begeisterung.

Clays Hände wurden von Zaynes abgelöst, die sich von hinten kommend, um meinen Hals legten. Ich hätte reden können, nur fand sich da nichts in mir. Arjan verlangte einen Namen und ich war nicht bereit, ihm einen zu geben. *Er würde mich ein wenig in Angst und Schrecken versetzen und Zayne dann abziehen.* Wie schlimm konnte das hier werden? Ich hatte anderes überstanden, ich würde auch das überstehen.

Zaynes Hände verteilten die Wärme seiner Haut auf meiner. Mich zu würgen, bewies seine Treue. Uns blieb beiden keine Wahl. Das Warten war hart. Ich zwang mich, ruhig zu bleiben, denn würde Zayne meine Angst spüren, wäre das hier nur noch schlimmer für ihn.

Gerade als ich dachte, er müsse endlich zudrücken, fielen

seine Hände von mir ab. »Seid ihr sicher, Hoheit?«

»Natürlich.«

»Ich habe gehofft, dass ihr das sagt.« Der Ton seiner Stimme irritierte mich ähnlich wie die Wörter, die Zayne ausstieß. Plötzlich war da Kälte, die gegen meine Schläfe stieß. Sie schwappte wie eine Welle durch mich hindurch, als ich begriff, was die Quelle dafür war. Das Licht der Lampe schimmerte beinahe friedlich auf der polierten Oberfläche der Pistole, die Zayne an mich presste. Dabei war nichts an dem Bild ansatzweise friedlich.

»Du bist es!« Arjan war aufgesprungen, schleuderte ihm die Worte entgegen, während Clay neben ihm in seinem Waffengürtel nach etwas suchte, von dem ich annahm, dass es sich gerade gegen meine Schläfen presste.

»Eine falsche Bewegung und sie ist tot«, knurrte Zayne.

»Und wenn schon.« Arjans Augenlid zuckte. »Ich habe dir selbst befohlen, sie umzubringen.«

»Deine Lügen sind so mies wie deine Menschenkenntnis«, erwiderte Zayne harsch. »Du würdest sie nicht umbringen, weil du besessen von ihr bist. Zu deinem Pech wissen das hier alle. Hoch mit dir, Liah.«

»Nimm die Waffe weg«, zischte ich, doch die blieb, wo sie war.

»Du begreifst es immer noch nicht, oder?« Arjan starrte erst mich, dann die Waffe an. »Dein Dieb ist ein Systemloser. Was glaubst du, weshalb ich das Schmugglerviertel auf den Kopf gestellt habe? Wegen ein paar Bronzenen? Ich habe es dir verschwiegen, nachdem du so verängstigt auf die letzten von ihnen reagiert hast.«

Unmöglich. Zayne war kein Systemloser. Wie zum Beweis schimmerte der silberne Armreif um sein Handgelenk. Ich wollte seiner Hand und allen voran seiner Pistole auszuweichen, doch augenblicklich griff mir Zaynes freie Hand ins Haar. Er riss meinen Kopf so heftig zu sich, als läge er es darauf an, jedes Haar einzeln rauszureißen.

»Musstest du ihr das verraten?« Zaynes Erwiderung an Arjan klang beinahe gelangweilt. »Das bedeutet nur mehr Stress für sie.«

Mir blieb die Luft weg – er stritt es nicht mal ab.

Es fehlte nicht viel, um Rauchschwaden aus Arjans Nasenlöchern erscheinen zu lassen, so sehr schien er vor Wut zu brennen. »Du hast deinen Abschaum in meinen Palast gelassen!« Seine Hände ballten sich zu Fäusten. »Du hast meinen Vater auf dem Gewissen!«

»Und dein Vater meinen«, erwiderte Zayne knapp. »Und meine Mutter. So wie ich das sehe, bist du mir etwas schuldig.« Ich konnte nicht mehr atmen. Diesmal lag es nicht an den Stäben der Korsage, nicht an Arjan und seiner Grausamkeit.

Es lag an Zayne.

Kapitel 30

»Du hast mich benutzt?«, flüsterte ich. Ein Herzschlag lang war da die Hoffnung, dass er es abstritt, dass er die Waffe von mir nahm und mir sagte, was er hier tat. Doch der Moment verging.

»Ja«, antwortete er und ich bildete mir ein, einen Hauch schlechten Gewissens in seiner Stimme auszumachen. »Wir brauchten Informationen und Zugang zum Palast. Du warst der Schlüssel und dein Schmuck eine nette Dreingabe. Was sollte ich mit einer Goldenen anfangen?«

Ein messerscharfer Stich fuhr mir mitten ins Herz. Zayne hatte mich belogen. Er gehörte zu denjenigen, die hemmungslos mordeten. Er war mitverantwortlich für den Tod der Frau auf dem Marktplatz, für all die verletzten und toten Menschen beim Aufstand und das waren nur die, bei denen ich dabei gewesen war. Der Mensch hinter mir war ein Fremder. Ein kaltblütiger Mörder. Die Mündung seiner Waffe drückte gegen meine Haut. Angst fand sich nicht in mir, dieser Strudel an Gefühlen ließ keinen Platz dafür.

Ein Teil von mir wollte schreien, auf Zayne einschlagen, ein anderer sich zusammenkrümmen und weinen. Ich hatte ihm geglaubt. Ihm vertraut. Dabei hatte er mich nur benutzt.

»Der Systemlose hat keine Chance. Die Türen sind dicht, niemand kommt mehr raus«, mischte sich Clay ein.

Zayne hatte recht gehabt, Arjan wollte meinen Tod nicht. Er hatte mir Angst und Schmerzen zufügen wollen. Eine Bestrafung und Warnung, nie wieder seine Grenzen zu überschreiten. Würde Clay Anlass zum Schießen geben, würde er sich wohl heute noch auf Arjans Befehl hin unter der Erde wiederfinden. Das ahnte wohl auch er und blieb, wo er war.

»Letzte Warnung, zieh deinen Wachhund zurück oder du wirst mitansehen, wie ich sie umbringe.« Zayne zerrte mich hoch. »In den Schlafraum mit euch allen.«

»Du wirst dafür bezahlen, ein Henker ist viel zu gut für dich«, zischte Arjan. »Ich werde dich leiden lassen, bis du um Gnade winselst und dann von vorne beginnen.«

»Meinetwegen«, erwiderte Zayne leichthin. »Klingt nach einem amüsanten Plan, aber ich mache lieber eigene. In den Schlafraum mit euch oder ich verpasse ihr eine Kugel.«

Mein inneres Chaos hatte mir kurzerhand die Sprache geraubt, dafür war Arjans laut und tosend. Er übergoss Zayne förmlich mit Beleidigungen. Bis gerade hätte ich es genossen, dass Arjan gezwungen war, sich dem Willen eines anderen zu beugen. Jetzt war da nicht ein Funken Freude in mir.

Clay warf Zayne einen seiner mörderischen Blicke zu, entschied dann wohl, dass weder Zayne noch ich es wert waren, es sich mit Arjan zu verscherzen. Er drehte ab und folgte seinem Herrn wie der treue Hund, der er war und ließ mich zurück.

Ein erbärmlicher Leibwächter.

Andererseits war meiner der Schlimmste von allen.

»An die Wand!«, schrie Zayne die Männer an und zerrte mich weiter mit sich. Dass dabei der Stoff meines Kleides riss, hielt ihn nicht ab, energischer zuzupacken. Grob bohrten sich seine Finger in meinen Unterarm.

Arjan fand sich bereits am Ende des Schlafzimmers, die Arme gekreuzt, nur sein Blick zuckte unablässig hin und her. Er schien einen Ausweg zu suchen, doch es gab keinen, bei dem er mich nicht in Gefahr brachte. Arjan, der Hüter des Systems, wurde von einem Systemlosen in die Knie gezwungen. Der gleiche Systemlose zog weiter an meinem Arm, hin zur Schlafzimmertür. Ich setzte mich nicht zur Wehr. Warum auch? Ich wollte von ihm weg und sein verlogenes Gesicht niemals wiedersehen.

Zayne stoppte, ließ mich los. Arjans entgeisterter Gesichtsausdruck war das Letzte, was ich sah, dann fiel die Tür zwischen uns zu. Ich wartete nicht ab, was Zayne vorhatte, hastete in Richtung der Eingangstür. Wenn ich den Flur erreichte, konnte ich vielleicht nach Hilfe rufen. Ich kam nur einen Schritt weit, da packte mich eine Hand und riss mich zurück.

»Vergiss es.« Zaynes harte Worte gingen unter im Hämmern gegen die verschlossene Schlafzimmertür. Wahrscheinlich Arjan, denn die finsteren Drohungen, die sich daruntermischten, stammten allesamt von ihm.

Zayne riss an mir wie an einer Puppe, weil ich keine Anstalten mehr unternahm, mit ihm zu gehen. Er gab ein Knurren von sich. Körperlich war er mir deutlich überlegen und jetzt, wo er seine Stärke gegen mich ausspielte, kam ich mir hilflos vor.

»Lass mich los!«, fuhr ich ihn an.

Zayne hielt es nicht einmal für nötig, mir zu antworten. Stumm schleifte er mich in Richtung Balkon und öffnete die Tür. Die Kühle des Abends streifte meine Haut. Über Wochen hatte ich mich erfolgreich geweigert, diesen Balkon zu betreten, nun stand ich hier. Die Krönung der letzten schrecklichen Minuten.

Wollte er mich hier aussperren? Von mir aus. Im Schlafzimmer hätte mich Arjan nur mit Vorwürfen überzogen, von denen ich gerade keinen einzigen ertrug. Zaynes Betrug erschütterte mich bis ins Mark. Ich wartete darauf, dass er die Tür hinter mir zusperrte, doch er trat ebenfalls auf den Balkon. Die Haare an meinen Armen stellten sich auf, nicht wegen der kühlen Luft, sondern weil Zayne mich ungerührt zur Brüstung vorstieß. Vor uns lag der Park des Palastes. Nur die Laternen beleuchteten notdürftig das Gelände. Es gab keinen Grund, weshalb wir beide hier waren. Unvermittelt riss Zayne die Pistole von meiner Stirn, schob sie in seinen Mantel.

»Spring.«

»Vergiss es!« Ich starrte den Mann an, der mir heute erst gesagt hatte, dass er mich liebte und der jetzt von mir verlangte, vom Balkon zu springen. Wenn ich das tat, würde ich sterben, es ging hier mindestens zehn Meter in die Tiefe.

Wieder hielt sich Zayne nicht mit Erklärungen auf. Seine Arme umfassten mich mit Leichtigkeit. Mit Händen und Füßen kämpfte ich dagegen an. Der Reifrock milderte meine Tritte und die Korsage war nicht für wilde Kämpfe gemacht, in ihr konnte ich mich nicht schnell genug bewegen. Im Gegensatz zu mir wusste Zayne, was er tat. Wenige Augenblicke und er hatte mich gepackt und übers Geländer gehoben. Ich strampelte mit den Beinen, versuchte mit den Händen, die Brüstung festzuhalten. Immer wieder rutschten mir die Schuhe an der Steinmauer ab. Es gab keinen Halt, nur Tiefe. Meine Finger klammerten sich ums Geländer. Ich würde sterben. Die Erkenntnis war wie ein Schlag in meine Magengrube. Ich hatte kaum gelebt, wie konnte ich da sterben?

Zayne begann, meine starren Finger vom Geländer zu lösen. Mir blieb nicht viel Zeit, also legte ich alle Kraft in die linke

Hand, hob schnell die rechte und krallte sie in den Stoff seines Hemdes. Ich presste die Faust so fest hinein, wie ich konnte und riss Zayne in meine Richtung. Er stieß ein Keuchen aus, befreite sich von mir. Panik verschluckte mich. In einem letzten Aufbegehren griff ich nach seiner Hand und hoffte, er würde sich umentscheiden, mich nicht sterben lassen.

Er ließ los.

Ich fiel.

Kapitel 31

Blut rauschte in meinen Ohren, die Luft presste sich schmerzhaft aus meinen Lungen, gefühlte Ewigkeiten lang. Mein Schrei erstickte. Ich wartete auf den Aufprall und die alles einnehmende Schwärze danach. Da war kein Frieden in mir. Kein letzter Moment der Aussöhnung mit den Menschen, die ich kannte. In mir gab es nichts als Panik, so tief, dass sie mich zerfetzte und mit ihren scharfen Krallen mein Innerstes zerriss.

Dann kam der Aufprall – nur anders, als ich ihn erwartet hatte. Er war hart, aber er zerstörte mich nicht. Mein Körper schlug auf, sackte weiter. Tiefer. Und tiefer. Wasser stieg mir in die Nase.

Der Teich.

Eine neue Welle von Panik umfasste mich. Mit den Armen ruderte ich verzweifelt umher, in der Hoffnung, etwas zu finden, an dem ich mich festhalten konnte. Ich spürte, wie meine Kleidung sich vollsog und schwer wurde, meine Bewegungen schwerfällig. Warum war hier kein Boden? Gleichgültig wohin ich stieß, da war nur Wasser.

Eine Erschütterung ließ mich zusammenfahren und nur Sekunden später schlang sich etwas um mich, riss mich hoch. Mein Kopf brach durch die Wasseroberfläche. *Luft.* Gierig schnappte ich danach, hustete gleichzeitig.

Im Licht der Laternen fand sich rettende Erde, in die ich die Hände vergrub.

»Los hoch!« Zayne hievte sich aus dem Teich, während ich mit dem Inhalt meines Magens kämpfte. Dass ich mich ebenfalls aus dem Teich hinauskämpfte, lag nicht an Zaynes Forderung, sondern, weil ich hier raus wollte. Weg von dem Teich und diesem Wasser. Ungeduldig riss Zayne an mir und stoppte auch nicht, als ich schwer atmend und schuhlos auf dem Boden angekommen war. Er ließ keinen Zweifel daran, dass das hier für ihn noch nicht beendet war.

»Verschwinde!«, zischte ich ihm entgegen.

»Werde ich, aber du kommst mit.«

»Lass mich los oder ich schreie alles zusammen.« Sie würden Zayne umbringen, den Mann, mit dem ich vor ein paar Stunden mein Leben geplant hatte. Da, wo gerade Panik gesessen hatte, setzte sich nun erneut dieser schneidende Schmerz fest.

»Du kommst mit, entweder freiwillig oder ich zwinge dich.«

»Dann hol deine Waffe raus, denn ansonsten gehe ich nirgends mit dir hin«, brach es aus mir heraus, während ich versuchte, mich von ihm loszureißen, doch mein durchnässtes Kleid war zu schwer, um mich richtig zur Wehr zu setzen.

Ungeachtet meiner Schläge griff Zayne in seine Jacke und holte eine kleine Flasche heraus. »Entschuldige.«

Dachte er wirklich, eine Entschuldigung reichte aus? Ich nutzte, dass er mich losließ, rannte los. Licht leuchtete aus Dutzenden Palastfenstern. Wer hätte gedacht, dass ich einmal verzweifelt genug war, um mich in die Sicherheit des Palastes zu flüchten? Den schweren Stoff des Kleides raffte ich im Lauf hoch.

Nur Sekunden später wurde ich von hinten gepackt und ein Lappen presste sich mir auf Nase und Mund. Ich wollte ihn abschütteln, aber Zayne ließ mich nicht. Der Arm in meinem Rücken veränderte die Position, während mein Protest innerhalb von wenigen Herzschlägen in sich zusammenfiel. Meine Glieder wurden schwer, meine Lider ebenso, Dunkelheit breitete sich langsam in meinem Sichtfeld aus. Der Lappen verschwand und Arme hoben mich hoch, ohne dass ich mich wehren konnte.

Was hatte Zayne mit mir gemacht? Farben liefen vor meinen Augen ineinander über, verschwammen zu einem großen Etwas, während die Welt um mich schwankte.

»Du hast dir Zeit gelassen, Junge.« Eine Stimme drang an mein Ohr.

»Sie war nicht willig mitzukommen.«

Das Schwanken stoppte und der Untergrund wurde hart. Ich starrte auf einen Punkt, versuchte die Schlieren anzuhalten, um erkennen zu können, wo ich war. *Lagen da Schaufeln vor mir?* Schritte pochten laut neben meinem Kopf.

»Gute Arbeit, Junge. Dorian wird begeistert sein. Ich kann nicht fassen, dass wir die Auserwählte des Präsidenten entführen.« Diese raue Stimme, ich kannte sie. Das war der Mann, der mich festgehalten hatte bei der Veranstaltung und er war bei dem Überfall in den Raum gekommen, in dem Zayne sich mit mir versteckt hatte. Den Aufstand bei der Rede musste Zayne geplant haben, um sich einzuschleichen, nachdem er begriffen hatte, wer ich war. Alles um mich herum war gelogen gewesen.

Der Lappen kam zurück, presste sich in mein Gesicht und ich überließ mich ihm und der Dunkelheit, die darauf folgte.

Kapitel 32

Von innen fraßen sich Flammen durch meinen Schädel, als ich aus meiner Dämmerung erwachte. Wie ein Echo hing mir der süßliche Geruch des Tuchs in der Nase. Danach fanden sich keine Erinnerungen in mir. Nur dieses Gefühl des rauen Stoffs, der sich in mein Gesicht presste und sein Geruch. Ich tastete über mein Bett, fand statt einer Matratze eine Art Sack und stieß die Finger hinein. Dahinter raschelte es, als wäre er gefüllt mit Heu oder Gräsern.

Es brauchte zwei Anläufe, um meine unwilligen Augen vollständig zu öffnen. Sie tränten und brannten, fanden Holzwände. Entgeistert sah ich mich um. War ich in einen Stall gesperrt worden? Wobei, kein Stall konnte so winzig sein. Ich hatte in einem Kleiderschrank gestanden, der doppelt so groß war und der hatte weniger gemüffelt. Der Modergeruch drängte sich grob an der Süße in meiner Nase vorbei.

Ich setzte mich auf und mein Kopf bedankte sich mit einer weiteren Schmerzwelle, doch innehalten ließ mich das nicht. Es galt herauszufinden, wo ich gelandet war. Licht drang durch die Ritzen der verzogenen Holzbretter, die die Wände darstellten. Der Tag war angebrochen. Ich musste stundenlang ohnmächtig gewesen sein, die Erkenntnis setzte mein Herz kurzfristig aus. Mein Blick blieb an der kleinen Lampe hängen, die in der Mitte der Behausung stand. Flammen züngelten in ihrem Inneren und tauchten die Wände in goldenes Licht. Sie erinnerte mich an die Laternen der Bronzenen.

Das Schwanken meldete sich zurück, als ich mühsam auf die Beine kam. Sie zitterten, aber sie hielten. Immerhin. Dieser verwitterte Kasten um mich herum gehörte nicht in den goldenen Ring, gewiss auch nicht in den silbernen. Ich musste bei den Bronzenen sein. War ich im Schmugglerviertel? Zeit, es herauszufinden.

Keine drei Schritte und ich hatte die Tür erreicht. Sie wirkte ähnlich verrottet wie der Rest dieser Hütte. Dachte Zayne ernsthaft, damit könnte er mich aufhalten? Mit der Wucht meines Körpers schwang ich mich gegen die Tür, die anstandslos aufschnappte. Ich fiel vornüber, knallte auf den Boden, der so ganz anders war, als erwartet. Er bestand aus Brettern, die sich aneinanderreihten.

Das war nicht das Schmugglerviertel.

Das war mein Alptraum.

Zentimeter für Zentimeter zog ich mich hoch. Nur keine falsche Bewegung. Gerade erst hatte ich diese provisorische Hütte wenig vertrauenserweckend gefunden. Jetzt erschien sie mir wie das einzig Sichere in diesem Chaos.

Unzählige dieser Bretterbauten fanden sich überall um mich herum. Niemals war dies hier ein Ort im Reich.

Zayne hatte mich zu Systemlosen verschleppt! Eine furchterregende Vorstellung. Noch furchteinflößender war die Erkenntnis, dass der echte Boden weit, weit unter mir lag.

Eine Armee von Baumstämmen streckte sich von dort aus nach oben. Bis gerade hatte ich nicht geahnt, dass es so hohe Bäume geben konnte. Sie wirkten, als würden sie es darauf anlegen, die Wolken zu erreichen. Auf ihren breiten Ästen waren

Plattformen gebaut worden, um Platz für die Behausungen zu machen. Dazwischen spannten sich Hängebrücken, Seile und Netze, Leitern, alles zu einer großen Einheit verbunden. Es war ein Irrgarten hoch in der Luft.

Ich traute mich kaum zu atmen, war ebenso wenig imstande, zurück in die Hütte hinter mir zu weichen. Die Eindrücke begruben mich unter sich. Das, was bei uns im goldenen Ring die Blumen waren, waren hier die Blätter, überall blitzten sie hervor. Bisher hatte ich gedacht, Mirabell besäße die reichste Sammlung an unterschiedlichen Grüntönen, doch gleich, wie viele sie in ihrem Atelier bunkerte, dieser Ort hatte mehr davon.

Den Geruch nach feuchtem Holz hatte ich in der Hütte zurückgelassen, hier roch es anders, erdig und würzig. Wenn Wildheit einen Geruch hätte, musste es dieser hier sein. Er erinnerte mich an Zayne.

Kaum hatte sein Name meinen Kopf passiert, da fand ich ihn. Ihn und seine Freundin. Eine Hängebrücke entfernt saßen sie auf einer Plattform. Seinen Arm hatte er um die Frau geschlungen, die mich im Schmugglerviertel mit der Pistole bedroht hatte. Ich presste die Zähne aufeinander. Nicht nur wegen ihres Anblicks, sondern auch, weil sie mir den einzigen Weg versperrten. Sie wirkten, als wären sie vertieft in ihr Gespräch, aber ihnen würde gewiss auffallen, wenn ich mich, mitsamt des Reifrocks, an ihnen vorbei schob. Verdammt.

Ihre Nähe zueinander stach mein törichtes Herz, das nicht begriff, dass Zayne dort nichts mehr zu suchen hatte.

Er hatte mich auf so viele Weisen betrogen und es wurden immer mehr. Das Kinn der Frau lag auf seiner Schulter. Sie sei wie eine Schwester für ihn, hatte er behauptet. Eine weitere Lüge, so vertraut wie sie vor mir saßen.

Der Kopf der Fremden hob sich wie ein Tier, das Witterung aufnahm und einen Herzschlag später, fanden mich ihre Augen. Uns trennten vielleicht zehn Meter und doch wirkte sie, selbst mit der Entfernung zwischen uns, grimmiger als im Schmugglerviertel. Sie zupfte an Zaynes Hand. Wieder durchfuhr mich ein Stich. Vor Stunden hatte ich nicht erwarten können, mit ihm zusammen zu sein. Für diesen einen Menschen hatte ich alle Bedenken und jegliche Vorsicht fallen lassen. Mutter hatte recht gehabt. Er hatte mich benutzt.

Sekunden blieben, um mich für eine Reaktion zu entscheiden. Ihn zur Begrüßung anlächeln oder mich auf ihn stürzen? Da drehte er sich bereits zu mir um. Ein Lächeln brachte ich nicht über die Lippen, aber zumindest stürzte ich mich nicht mit Fäusten voran auf ihn, das reichte an Selbstbeherrschung aus. Wenn er wusste, wie wütend ich war, würde es schwerer werden, ihm zu entkommen.

Zaynes Arm verschwand ruckartig von der Frau, so als wollte er nicht, dass ich registriere, wie eng beieinander sie saßen. Rasch stand er auf und kam auf mich zu, die Brücke schwankte nur wenig unter seinen Schritten. Er trug noch immer die silberne Jacke der Palastgarde. Der edle Stoff wirkte wie ein Hohn in dieser Umgebung.

»Ich hatte nicht damit gerechnet, dass du so früh aufwachst.« Er stoppte vor mir, ließ seinen Blick über mein Gesicht fahren.

»Was hast du mir mit gemacht?«

»Dich betäubt.« Seine Schultern fuhren beiläufig hoch, als wäre es eine Selbstverständlichkeit. »Du hättest mir die Soldaten auf den Hals gehetzt.«

Da lag nicht der Ansatz eines schlechten Gewissens in seiner Stimme. Keine Entschuldigung. Keine weitere Erklärung. Mehr gab es scheinbar nicht für ihn zu sagen. Ein eisiger Hauch wehte durch mich und überzog mein Innerstes mit einer Schicht Reif, nur war die Wut zu heiß, um sie unter einer Eisdecke zu verbergen, sie brannte das Eis nieder.

»Ich soll dich zu Dorian bringen. Er leitet das Camp.«

Der Anführer der Systemlosen war sicher der Schlimmste von allen. Mein Blick blieb an Zaynes Augen hängen und ich korrigierte mich in Gedanken selbst. *Der Schlimmste von ihnen stand hier vor mir.*

»Komm«, sagte er und deutete in die Richtung, aus der er gekommen war, dabei gab es hier ohnehin nur die eine Möglichkeit. Der Zorn in mir schwappte über, ätzte in meinem Magen. Er dachte, ich wäre naiv und steuerbar?

Dann sollte er mich so bekommen.

»Das Zeug, das du mir verabreicht hast, lässt mich nicht richtig atmen und die Corsage schnürt mir die Luft ab. Wenn du nicht willst, dass ich von einer der Brücken falle, brauche ich andere Kleidung.«

Erheiterung blitzte in den jadegrünen Augen vor mir auf. »Ich hätte nicht gedacht, dass deine erste Forderung Kleidung ist.«

»Ein Bad wäre auch nett.«

»Sonst nichts?« Seine Hand machte eine ausufernde Bewegung in Richtung der Hütten und Brücken. Zu denen hätte ich einiges zu sagen. Mein Lächeln zu halten, wurde anstrengender.

»Lass sie uns zu Dorian bringen.« Auf seine Freundin hatte ich nicht mehr geachtet, jetzt drängte sie sich plötzlich zwischen uns.

»Hilfst du ihr mit Kleidung aus, Stella? Sie hat Schwierigkeiten, Luft zu bekommen.«

Ja, die hatte ich. Nur lag das nicht an der Corsage, sondern an Zaynes Verrat. Er war es, der mir den Atem abpresste. Dieses Kleid war zu auffällig, es musste verschwinden und ich musste Zeit schinden, um eine Möglichkeit zu finden, zu fliehen.

»Meine Sachen werden ihr nicht passen.« Stellas abschätzender Blick streifte mich. »Sie ist winzig, sie versinkt darin.« Die Geringschätzung in ihrer Stimme galt wohl weniger meiner Größe, sondern vielmehr mir als Person. »Du hättest dir ein paar deiner Puppenkleider mitbringen sollen, Goldene.«

»Bei meiner nächsten Entführung denke ich rechtzeitig daran, vorher zu packen.«

»Komm schon Stel«, erwiderte Zayne. »Du hast bestimmt etwas, das du abgeben kannst.« Sein Arm schlang sich erneut um sie, diesmal schien es ihm gleichgültig, dass ich direkt vor ihm stand. Ich wünschte, meinem Herzen ginge es ähnlich.

»Das tue ich nur für dich«, knurrte sie und verschwand auf der Hängebrücke, so flink und geschmeidig, dass ich nicht anders konnte als ihr bewundernd hinterherzuschauen.

»Alles in Ordnung?« Zaynes Blick lag durchdringend auf mir. Nein. Nichts war in Ordnung.

»Wie geht es weiter?«, überging ich seine Frage. Es waren nur Nuancen, aber die Züge um seinen Mund verhärteten sich augenblicklich und seine Augen streiften wie zufällig an mir vorbei.

»Das erfährst du gleich bei Dorian.«

Eine ausweichende Antwort, die die bösen Vorahnungen in mir bestärkte.

»Was ist mit Arjan? Sucht er nach mir?«

»Natürlich.«

»Wird er mich hier finden?«

»Nein.« Da lag nicht der Hauch eines Zweifels in seiner Stimme. Also würde Arjan nicht hier aufschlagen. Waren das gute oder schlechte Nachrichten? Hier im Lager der Systemlosen ließ sich die Frage schwer beantworten. Es war ohnehin gleichgültig. Ich würde mich selbst retten.

Es dauerte keine zwei Minuten, da kam Zaynes Freundin zurückgehastet, grauer Stoff klemmte unter ihrem linken Arm, und in ihrer rechten Hand hielt sie ein Paar Stiefel.

»Komm mit, Goldene«, befahl sie und verschwand geradewegs in der Hütte, aus der ich vorhin hinausgestürzt war.

Mit zusammengepressten Zähnen folgte ich ihr hinein. Sie hatte Kleidung und ich wollte dringend aus meiner raus.

Kaum waren wir drinnen angekommen, schmiss sie die Sachen eine Spur zu heftig auf den Sack, der mir als Schlafstelle gedient hatte.

»Ich schaffe es allein, mich umzuziehen.«

»Hast du begriffen, dass du unsere Gefangene bist? Du benimmst dich nicht so«, erwiderte sie harsch. »Wir verfügen hier nicht über diese praktischen Verliese wie dein Partner, deshalb stehst du unter Dauerbewachung, Goldene. Solange du hier bist, wirst du dich nicht allein umziehen.« Abfällig schnaubend schloss sie die Tür.

Glücklicherweise hatte ich mein Gesicht längst abgewandt, ich spürte, wie mir die regungslose Maske verrutschte. Stella sollte nicht sehen, was darunter lag. Nichts von der Wut und noch weniger von dem Schmerz.

Widerwillig entkleidete ich mich vor ihr. Ich musste dieses Kleid loszuwerden. Nicht nur weil es verräterisch anders war, auch wegen der schmerzhaften Erinnerungen, die wie Fäden in ihm eingewebt waren. Ich hatte es getragen, als Zayne mir gesagt hatte, dass er mich liebte und als er mich Minuten später vom Balkon gestoßen hatte. Der Schmerz presste mir einmal mehr die Luft ab. Ich schmiss das Kleid zu Boden, riss den Reifrock von mir und wünschte mir, ich könnte das Gleiche mit den Erinnerungen tun.

Das graue Hemd, das Stella mir mitgebracht hatte, gehörte in meiner Welt Männern. Hier offenbar nicht, denn sie steckte in einem ganz ähnlichen.

»Was habt ihr mit mir vor?« Sie hatte kaum mit mir gesprochen und doch hatte sie mehr preisgegeben als Zayne. Vielleicht würde sie mir noch mehr erzählen?

Ein Lächeln zog sich über ihren Mund, es hätte ihr Gesicht weicher wirken lassen, wenn da nicht der harte Ausdruck in ihren Augen gewesen wäre.

»Einen Austausch. Gegen was genau, das entscheidet Dorian. Gold, Unmengen an Waffen, die Gefangenen aus dem Schmugglerviertel und einiges andere, denke ich. Der Präsident wird jeden Preis zahlen, um sein Lieblingsspielzeug zurückzubekommen, oder? In ein paar Tagen bist du wieder im Palast und alle haben, was sie wollen.«

Ich stoppte in der Bewegung, weil der Schmerz sich wie ein Pfeil zwischen meine Rippen bohrte.

Deshalb hatte Zayne mich hierher gebracht. Ich war ein Druckmittel.

»Ich dachte, er ist verrückt«, fuhr Stella fort. »Nachdem Zayne mir davon erzählt hatte, dass er dich entführen will, habe ich darauf bestanden, dass er seine Finger von dir lässt. Der Plan war waghalsig, selbst für ihn. Ich habe nicht geahnt, dass ein einzelner Mensch so naiv sein kann, wie du. Aber nun bist du hier.«

Wie es wäre, ihr meine Faust ins Gesicht zu schlagen? Das würde meine Chancen, von hier zu entkommen, schmälern.

Deshalb stieg ich stattdessen in die Hose. Wieder war ich eine Marionette in dem Spiel eines anderen.

Ich zog die Jacke über. Grautöne reihten sich an meinem Körper aneinander. Eine Farbe, die mich Mirabell nie hatte tragen lassen, weil es die Farbe meines Gesichtes kränklich wirken ließ. Vielleicht hatte sie recht, zumindest fühlte ich mich gerade krank.

Hose und Ärmel musste ich umzukrempeln, was Stella mit einem überheblichen Grinsen quittierte. Dafür passten diesmal die Schuhe und sie schienen robust genug, um stundenlang in ihnen laufen zu können.

Stellas Augenbrauen waren so hell, dass sie in dem Licht beinahe weiß wirkten und sie hoben sich höhnisch, als sie mich betrachtete. »Selbst mit unserer Kleidung siehst du nicht aus wie eine von uns, erstaunlich. Gut, dass du bald deine Protzkleider wiederhast. Dieses Leben steht dir nicht.«

Wortlos ging ich an ihr vorbei, doch kaum trat ich nach draußen, wurde mir der Weg von Zayne versperrt. Sein Blick fuhr über meine Kleidung und seine Mundwinkel zuckten hoch, aber zumindest blieb er still. Ich musste Stella loswerden und mich danach um Zayne kümmern. Kurzerhand machte ich einen Schritt auf ihn zu.

»Können wir reden?«, flüsterte ich und sah dabei zu, wie sein Lächeln in sich zusammensackte. »Das schuldest du mir.«

Die Falte erschien auf seiner Stirn, genau wie sonst. Das traf mich unerwartet. Einige Male hatte ich mit den Fingerspitzen hinüber gestrichen und sie damit verschwinden lassen. Das würde ich nie wieder tun.

»Dorian ist beschäftigt.« Die Frau tauchte wie ein Schatten zwischen uns auf, leider war sie nicht ansatzweise so stumm.

»Sie muss vorher baden, sie stinkt bestialisch. Dorian reißt uns den Kopf ab, wenn wir sie so zu ihm bringen.«

Zayne sah kurz so aus, als wollte er protestieren, dann nickte er zu meiner Überraschung. »Gut, das bekomme ich allein hin.«

»Lass mich das machen«, sagte sie. »Du warst die ganze Nacht unterwegs. Ruh dich aus, bis Dorian fertig ist.«

»Mir geht es gut, Stel. Rahel sucht nach dir. Geh zu ihr, bevor sie das Camp auseinandernimmt, ich sammle dich dort ein.«

Kapitel 33

Der Weg hinunter war hart. Die Erinnerung an den Fall hatte sich tief in mich gegraben. Jeder meiner Schritte machte mir bewusst, dass der Boden weit unter mir lag. Die Brücken kamen mir noch unsicherer vor als die Plattformen. Ich spürte Zaynes Blicke auf mir, während ich mich an die Halteseile der Brücken klammerte. Er schien sich zu wundern, wo diese plötzliche Angst vor Höhe herkam, aber er fragte nicht nach dem Grund. Vielleicht weil er die Antwort darauf kannte?

Erst nachdem ich festen Boden unter den Füßen hatte, ließ das Zittern in mir nach. Die Verlockung davon zu stürmen war groß, aber hier liefen Menschen umher und sie überzogen mich mit neugierigen Blicken. Ich musste überlegter vorgehen, mehr als eine Chance würde ich kaum bekommen.

Je weiter wir gingen, desto ungezügelter und wilder erschien mir die Landschaft. Dichte Kronen warfen dunkle Schatten auf den weichen Boden, während wir uns um die Baumstämme schlängelten. Manchmal sah Zayne prüfend zu mir hinüber. Wahrscheinlich eine Aufforderung, ein Gespräch zu beginnen. Ich tat, als registrierte ich ihn nicht. Würde ich anfangen, ihn zur Rede zu stellen, würde ich ihn anschreien. Ich musste mich gedulden.

Je länger wir gingen, desto mehr hatte ich den Eindruck, dass dies nicht der schnellste Weg war, nur der abgelegenste. Endlich ließen wir die letzten Bäume hinter uns und ich erstarrte bei dem, was sich dahinter befand.

»Das ist unglaublich«, brach es aus mir heraus. Dies hier musste der schönste Ort sein, den ich je gesehen hatte. Im tiefsten Türkis leuchtete ein See vor mir. Auf der gegenüberliegenden Seite war das Wasser von einer weißen Felswand eingeschlossen und aus der fiel Wasser aus Dutzenden Stellen in geschwungenen Bögen in den See hinein. Ein faszinierend schöner Anblick.

»Worüber wolltest du reden?« Zayne brach sein Schweigen, riss mich zurück aus meiner Begeisterung und erinnerte mich daran, dass ich nicht hier war, um diesen Anblick zu genießen.

Dieser Ort hier war perfekt in mehr als einer Hinsicht. Er war weit genug vom Camp entfernt und wir waren allein. Jetzt musste ich nur einen Weg finden, Zayne auszuschalten. Mein Blick fuhr an ihm hinunter, unter dem offenen Mantel sah ich den Griff einer Pistole hervorblitzen. Sicher die, die er Clay gestohlen hatte. Ich könnte sie ihm abnehmen. Eine Erkenntnis, so schnell wie einst der Flügelschlag des Schmetterlings. Zayne stemmte die Arme in die Seite und der Mantel schob sich ein Stück weiter auf. Hingen da Seile an seinem Gürtel? Nur knapp konnte ich das Knurren, das in mir grollte, dort behalten. Diese Seile waren sicher für mich bestimmt. Bestimmungen konnte man ändern und genau das würde ich tun.

Ich sah hoch, fand sein Gesicht, jadegrüne Augen, die mich herausfordernd anblickten. Er wartete darauf, dass ich damit begann zu reden. Mit Reden allein würde ich ihm wohl kaum die Waffe abnehmen können. Ich musste ihn ablenken und dafür fiel mir nur eine Möglichkeit ein. Eine Möglichkeit, die ich gerade zutiefst verabscheute.

Seine Augen wurden größer, als ich meine Arme um seinen Hals legte. Die erste Berührung zwischen uns, seit ich mich hier wiedergefunden hatte. Schmerz rollte über meine Wut hinweg und begrub sie unter sich. Zayne schien von dem Sturm, der in mir wütete, nichts zu bemerken. Er strich eine meiner Haarsträhnen zurück, die sich aus den kümmerlichen Überresten meiner Frisur befreit hatte. Jetzt, wo seine Freundin nicht in der Nähe war, schien er keine Hemmungen zu haben, mich zu berühren. Es war wie mit der Falte in seiner Stirn. Teile an ihm waren echt. Die Anziehung zwischen uns fühlte sich echt an, das hatte sie schon in unserer ersten Nacht im Regen. Unsere Körper zogen einander an wie zwei Magneten.

Die Bücher mit ihren Warnungen sollten recht behalten. Anziehung war gefährlich. Sie ließ uns unüberlegte Entscheidungen treffen. *Uns beide.*

Eine unsichtbare Hand krallte sich um mein Herz, knüllte es zusammen wie einen Schwamm und das Echo der Schmerzen drang in jede Faser meines Körpers.

Ich hatte ihm vertraut.

Ich hatte in uns vertraut.

Meine Hände hoben sich, streiften seinen Mantel zurück. Der war mir im Weg. Etwas in seinen Augen funkelte auf und er drückte mich enger an sich. Protest sah anders aus. Behutsam schob ich den Mantel weiter auf. Ich musste den Griff der Waffe erreichen, ohne das Zayne etwas bemerkte. Plötzlich versteifte sich sein Körper. Hatte er begriffen, was ich vorhatte? Da half nur die Flucht nach vorn.

Der Sturm in mir peitschte auf, als sich meine Lippen an Zaynes legten. Er zögerte nicht, den Kuss zu erwidern und seine Anspannung wich so schnell, wie sie gekommen war. Seine Hände verloren sich in den Überresten meiner einstigen Frisur. Der Sturm in mir sank in sich zusammen und der Schmerz, der mir gerade noch den Atem geraubt hatte, verhallte. Ich versank in dem Kuss und nichts von dem, was ich dabei fühlte, war annähend gespielt.

Ihn zu küssen, fühlte sich an wie immer.

Die Erkenntnis war wie ein Schlag. Einer, den ich benötigte, um augenblicklich klar zu werden. Meine Finger setzten sich wieder in Bewegung und fanden den Griff der Waffe.

Ich beendete den Kuss und fuhr abrupt nach hinten. Zayne gab mich augenblicklich frei, doch seine Augen weiteten sich verständnislos.

»Was ...« Sein Blick fand die Pistole, die ich auf ihn richtete und einen wunderbaren Moment lang schien ich Zayne wirklich sprachlos gemacht zu haben.

»Fessel deine Füße.« Mit der freien Hand deutete ich auf seinen Mantel, dorthin, wo ich gerade ein Stück dünnes Seil hatte herausblitzen sehen. »Versuch lieber keine Tricks.«

Zayne fand seine Fassung wieder, er lachte auf. »Was hast du vor? Dir ist klar, dass es hier nicht als Ödnis und Systemlose gibt? Denkst du wirklich, du könntest auf mich schießen oder fliehen? Nimm die Waffe runter.«

Das reichte, ich hatte ihn gewarnt. Ich holte mit dem Bein aus und traf ihn am Oberschenkel. Kurz war da echte Verblüffung in seinem Gesicht, bevor er stöhnend zusammensackte.

»Fessel dich, bevor ich etwas tue, das du bereust.«

Zayne atmete stockend, aber diesmal griff er nach den Seilen. Die Waffe blieb drohend auf ihn gerichtet, nur für den Fall, dass er mich doch noch überwältigen wollte. Mit schmerzverzerrter Miene band er die Seile um seine Füße.

»Reicht das?«, stieß er aus, nachdem ich ihn einige Knoten hatte ziehen lassen.

»Die Hände.« Zaynes entgeisterter Blick streifte mich, doch er nahm das nächste Seil und zog es um die Handgelenke.

»Ich verstehe, dass du wütend bist, das hier ist trotzdem übertrieben.«

»Sag mir nicht, wie ich mich zu fühlen habe!«

Seine Bewegungen wurden ungelenker, aber noch schaffte er es das Seil um seine Handgelenke zu führen. Die Falte war zurück, hatte sich tief in seine Stirn gegraben, als wäre ich ein Rätsel, das es zu lösen galt. Er war so gut darin zu täuschen. Warum hatte ich das nur nie erkannt? Ausgerechnet ich?

Ich legte die Waffe ab, beugte mich zu ihm vor und machte zusätzliche Knoten in die Seile.

»Liah.« Seine gefesselten Hände fuhren hoch und ich warf mich nach hinten. Nicht schnell genug, denn seine Finger streiften meine Wange. Goldene Augenbrauen fuhren zusammen und Zaynes Mund öffnete sich, doch kein Ton drang hervor.

Die Berührung seiner Fingerspitzen reichte, um den Sturm aus Schmerz zurückzurufen. Er tobte durch mich, wirbelte die Wut zur Seite und ließ keinen Raum für etwas anderes.

Da war nur Schmerz.

»Lass uns reden.«

Natürlich, jetzt wollte er plötzlich reden.

»Gut«, stieß ich höhnisch aus. »Erzähl mir von deinem Freund. Der, der mir auf dem Markt das Messer an den Hals gehalten hat, bevor du aufgetaucht bist und Arjan dazu gebracht hast, dich zu meinem Leibwächter zu machen. Oder wie deine Systemlosen in den Palast gekommen sind. Na los.«

Zayne schwieg.

Mit nichts anderem hatte ich gerechnet.

Ich beugte mich vor und riss das Messer aus seinem Waffengurt und spätestens jetzt schien er zu begreifen, dass er ein Problem bekam. Mit der Klinge hätte er sich schnell befreien können, ohne eher nicht. Seine Kiefer pressten sich aufeinander.

»Mach mich los, dann werde dir alles erklären.«

»Du hattest deine Chance.«

»Ich liebe dich, Liah.«

Das war zu viel. Es hielt den Schmerz nicht länger in mir, meine Hand knallte in sein Gesicht und das Klatschen zerriss die Stille. Da war nicht der geringste Triumph in mir, nicht einmal Reue über den Schlag, nur dieser alles verschlingende Schmerz.

»Sag das niemals wieder«, zischte ich.

»Gib mir die Möglichkeit, dir alles zu erklären!«

Die hatte er gehabt und keine davon genutzt.

Schnell drehte ich mich weg, ohne ein Abschiedswort.

Ich flüchtete vor Zayne und seinen Systemlosen und vor Arjan und seinen Soldaten.

Von jetzt an würde ich selbst über mein Leben bestimmen.

Fortsetzung folgt …

TW: Sexualisierte Gewalt

Nachwort

Liah und Zayne waren ein Funken in meinem Kopf. Zwei Menschen, deren Ausgangslage unterschiedlicher nicht sein kann, treffen zufällig nachts aufeinander und streifen für einen Augenblick alle Regeln von sich ab. Ihre Geschichte ist eine Geschichte über Möglichkeiten, die sich abseits vertrauter Wege befinden und über Kostbarkeiten, die daraus entstehen können. Es ist eine Geschichte über Vertrauen, in Andere und das Vertrauen in die eigenen Fähigkeiten, über den Mut auszubrechen und Erwartungen zurückzulassen.

Drei Jahre ist es her, als sich aus diesem Funken die ersten Worte formten, die Schemen zu Gesichtern wurden und ihre Geschichte zu meiner.

Liah und Zayne ziehen in die Welt hinaus und ich möchte an dieser Stelle einigen Menschen danken, die mich auf diesem Weg begleitet haben.

Danke

An **Norman Doderer**, für ein fantastisches Korrektorat, deine hilfreichen Lektorats-Kommentare und dafür, dass du mich auf Augen-Jagd geschickt hast (Ich werde sie fortan mit anderen Augen sehen ;-))

An meine Testleserinnen **Anne**, **Katie**, **Carola**, **Maja**, **Cosima**, **Danny und Francis** für euer Feedback und eure Ideen.

An **Maja** und **Cosima**, durch euch ist die Goldene erst »gefangen« worden.

An **Danny** für die Neuausrichtung der Schrankszene.

An meine gute Fee **Francis Eden**, Testleserin, Illustratorin, seelischer Beistand, Designerin meines Traumcovers, Ideengeberin für die Rosensymbolik, Kämpferin für Zaynes Perspektive, Wegbegleiterin und Freundin. Danke für die unzähligen Anregungen als Testleserin, für das Cover und die Illustrationen in diesem Buch, für die, die bereits an meinen Wänden hängen und für die, die da noch kommen werden. Ich könnte mir keine bessere Begleiterin durch diesen Dschungel wünschen.

An meine Alphatestleserin **Insa**, die erste Person, die das Manuskript in den Händen hielt und die erste Person, die (abgesehen von mir) daran glaubte. Dafür, dass ich dich mitten in der Nacht mit Klappentexten überdecken darf, für deinen beständigen Zuspruch, wenn ich in Zweifeln versinke, dafür, dass du mich zu Dingen drängst, auf die ich keine Lust habe (Instagram, um da mal eine zu nennen) und natürlich für deine Freundschaft.

An **Daniel**, der mir vor Jahren seinen Laptop überlassen hat, damit ich die Geschichten in meinem Kopf auf Papier bringen konnte. Sonst würden sie dort immer noch herumgeistern.

Grüße gehen raus an die **Teich-Kinder**, fühlt euch gedrückt. *Dafür, dass in eurem Hause das Licht wärmer scheint.*

An **meine Eltern** für euren Rückhalt und eure Zuversicht. Für unzählige Regale voller Bücher, in deren Seiten ich mich schon als Kind verloren habe. Für die Lieder von Reinhard Mey, die von Kindheit an durch unser Haus zogen und dessen Lied »Gute Nacht, Freunde« als Inspirationsquelle für diese Danksagung herhalten musste. Für das Wissen, dass ein Anruf ausreicht, um euch sofort hierher zu bringen. Durch euch fühlen sich 500 Kilometer nicht weit an.

An meine **Schwester Kathrin**, deren Liebe zum Wald und zur Natur mich immer wieder aufs Neue inspiriert. *Für deine Geduld, wenn es mehr als eine Meinung gibt.* Du bist die stärkste Frau, die ich kenne.

An **meinen Mann**. Gleichgültig ob Zayne, Jack, Kiran oder Fynn - ein Teil von dir steckt in jedem von ihnen, Teile von ihnen in dir. Dafür, dass ich durch dich nicht nur über Liebe schreibe, sondern auch weiß, wie sie sich anfühlt. Vom *Sommermorgen* bis zum *Herbstgewitter*.

An **meine Kinder** Jannis und Lerke.
Meine Apfelbäumchen. Meine Welt.

An dich **Leser:in**. Dafür, dass du Liah und Zayne in dir hast einziehen lassen. Ich hoffe, wir treffen uns in ein paar Monaten an genau dieser Stelle wieder, in einem neuen Buch, mit neuen Worten. Bis dahin lade ich dich ein, mich bei der Reise zum nächsten Teil zu begleiten. Hier findest du alles rund um »**Die Goldene**« und weitere Projekte.

Instagram: @jella_benks
Homepage: www.jellabenks.de

Du würdest mir eine riesige Freude machen, wenn du die Goldene an dieser Stelle noch bewerten würdest. Ich lebe von Sichtbarkeit und wenn dir die Geschichte gefallen hat, wäre es das Größte, wenn du für mich ein paar Sterne leuchten lässt.
Tausend Dank

Jella

Eine junge Frau auf der Suche nach ihrem Mut,
ein Mann, der seine Vergangenheit hinter sich lassen will,
und eine Kleinstadt, die nie vergisst.

Let me GLOW

FRANCIS EDEN

ROMANCE

Band 1 der Hartwell-Reihe.
Mit Illustrationen der Autorin.

Nach ihrer Trennung lässt Andy nicht nur Atlanta, sondern auch ihren Ex-Freund hinter sich, um in der Kleinstadt Hartwell eine alte Pension zu sanieren. Ohne handwerkliches Geschick, lediglich mit ein paar Dollar und einem Haufen nutzloser Designerkleider macht sie sich auf den Weg.
Was nach Urlaub mit ein paar kleinen Aufräumarbeiten klang, entpuppt sich als Totalkatastrophe.
Ein Drache als Pensionsleiterin und Schulden bei einem Tyrannen, zu dem Andy sich immer mehr hingezogen fühlt.
Dazu noch diese Kleinstadt, die völlig in Aufruhr gerät, wenn Ian James Green eine Frau küsst.

Alles Dinge, die ein frisch gebrochenes Herz nicht gebrauchen kann – oder doch?

Manchmal braucht es nur ein altes Haus,
eine Kleinstadt und graue Augen.
Um über sich hinauszuwachsen. Sich selbst wiederzufinden.
Die Liebe zu entdecken.

Selbst *Faith Hill* will nicht,
dass ich diesen Kuss vergesse.
Immer wieder, wenn der *Refrain* erklingt
und sie über die Küsse singt – oder darüber,
dass er sie im *Mondlicht* küssen kann,
auf dem Dach unter dem Himmel – sehe ich Ian.
Spüre seine Lippen.
Die Enge in meiner Brust wird kleiner.
Mit jeder Strophe.
Mit jedem Takt.

UNTER GRAUEN SCHATTEN

»Lebenslinien sind ausgeprägter als Herzlinien. Bei dir ist es umgekehrt. Deine Bestimmung liegt darin zu lieben, nicht zu leben.«

Basma, Die Goldene - Unter grauen Schatten

Abseits des Reichs und allem, was ihr vertraut ist, kommt Liah endlich in den Genuss von Freiheit. Der Preis dafür ist hoch. Sie muss das System verraten und als Goldene die Stimmung im bronzenen Ring anheizen. An ihrer Seite findet sich dafür ausgerechnet Zayne, dessen Betrug noch in ihr nachklingt. Düstere Prophezeiungen liegen über Liahs neuem Leben und ein Geheimnis, das ihre Zukunft erneut zersplittern lässt.

Die Geschichte von Liah und Zayne geht weiter:
Die Goldene - Unter grauen Schatten
Erhältlich ab dem 19.11.2021.

www.jellabenks.de